ROSE SNOW

13

Das Zweite Buch der Zeit

Impressum

Besuchen Sie uns im Internet:

www.rosesnow.de

ISBN 978-3-947785-01-8

Umschlaggestaltung und Satz: Rose Snow, Hamburg, Fotos: Shutterstock

Mehr als die Vergangenheit interessiert mich die Zukunft,
denn in ihr gedenke ich zu leben.

Albert Einstein

Kapitel 1

Manchmal reicht ein einziger Moment aus, um alles zu verändern. Als das Flugzeug meiner Verwandten auf dem Weg zu Tante Margrets Beerdigung abgestürzt war, war so ein Augenblick. Als die Leiterin der Jugendfürsorge ihre schmalen Hände ineinander legte und uns erklärte, dass wir ab sofort bei dem Patenonkel unseres Vaters leben würden, auch. Der Moment, als ich im Haus des ehemaligen Polizisten die Unterlagen zum Tod meiner Eltern gefunden hatte, zählte mit Sicherheit dazu, genauso wie Rouvens Lüge.

Er hatte mich die ganze Zeit für blöd verkauft, er hatte mir ins Gesicht gelogen und mir weisgemacht, dass nur ich die kleinen violetten Lichtblitze sehen konnte. Die Enttäuschung darüber saß ganz tief in meinem Bauch und ich versuchte erfolglos, eine Erklärung dafür zu finden, warum Rouven die violetten Blitze so hartnäckig geleugnet hatte.

Statt einer Antwort dröhnte jedoch nur das Brummen der Vespa in meinen Ohren und begleitete meine ziellosen Gedanken, während ich die Landstraße entlang in Richtung des Bistros brauste. In der letzten Stunde war so unglaublich viel passiert, dass ich es noch gar nicht richtig verarbeiten konnte, und die Akte meiner Eltern schwebte wie ein Damoklesschwert über mir. Es musste einen Grund geben, warum der Polizist ihren Tod als ungelösten Fall eingestuft hatte – und dieser Grund ließ nur den Schluss zu, dass bei ihrem Unfall irgendetwas nicht mit rechten Dingen zugegangen war. So wie es in ganz Kirchbruch offenbar nicht mit rechten Dingen zuzugehen schien.

Nachdem ich Bruno die Vespa zurückgebracht hatte, nahm ich mir den restlichen Tag frei und schrieb Alexa eine Nachricht, dass ich dringend mit ihr sprechen musste. Sie war der einzige Mensch, mit dem ich jetzt reden wollte, und ich vermied es, darüber nachzudenken, ob das egoistisch war oder nicht.

Alexa antwortete, dass sie auf dem Stadtplatz an ihren neuen Entwürfen arbeiten würde, und ich machte mich auf den Weg dorthin. Es dauerte nicht lange, bis ich meine Schwester auf einer kleinen Bank im Schatten einer Kastanie sitzen sah. Sie beugte sich über ihren Zeichenblock und wirkte hochkonzentriert. Bei ihrem Anblick überkamen mich Gewissensbisse, weil ich ihr Leben gleich auf den Kopf stellen würde. War es wirklich richtig, ihr von der Akte zu erzählen?

In diesem Moment blickte sie auf und lächelte mir entgegen. Mit einem Gefühl, als ob meine Tasche mit den Handyfotos der Polizeiakte hundert Kilo wiegen würde, ging ich auf sie zu.

„Hey, Lizzy", begrüßte Alexa mich und rutschte auf der Bank ein wenig zur Seite, sodass ich mich neben sie setzen konnte. „Was machst du denn schon hier? Ich dachte, du musst noch arbeiten."

„Meine Schicht war schon fast zu Ende, deshalb habe ich Bruno gebeten, mir freizugeben, da ich letztens länger gemacht habe", erwiderte ich und wusste nicht so recht, wo ich anfangen sollte.

Alexa schmunzelte. „Verkehrte Welt. Plötzlich nimmst du dir frei und ich hab neben den Entwürfen für Bruno sogar noch einen Auftrag von Gitti reinbekommen. Sie hat zufällig meine Zeichnung gesehen und möchte jetzt, dass ich ihr bei der Gestaltung einiger Flyer für den Wahlkampf helfe." Dabei strahlte sie mich so sehr an, dass ich trotz meines schlechten Gewissens schwach zurücklächelte.

„Das ist super, Alexa. – Hör zu, ich muss mit dir über was reden."

„Und über was?", fragte sie abgelenkt, während ihr Bleistift gekonnt über das Papier glitt und einen Schriftzug nach dem anderen auf den Zeichenblock zauberte.

Nervös nestelte ich mein Telefon aus der Tasche. „Über etwas, das ich eben herausgefunden habe."

„Okay, und was genau ist das?" Sie schaute mich neugierig an und ich wusste im ersten Moment nicht, wo ich anfangen sollte. Hilfe suchend blickte ich hinauf zum Blätterdach der Kastanie, unter der wir saßen. Ihre Zweige schwankten leicht im Wind und ich fühlte mich ebenso instabil, weil ich mir nach wie vor nicht sicher war, ob es fair war, Alexa die ganze Geschichte aufzubürden, bevor ich nicht mehr herausgefunden hatte.

„Du machst es wirklich spannend", bemerkte sie in dem Moment. „Wenn du dir noch länger Zeit lässt, wird einmal auf meinem Grabstein stehen: *Sie starb auf die schlimmste aller Arten.*"

Irritiert blickte ich sie an. „Und welche ist das?"

Alexa beugte sich vertraulich näher. „Indem es mich gleich vor Spannung zerreißt." Sie grinste breit und ich kam mir schrecklich vor, ihre unbekümmerte gute Laune gleich zu zerstören.

„Du weißt ja, dass ich unterwegs war, um eine Lasagne auszuliefern", sagte ich trotzdem. Alexa nickte und schnippte eine Blüte von ihrem Sommerkleid. „Und dabei habe ich gesehen, wie Rouven in ein Haus eingebrochen ist", fuhr ich fort.

Sie runzelte die Stirn und wandte sich mir zu. „Was?"

„Er hat mich nicht gesehen, also bin ich ihm gefolgt."

„Du bist ihm in ein fremdes Haus gefolgt?", wiederholte sie ungläubig und ihre gute Laune war wie weggeblasen. „Sag mal, spinnst du, Lizzy?"

„Ich wollte wissen, was er da tut", erklärte ich. „Ich war einfach neugierig."

Alexa fixierte mich mit ihren hellgrünen Augen und schüttelte den Kopf. „Neugierig? Und dann machst du so etwas? Ich weiß, dass du Journalistin werden möchtest, aber deswegen kannst du doch nicht einfach in fremde Häuser einbrechen." Ihre Stimme nahm einen vorwurfsvollen Ton an, den ich im Moment nicht hören wollte.

„Hör zu, der Typ, dem das Haus gehört, war früher Polizist. Und ich habe in seinen Unterlagen etwas ziemlich Interessantes entdeckt."

„Du bist in das Haus eines *Polizisten* eingebrochen?!", wiederholte Alexa fassungslos. „Lizzy, das kannst du doch nicht machen! Was glaubst du, wie Dieter reagiert, wenn du plötzlich wegen Einbruchs festgenommen wirst? Glaubst du, dass er dich dann weiterhin bei sich wohnen lässt? Und was willst du dann tun? Doch noch ins Jugendheim gehen?" Sie sah sich kurz um und senkte ihre Stimme. „In ein Haus einzubrechen, ist eine verdammte Straftat. Das ist nichts, was du im Lebenslauf haben möchtest."

Ich öffnete den Mund, um etwas zu erwidern, aber sie ließ mich nicht zu Wort kommen.

„Du musst echt lernen, deine Neugierde im Zaum zu halten und auch deinen Kopf einzuschalten, wenn ich nicht dabei bin, Lizzy." Dabei sah sie mich an, als wäre ich ein Kleinkind, das einfach auf die Straße gerannt war und beinahe von einem Lkw überfahren worden wäre. Ein Kleinkind, dem sie jetzt eine ordentliche Standpauke hielt.

„Ich kann gut auf mich selbst aufpassen, Alexa."

Sie schnaubte. „Das hast du ja gerade bewiesen."

„Ich bin doch nicht erwischt worden!"

„Und das ist jetzt dein Argument? Das ist doch nicht dein Ernst."

Ich hasste es, wenn Alexa mich so behandelte, und biss die Zähne zusammen. „Auch wenn du ein schlechtes Gewissen hast, weil du mich in ein paar Wochen allein lässt, musst du jetzt nicht so auf mich losgehen." Ich wusste, dass es nicht gerade fair war, ihr das an den Kopf zu knallen, aber ich hatte auch keine Lust, mich von ihr weiter runtermachen zu lassen.

„Ich lasse dich allein?", wiederholte sie zornig und atmete tief ein. „Ich dachte, wir hätten das besprochen, Lizzy. Du hast gesagt, dass es für dich okay ist!"

In diesem Moment klingelte mein Handy und ich war beinahe erleichtert, dass wir unterbrochen wurden. Ich senkte den Blick auf das Display und erwartete halb, Tristans Namen darauf zu sehen. Stattdessen war es Harri. „Da muss ich rangehen. Das ist mein Chef von der Zeitung."

Alexa hob eine Augenbraue und betrachtete mich verärgert. „Klar, geh lieber ran."

Kopfschüttelnd stand ich auf und entfernte mich ein paar Schritte von der Bank. „Hallo, Harri. Was gibt's?"

Sofort ergoss sich ein Redeschwall über mich und ich zog unwillkürlich die Schultern hoch, weil Harri offenbar eine ähnlich schlechte Laune hatte wie ich selbst.

„Okay, ich komme", murmelte ich, nachdem er fertig war, und legte auf. „Ich muss los", sagte ich dann zu Alexa. „Es gibt einen Notfall in der Zeitung."

„Na endlich", begrüßte Harri mich, kaum dass ich das kühle Büro der Stadtzeitung betreten hatte, in dem zwei große Standventilatoren am Werk waren, um die Hitze ein wenig erträglicher zu machen. „Ich hatte schon Angst, dass du nicht kommst."

„Ich habe doch gesagt, dass ich komme", gab ich zurück und ermahnte mich selbst, meine schlechte Laune nicht auch noch meinen Chef spüren zu lassen.

„Ich weiß, ich weiß." Harri fuhr sich durch seine langen dunklen Haare, die er zu einem Pferdeschwanz zusammengebunden hatte. „Hör zu, die Situation ist noch blöder, als ich anfangs angenommen habe. Abgesehen davon, dass Kurt krank ist und ich mir jetzt noch ein paar Rätsel aus den Fingern saugen muss, damit am Ende das Lösungswort *Mehlschwalbe* herauskommt, ist Bettys Computer abgestürzt, bevor sie eine Sicherungskopie ihrer Beiträge anfertigen konnte."

„Oh nein", murmelte ich und Harri nickte gestresst.

„Das kannst du laut sagen. Betty versucht, die Wettervorhersage und das Wochenhoroskop so schnell wie möglich zu rekonstruieren, wird aber wahrscheinlich nicht alles schaffen. Deshalb brauchen wir das Wellinger-Portrait schon diese Woche als Lückenfüller. Wie weit bist du denn damit?"

„Also … ich habe bisher nur das Interview gemacht", erwiderte ich überrumpelt, da ich geglaubt hatte, noch eine knappe Woche Zeit für die Abgabe zu haben.

„Mist", sagte Harri und trommelte mit den Fingern auf Kurts verwaiste Schreibtischplatte. „Dann setz dich jetzt hin und versuch, das Ding so schnell wie möglich runterzutippen. In einer Stunde will ich den ersten Entwurf auf meinem Tisch haben."

„In einer Stunde?", wiederholte ich und fühlte eine Ladung Adrenalin durch meinen Körper peitschen.

„Gern auch schneller", erwiderte Harri ernst. „Wir müssen jetzt wirklich Gas geben. Also los."

Betty nickte Harri zu und lächelte mich schwach an, bevor sie ihre Aufmerksamkeit wieder auf ihren Computerbildschirm richtete.

Ich fühlte die Aufregung im Büro der Stadtzeitung richtiggehend auf mich übergreifen und schaltete rasch meinen Computer ein. Dabei schob ich den Streit mit Alexa innerlich beiseite. Ich musste jetzt fokussiert bleiben und durfte mich nicht ablenken lassen, wenn ich das Portrait nicht vermasseln wollte. Wenigstens eine Sache in meinem Leben musste doch gut laufen – nachdem schon alle anderen Bereiche derzeit im totalen Chaos versanken.

„Gebt mir Bescheid, wenn ihr was habt", sagte Harri und verschwand in seinem Büro, wo die Tür hinter ihm mit einem Knall ins Schloss fiel.

„Tut mir leid, dass es heute so stressig ist", meldete sich Betty.

Ich winkte ab. „Alles gut. Tut mir leid, dass du deine Beiträge ein zweites Mal schreiben musst."

„Danke, Lizzy", erwiderte sie seufzend. „Eigentlich wollte ich ja heute mit meiner Katze zum Tierarzt, bevor der Doktor die nächsten drei Wochen in den Urlaub geht. Aber das kann ich mir jetzt wohl in die Haare schmieren."

„Oje, ist deine Katze krank?"

Sie schüttelte den Kopf. „Nein, sie gehört nur geimpft.

Also geht es ihr besser als uns, die kann sich jetzt gemütlich zu Hause auf der Couch ausstrecken, während wir hier unter Zeitdruck arbeiten.“ Sie machte eine kurze Pause und nickte sich selbst zu. „Mögen die Sterne mit uns sein.“

Ich lächelte sie noch kurz an, bevor ich das Schreibprogramm meines Computers öffnete und mich die nächste halbe Stunde darauf konzentrierte, das Portrait von Tristans Vater so schnell wie möglich hinunterzutippen. Dann überarbeitete ich den Entwurf weitere fünfundzwanzig Minuten lang, bevor ich den Artikel ausdruckte und Harri ins Büro legte.

„Sehr gut, Lizzy. Ich werfe gleich einen Blick darauf“, murmelte er und massierte sich kurz die Nasenwurzel, bevor er nach den zwei Seiten griff. Ich ging wieder hinaus ins Büro und schenkte mir in der Küche ein Glas Wasser ein, das ich in langsamen Schlucken trank. Dabei versuchte ich, wieder ein bisschen runterzukommen, und hoffte, dass Harri mein Entwurf gefiel. Um mich selbst von meiner Nervosität abzulenken, wässerte ich die armen Topfpflanzen und spürte, wie mein Herz einen Satz machte, als Harri mich zehn Minuten später wieder zu sich ins Büro rief.

„Gute Arbeit, Bergmann“, empfing er mich.

Vor Erleichterung entfuhr mir ein Seufzer. „Heißt das, Sie werden das Portrait noch in diese Ausgabe aufnehmen?“

Harri nickte. „Das habe ich vor, denn der Text hat mir gefallen. Du hast ein Näschen dafür, die richtigen Fragen zu stellen. Aus dir könnte eine richtig gute Journalistin werden.“ Mit diesen Worten drückte er mir eine korrigierte Version meines Entwurfs in die Hand und blickte auf die Uhr. „In einer halben Stunde hätte ich gern die finale Fassung zum Korrekturlesen. Das kriegst du hin, oder?“

„Ja, das schaffe ich“, sagte ich.

„Und dann schau dir bitte noch den Text hier an. Es geht um die Renovierungsarbeiten in der Kirche. Da haben sie einen Raum freigelegt, der bislang nicht verzeichnet war.“

„Das hört sich spannend an“, sagte ich.

„Wir machen eben das Beste daraus, genauso wie aus dem Bericht der Sportschützen, die sich letzte Woche getroffen haben. Wirf da auch noch mal einen Blick drüber. Ich möchte nicht, dass es bei der ganzen Hektik zu irgendwelchen peinlichen Rechtschreibfehlern kommt. Vor ein paar Monaten haben wir statt des Wortes *Buch* das Wort *Bich* in einem Portrait abgedruckt, das war nicht schön.“

Ich nickte und lief zurück zu meinem Schreibtisch. Dann überflog ich die handschriftlichen Anmerkungen und machte mich daran, das Portrait nach Harris Vorstellungen zu überarbeiten. Dabei versuchte ich, mich ganz auf das kurze Glücksgefühl zu konzentrieren und nicht daran zu denken, was mich wohl erwartete, wenn Harri und Betty nach Hause gegangen waren und ich endlich Zeit hatte, mich in Ruhe den Fotos auf meinem Handy zu widmen.

Kapitel 2

„Den Sternen sei Dank, wir haben es geschafft“, seufzte Betty und schaltete ihren Computer aus. Dann stand sie mit einem leisen Ächzen auf und kam zu mir rüber. „Ich gehe jetzt nach Hause und lasse mir eine schöne Wanne Schaumbad ein – und du solltest auch nicht mehr so lange machen, Lizzy.“ Sie legte mir kurz die Hand auf die Schulter.

„Ich wollte nur noch einmal die Texte für Harri Korrektur lesen, dann geh ich auch nach Hause, versprochen“, erwiderte ich und versuchte, nicht mitzuzählen, die wievielte Lüge das war, seit ich einen Fuß in Kirchbruch gesetzt hatte. Die Texte von Harri hatte ich bereits überflogen und zur Seite gelegt. Jetzt wartete ich nur noch darauf, endlich allein im Büro zu sein.

„Okay. Vergiss nicht, deine Freizeit zu genießen, Lizzy. Ich wüsste sofort, was ich machen würde, wenn ich noch einmal so jung und hübsch wäre wie du. Ich wüsste auch, mit *wem* ich es machen würde. Und wie oft.“ Betty lächelte verschmitzt und machte sich dann mit wiegenden Schritten auf den Weg zur Tür.

„Gute Nacht, Betty!“, rief ich ihr noch hinterher.

„Gute Nacht“, flötete sie gut gelaunt, bevor sie die Glastür aufzog und dann leise stöhnte, weil es selbst abends noch immer so heiß war.

Kaum hatte sie das Büro verlassen, linste ich aus dem Fenster und schloss dann die Tür zur Stadtzeitung ab. Ich hatte keine Lust, hier noch einmal beim Recherchieren überrascht zu werden, wobei ich mir sicher war, dass Rouven nicht mehr so schnell bei mir aufkreuzen würde.

Mit klopfendem Herzen zog ich mein Handy aus der Tasche und rief die Fotogalerie auf. Dann klickte ich auf das erste Bild, das ich aufgenommen hatte. Es war eine Übersicht über die Unfallbeteiligten und es tat unerwartet weh, die Namen meiner Eltern mit dem Zusatz *verstorben* dort stehen zu sehen.

Nach ein paar Sekunden blätterte ich schließlich weiter zu dem Bericht und den Fotos, die von der Unfallstelle gemacht worden waren. Der pensionierte Polizist hatte eine Haftnotiz mit einem nachdrücklichen Ausrufezeichen auf die Seite geklebt und ich vergrößerte das Foto in der Hoffnung, erkennen zu können, was ihm so seltsam vorgekommen war.

Das Bild zeigte sowohl einen Teil der Landstraße, auf dem der Unfall passiert war, als auch den völlig zerstörten Mietwagen meiner Eltern, der von der Straße abgekommen und in dem bewaldeten Gebiet ringsum mit einem Baum kollidiert war. Kurz nach der Unfallstelle machte die Straße eine lang gezogene Kurve und ich konnte die Bremsspuren anderer Autos sehen, die vor der Kurve ihre Geschwindigkeit gedrosselt hatten.

Anders jedoch als meine Eltern.

Mit trockenem Mund hielt ich das Handy noch näher vor mein Gesicht und starrte auf die betonierte Straße hinter dem verbeulten Wrack. Tatsächlich gab es keine einzige Bremsspur, die zu dem zerstörten Wagen führte.

Ein kalter Schauer lief mir über den Rücken und ich fühlte, wie mir mein Handy aus der Hand glitt, das mit einem hässlichen Laut auf die Tischplatte fiel.

Es konnte nicht sein, dass meine Eltern mit voller Absicht mit dem Baum kollidiert waren. Auch wenn ich noch klein gewesen war, hatte ich sie trotzdem gekannt. Ich *wusste*, dass sie uns geliebt hatten. Sie wären nicht willentlich gegen den Baum gefahren, das war unmöglich.

Wieso hatte der Wagen also nicht gebremst? Laut dem Unfallbericht hatte meine Mutter am Steuer gesessen und ich konnte mir nicht vorstellen, dass sie einen Herzinfarkt oder etwas Ähnliches erlitten hatte. Die einzige andere Erklärung, die mir einfiel, war aber noch schlimmer: Waren die Bremsen des Wagens manipuliert worden? War der Tod meiner Eltern in Wirklichkeit Mord gewesen? Schon allein die bloße Überlegung führte dazu, dass mein Herz schmerzhaft gegen meinen Brustkorb donnerte.

Doch konnte das wirklich sein? Eine Manipulation der Bremsen hätte bei der Untersuchung des Fahrzeuges doch festgestellt werden müssen. Schnell scannte ich durch die restlichen abfotografierten Berichte und gelangte schließlich zu dem, den ich suchte. Eine genaue Analyse des Wagens, den meine Eltern am Flughafen gemietet hatten. Die Analyse hatte ergeben, dass keinerlei Mängel an dem Fahrzeug festgestellt werden konnten – die Bremsen hätten also funktionieren müssen.

Das alles ergab doch keinen Sinn.

Immer wieder las ich die einzelnen Dokumente, bis die Buchstaben vor meinen Augen verschwammen. Nichts enträtselte, warum es keine Bremsspuren gab, und nachdem ich eingesehen hatte, dass mir die Unterlagen nicht weiterhalfen, steckte ich mein Handy ein und zog mich ins Archiv zurück. Dort suchte ich nach Zeitungsberichten zu dem Unfall und hoffte, dass sie mir zumindest irgendeinen Hinweis geben könnten.

Neben dem mir bereits bekannten Artikel über den grausigen Schicksalsschlag, bei dem meine Eltern auf dem

Weg zur Beerdigung meines Großvaters verunglückt waren, fand ich noch zwei weitere Berichte, die sich mit dem Thema auseinandersetzten. Der eine war nur eine kurze und unpersönliche Meldung in den Lokalnachrichten, doch beim zweiten hatte ich mehr Glück. Die Überschrift einer Tageszeitung aus der Region lautete: „Tod durch höhere Gewalt“. Darin wurde die These aufgestellt, dass womöglich ein über die Straße laufendes Reh dafür verantwortlich war, dass meine Mutter das Auto verrissen hatte. Allerdings erklärte auch diese Theorie nicht, warum es keine Bremsspuren gab, und ich fragte mich, ob der Journalist davon gewusst hatte.

Aus lauter Verzweiflung warf ich dann doch noch einen Blick in die Akte meiner Eltern. Da es bei dem Unfall keine Zeugen gegeben hatte, konnte sich die Polizei nur auf die Untersuchungen des Wracks und der Unfallstelle sowie die Ergebnisse der Autopsie stützen, die jedoch unauffällig waren.

Als ich erneut die Beschreibungen der Verletzungen las, die meine Eltern davongetragen hatten, spürte ich, wie mir die Tränen in die Augen stiegen. Beide waren bis zur Unkenntlichkeit verbrannt worden, wobei die Wucht des Aufpralls ihre Knochen zuvor zertrümmert hatte.

Mir war klar, dass ich langsam eine Pause brauchte. Erschöpft ging ich in die kleine Gemeinschaftsküche und holte mir dort ein Glas kaltes Wasser. Nachdem ich es getrunken hatte, wischte ich mir über die Augen und ließ frustriert meinen Kopf in den Nacken sinken. Inzwischen konnte ich mir gut vorstellen, wie sich der ehemalige Polizist bei dem Fall gefühlt haben musste. Dennoch beschloss ich, mich davon nicht unterkriegen zu lassen und noch einmal anzufangen.

Ich setzte mich an meinen Arbeitsplatz und gab im

Internet alle möglichen Suchbegriffe ein, die zu dem Unfall passten. Vielleicht würde ich so auf etwas Nützliches stoßen, vielleicht gab es noch irgendeinen Artikel, den ich bisher übersehen hatte.

Doch leider war dem nicht so und nachdem mir nichts anderes mehr einfiel, tippte ich irgendwann den Namen *Andreas Wellinger* in die Eingabemaske. Sofort tauchten zahlreiche Treffer zu Rouvens Vater auf, der mir gemeinsam mit seinem Bruder Frederick Wellinger von einem Bild entgegenlächelte. Es war an einem sonnigen Tag gemacht worden und hinter den beiden erhob sich ein saftig grüner Hügel mit zahlreichen Rebstöcken. Interessiert beugte ich mich nach vorn und betrachtete Andreas Wellinger genauer. Er war ein sehr attraktiver Mann gewesen und die Ähnlichkeit mit Rouven war auf einen Blick erkennbar. Beide hatten die gleichen kantigen Gesichtszüge, eine gerade Nase und die gleiche Art, zu lächeln. Nur die Augen und die Haarfarbe schien Rouven von seiner Mutter geerbt zu haben, denn sein Vater war ebenfalls dunkelblond gewesen, wie Frederick und Tristan.

„Wellinger gewinnt erneut den Preis für die beste Spätauslese 2001“, stand als Bildunterschrift unterhalb des Fotos von Andreas und Frederick. Rasch überflog ich den Artikel und kehrte dann zu den Suchergebnissen zurück, die nun weit weniger positiv wurden.

„Mann erschießt sich nahe des Kirchbrucher Badeteichs und hinterlässt Frau sowie dreijährigen Sohn“, sprang mir zuerst ins Auge und ich klickte den Beitrag an, während mein Herz schneller schlug. Der Artikel war sehr kurz und beschrieb, dass Andreas Wellinger völlig unerwartet tot am See aufgefunden worden war, nachdem seine Frau ihn als vermisst gemeldet hatte. Da auch ein Abschiedsbrief neben der Leiche entdeckt worden war, ging die Polizei von einem Selbstmord aus. Damit folgte Andreas Wellinger dem traurigen Schicksal seiner Mutter Veronika Wellinger, die sich ebenfalls in jungen Jahren das Leben genommen hatte.

Rouvens Vater … er hatte sich umgebracht? Genau wie Rouvens Großmutter?

Ich blinzelte und wollte gerade das nächste Suchergebnis anklicken, als plötzlich jemand hinter mir gegen die Scheibe der Glastür klopfte. Erschrocken fuhr ich zusammen und drehte mich um. Es war schon wieder beinahe neun und das einzige Licht im Büro stammte von meinem Computerbildschirm.

Die Person hinter der Scheibe klopfte erneut sanft gegen die abgeschlossene Tür und ich registrierte erleichtert, dass es sich dabei um Tristan handelte. Rasch schloss ich den Internetbrowser mit den Suchergebnissen zu seinem verstorbenen Onkel und knipste dafür meine Schreibtischlampe an, bevor ich nach meinem Schlüsselbund kramte und die Tür aufschloss.

„Hey, was machst du denn hier?“, begrüßte ich ihn und machte einen Schritt zur Seite, um ihn reinzulassen.

Tristan hielt eine Plastiktüte mit mehreren kleinen weißen Pappkartons in die Höhe. „Ich sorge dafür, dass du nicht verhungerst“, erwiderte er lächelnd und spazierte wie selbstverständlich ins Büro. „Du magst doch hoffentlich Chinesisch?“

„Äh, ja“, erwiderte ich und schloss die Tür wieder hinter ihm. „Aber wieso weißt du überhaupt, dass ich hier bin?“

Er schmunzelte. „Nenn es ein Gefühl.“

Als ich nur die Augen zusammenkniff, schnaubte er

belustigt. „Betty hat mir einen Tipp gegeben", erklärte er dann und stellte das chinesische Essen auf meiner Tischplatte ab.

Ich rang mir ein schwaches Lächeln ab und musste gleichzeitig an die beiden verpassten Anrufe von Tristan denken, die mir erst jetzt wieder in den Sinn kamen. Genauso wie Rouven, dem ich zwischen den beiden Anrufen in der Abstellkammer viel zu nah gewesen war.

„Oje. Du hasst Chinesisch", sagte Tristan, der meine Reaktion offenbar missverstanden hatte.

„Nein, ich *liebe* Chinesisch", sagte ich schnell, obwohl das vielleicht sogar ein bisschen zu enthusiastisch war.

„Ehrlich?" Tristan betrachtete mich mit gerunzelter Stirn und ich musste mir eingestehen, dass er auf eine weniger düstere Art als Rouven ebenfalls verdammt gut aussah.

„Okay, ich mag Chinesisch", ruderte ich mit einem Lächeln zurück und merkte, wie die Anspannung der letzten Stunden ein klein wenig nachließ. Tristans Anwesenheit hatte fast immer diesen entspannenden Effekt auf mich und plötzlich übermannte mich das schlechte Gewissen wegen dem, was vor Kurzem im Kino passiert war.

„Tristan, wegen unserer letzten Begegnung …" Ich bemühte mich, ihm in die Augen zu sehen, obwohl mir bei dem Satz das Blut in die Wangen schoss.

„Du meinst, als ich dich dabei erwischt habe, wie du während *unseres* Dates *meinen* Cousin geküsst hast?" Er lehnte sich gegen einen der Tische und verschränkte dabei lässig die muskulösen Arme vor der Brust.

Bei dem unumwundenen Blick aus seinen blauen Augen senkte ich beschämt die Lider und wünschte, ich hätte statt meiner Gabe, verschiedene Möglichkeiten der Zukunft zu sehen, die Fähigkeit, mich einfach aus dem Gebäude wegzuteleportieren.

„Suchst du gerade nach einem Loch im Boden, in dem du verschwinden kannst?“, fragte Tristan amüsiert und ich sah ihm wieder ins Gesicht.

„Schon möglich.“

„Dann muss ich dich enttäuschen. Kirchbruch ist nicht für seine spontan auftretenden Löcher bekannt.“

„Du gehst … ziemlich locker mit der Sache um“, sagte ich vorsichtig und zupfte an meinem blassen Oberteil herum.

Tristan zuckte mit den Schultern und atmete seufzend aus. „Was soll ich denn machen? Natürlich finde ich es beschissen, dass Rouven dich auf unserem ersten Date abschleppt.“

„Er hat mich nicht abgeschleppt“, hielt ich dagegen. „Und war es wirklich ein Date, das wir hatten?“

„Also ich weiß nicht, wie man das in Hamburg nennt, aber in Kirchbruch ist es schon ein Date, wenn sich ein Typ und ein hübsches Mädchen im Kino verabreden.“ Sein Mundwinkel zuckte nach oben. „War es denn so dunkel in dem Kino, dass du Rouven für mich gehalten hast?“

Ich legte den Kopf leicht schief und bereute, was ich getan hatte. „Es tut mir leid, Tristan. Das war echt nicht okay von mir.“

Er kratzte sich an der Stirn und nickte langsam. „Das stimmt. Aber jeder macht mal Fehler, also buchen wir es einfach unter spontaner Geschmacksverirrung ab.“ Er machte eine kurze Pause. „Apropos Geschmack: Wir sollten unser Essen nicht kalt werden lassen. Die Frühlingsrollen sind der Hammer, du wirst sie lieben.“

„Danke“, sagte ich.

„Nicht so schnell. Du musst mir die Hälfte abgeben.“ Er

begann, die kleinen weißen Pappkartons aus der Plastiktüte zu befreien. „Kannst du mit Stäbchen essen?"

„Klar", erwiderte ich und trat neben ihn an den Computerschreibtisch. Er war groß genug, um das Essen darauf auszubreiten, ohne eine schreckliche Sauerei zu machen. „Und was ist mit dir?" Dabei sah ich Tristan von der Seite an. Er roch gut nach einem extravaganten Männerparfüm und fixierte mich für einen Moment.

„Hast du mich das gerade ernsthaft gefragt? Natürlich kann ich mit Stäbchen essen. Schon mit sechs musste ich es lernen, denn bei uns gab es gefühlt jeden zweiten Tag Chinesisch."

„Und warum?"

Tristan grinste. „Meine Mutter behauptet noch immer, dass es ihr Lieblingsessen ist. Aber ich glaube eher, dass sie schon damals einfach nicht kochen wollte. Beziehungsweise wollte sie nicht, dass mein Vater kocht."

„Wieso denn? Kann er nicht kochen?", fragte ich.

Tristan grinste. „Öffentlich würde ich das natürlich niemals bestätigen. Sagen wir lieber, er ist sehr *kreativ* in der Küche."

Ich musste lachen. „Und das bedeutet?"

„Dass er gern Dinge mixt, die nicht unbedingt zusammengehören. Wir hatten schon Hähnchen mit Himbeersauce, Spätzle mit Schokolade und Chili mit Kaffeebohnen. Mein Vater besteht darauf, immer wieder neue Sachen auszuprobieren."

„Das passt doch zu ihm", erwiderte ich und holte uns zwei Gläser Wasser aus der Küche, während Tristan alle Pappkartons für uns öffnete.

„Ihr hattet heute richtig viel Stress hier, oder?", fragte Tristan irgendwann, nachdem wir uns schon einmal quer durch die Speisen gekostet hatten. Es gab nicht nur Frühlingsrollen, sondern auch Reis mit Gemüse und Hähnchen süß-sauer.

Ich nickte. „Kurt ist krank und Bettys Computer ist abgestürzt. Harri war heute ziemlich nervös“, sagte ich. „Also nicht nur er – ich auch, weil ich mein erstes Portrait innerhalb einer Stunde fertig machen musste.“

„Und wie ist es geworden?“

„Ganz gut, denke ich.“ Ich steckte mir ein kleines Stück Brokkoli in den Mund. „Harri war zumindest zufrieden.“

Tristan biss von einer Frühlingsrolle ab. „Wie hat mein Vater denn in dem Portrait abgeschnitten? Hast du seine Kreativität positiv oder negativ bewertet? Und: Können wir uns jetzt in Kirchbruch überhaupt noch sehen lassen?“

Ich schüttelte bedauernd den Kopf. „Ab jetzt leider nicht mehr.“

Er atmete tief ein. „Du bist knallhart.“

„Ich schreibe nur die Wahrheit.“

„Dann wirst du garantiert eine gute Journalistin. Auch wenn du meine Familie aus Kirchbruch verbannt und uns damit ins Unglück gestürzt hast.“

Ich lächelte. „Okay, so schlimm ist das Portrait nicht“, gab ich zu. „Dein Vater hat wirklich einen klugen und charmanten Eindruck auf mich gemacht.“

Tristan sah mich zufrieden an. „Hat er von mir.“

Ich schmunzelte. „Hat er auch das Selbstbewusstsein von seinem Sohn?“

„Klar. Schließlich ist ein Leben ohne Selbstbewusstsein nur halb so lebenswert.“

„Zum Glück hast du eine große Portion davon abbekommen.“

Tristan betrachtete mich nachdenklich. „Ich denke nicht, dass Selbstbewusstsein etwas ist, das man einfach so abbekommt. Man muss dafür auch etwas tun. Wie zum Beispiel an sich selbst zu glauben."

Ich kniff die Augen zusammen. „Dann glaubst du anscheinend ziemlich oft an dich selbst."

Er wurde einen Tick ernster. „Ja, meistens."

„Und wann nicht?", fragte ich, während ich in den Blick aus seinen blauen Augen eintauchte.

„Zum Beispiel dann, wenn mich das Mädchen, für das ich mich interessiere, nicht zurückruft."

Bei seinen Worten überkam mich mein schlechtes Gewissen. „Sorry, dass ich mich nicht gemeldet habe", sagte ich schnell.

Tristan wischte sich mit einer Serviette den Mund ab. „Kein Ding. Ich weiß ja, dass du viel zu tun hattest."

„Was wolltest du denn?" Ich hoffte, dass meine Frage ganz belanglos klang.

„Ich wollte dich zum Essen einladen." Er stützte seine Ellbogen auf der Tischplatte ab. „Was mir inzwischen ja auch gelungen ist."

„Ja, vielen Dank dafür", sagte ich und schob mir noch einen Happen Reis in den Mund. „Es schmeckt wirklich sehr lecker. Ich hätte nicht gedacht, dass es hier in der Nähe einen guten Chinesen gibt."

Tristan hob die Augenbrauen. „Hier in der Nähe gibt es weit mehr Gutes, als du denkst", sagte er und ich wurde mir plötzlich der Intimität des Augenblicks bewusst. Abgesehen von dem Licht der Schreibtischlampe lag das Büro im Dunkeln und wenn wir nicht sprachen, war nur das Ticken der Wanduhr zu hören.

„Kirchbruch scheint für eine Menge Überraschungen gut zu sein", sagte ich unverbindlich.

Tristan blickte mich interessiert an. „Du hast anfangs sicher gedacht, dass es sich bei Kirchbruch nur um ein blödes Kaff handelt, oder?“

„Das stimmt, aber das hat sich mittlerweile geändert. Kirchbruch scheint ziemlich geheimnisvoll zu sein.“

„Also hast du auch schon von unserer heimischen Legende erfahren?“

„Nein, das habe ich nicht“, entgegnete ich betont gelassen, obwohl seine Worte meine komplette Aufmerksamkeit auf sich zogen.

„Es heißt, dass hier vor Hunderten von Jahren ein besonderer Blitz eingeschlagen hat“, begann Tristan zu sprechen und mein Herz beschleunigte sich bei seinen Worten automatisch.

„Was für ein Blitz?“

„Angeblich hatte er magische Kräfte“, erklärte Tristan mit geheimnisvoller Stimme. „Und er schlug in einen Baum ein, unter dem drei Fremde auf der Durchreise Schutz gesucht hatten.“

Blitz. Magische Kräfte. Die Gedanken stolperten nur so durch meinen Kopf. Hatte diese Legende womöglich etwas mit meinen Zukunftsvisionen zu tun?

„Was für magische Kräfte hatte der Blitz denn?“, fragte ich so cool wie möglich.

Tristan lächelte. „Wusste ich doch, dass ich dich mit dieser Geschichte beeindrucken kann.“

„Viel mehr würde es mich beeindrucken, wenn du weitererzählst“, sagte ich und versuchte dabei, ein wenig spöttisch zu klingen.

„Okay. Es soll sich bei der Magie des Blitzes um eine elementare Kraft gehandelt haben. Manche glauben, dass es die Kraft Gottes war – andere sagen, es handelte sich um die Energie des Teufels. Wieder andere glauben überhaupt nicht daran und behaupten, die Legende sei Schwachsinn“, sagte Tristan belustigt und beugte sich ein Stück nach vorn. Dabei berührte er mich sanft mit seinem Knie. Es fühlte sich nicht schlecht an, trotzdem überlegte ich, ob ich mein Bein wegziehen sollte – wobei ich Tristan keinesfalls in seiner Geschichte unterbrechen wollte.

„Und was genau ist mit diesen drei Fremden passiert?“

„Die drei Männer behaupteten, bei dem Einschlag bunte Lichter gesehen zu haben. Sie bestanden darauf, dass die Zeit für einen Augenblick stillstand und dass sich etwas verändert hatte – es war ein Wunder, dass sie den Blitzeinschlag überhaupt überlebt haben. Schließlich ist es nicht besonders intelligent, sich bei einem Gewitter unter einen Baum zu stellen.“

Die Zeit stand still. Das konnte kein Zufall sein.

Ich atmete beherrscht ein und bemühte mich, mir von meiner Aufregung nichts anmerken zu lassen. „Und was ist dann mit den Männern passiert?“

Tristan zuckte mit den Schultern. „Keine Ahnung. Ich weiß nur, dass die Dorfbewohner von nun an den Baum geschützt haben, der auch wie durch ein Wunder den Blitzeinschlag unbeschadet überstanden hatte. Von da an stand es unter Strafe, den Baum zu fällen, und bis heute steht die alte Eiche genau auf dem Stadtplatz von Kirchbruch – neben ein paar anderen Bäumen, die jedoch nichts mit der Legende zu tun haben.“

„Okay“, sagte ich, weil ich nicht das Gefühl hatte, das Tristan noch mehr wusste. „Die Geschichte klingt echt spannend. Vielleicht sollte ich darüber mal etwas schreiben.“

„Wenn du magst. Du findest vielleicht noch mehr Infos in der Stadtbibliothek, da stehen ein paar alte Bücher rum.“ Er machte eine kurze Pause. „Die Story spiegelt sich übrigens auch in unserem Wappen wider – der Blitz und der Baum stehen für die Eiche, in die der Blitz gefahren ist, die Kirche symbolisiert die abgebrochene Kirchturmspitze – und die Weinrebe …“ Er zuckte mit den Schultern. „Ich nehme an, die Kirchbrucher haben immer schon gern Wein getrunken.“

„Was euch mit Sicherheit nicht stört“, sagte ich und nahm mir vor, gleich morgen in die Stadtbibliothek zu gehen und nach dieser alten Legende zu forschen. Vielleicht würde ich dann endlich verstehen, was es mit meinen Visionen auf sich hatte. „Woher hat Kirchbruch eigentlich seinen Namen?“, fragte ich nach einem Moment. „Hat es etwas mit dieser abgebrochenen Kirchturmspitze zu tun?“

„So hat es mir zumindest meine Mutter erzählt“, bestätigte Tristan. „Das Gewitter soll in jener Nacht so heftig gewesen sein, dass die Kirchturmspitze zu Bruch gegangen ist. Tja, und seitdem heißt der Ort *Kirchbruch*.“

„Na ja. Besser als Blitzbaum“, murmelte ich. „Oder Weinfass.“

„Mit Weinfass könnte ich leben“, sagte Tristan und rieb sich übers Kinn. „Vielleicht sollte ich den Vorschlag mal in einer Stadtversammlung bringen? Mein Vater wäre sicher happy über die Namensänderung, die wäre garantiert gut fürs Geschäft.“

Ich lächelte. „Eure Leidenschaft für Wein scheint wohl keine Grenzen zu kennen.“ Mit den Fingerspitzen schob ich ein paar heruntergefalle Reiskörner auf der Tischplatte zusammen, bevor ich sie zurück in eine der leeren Schachteln warf.

„Leidenschaften sollten immer grenzenlos sein", meinte Tristan und wandte mir sein Gesicht zu. „Du hast doch auch eine, oder? Ich meine, das Schreiben scheint dir wirklich sehr viel zu bedeuten."

„Das tut es."

„Und warum ist das so?"

„Keine Ahnung. Wenn ich schreibe, vergesse ich oft alles um mich herum und gerate dann in eine Art Sog, der mich in eine andere Welt eintauchen lässt." Ich kniff die Augen zusammen. „Das klingt komisch, oder?"

„Nein, ganz und gar nicht. Das klingt wunderschön."

„Hast du denn eine besondere Leidenschaft?"

Er nickte. „Klar. Also nicht nur eine. Mein Sport ist mir wichtig, außerdem interessiere ich mich für den Weinanbau und unseren Betrieb – und ich lese unheimlich gern."

„Wirklich?", fragte ich überrascht.

Er kniff die Augen zusammen. „Was? Dachtest du etwa, ich kann nicht lesen?"

„Das nicht", meinte ich schnell. „Ich hätte dich nicht so eingeschätzt, dass du deine Nase in Bücher steckst."

„Vielleicht hast du mich eben *unter*schätzt", sagte er und beugte sich immer näher zu mir. Dabei ließ er mich nicht aus den Augen. Mit dem Daumen strich er mir sanft über den Handrücken und von dort weiter zu meinem Unterarm. Ich öffnete den Mund, um etwas zu sagen, als plötzlich blaue Blitze zwischen uns in die Höhe sprangen. Im nächsten Moment durchzuckte mich ein glühender Stromschlag, während das Ticken der Wanduhr verstummte.

Kapitel 3

Tristan erstarrte in der Position, leicht nach vorn gebeugt und die blauen Augen intensiv auf mich gerichtet, als wäre ich das Einzige, was sich in diesem Raum anzusehen lohnte.

Ich wich zurück und war wieder zu der blau schimmernden, leicht durchsichtigen Gestalt geworden, die unabhängig vom Körper der eingefrorenen Lizzy existierte. Ihre ganze Haltung drückte eine gewisse Scheu aus, als wäre sie ein Reh, das sich noch nicht entschieden hatte, ob es flüchten oder bleiben sollte.

Ich atmete tief durch und entdeckte neben dem Durchgang zur Küche die dunkelblaue Tür mit dem silbernen Knauf. Sie strahlte etwas Geheimnisvolles aus und ich überlegte kurz, ob ich noch einmal versuchen sollte, sie zu öffnen. Immerhin hatte ich den Knauf beim letzten Mal schon ein wenig drehen können.

Einem Impuls folgend, lief ich mit wenigen Schritten zu der Tür und umfasste vorsichtig das kühle Metall. Es kribbelte ein wenig, als sich meine Finger um den Knauf schlossen, doch er ließ sich tatsächlich noch ein Stück weiter bewegen als das letzte Mal! Aufgeregt versuchte ich, ihn ganz herumzudrehen, und bekam im nächsten Augenblick einen enormen Stromschlag verpasst, dessen Wucht mich nach hinten katapultierte. Mit einem heftigen Knall schlug ich auf dem Boden des Büros auf, woraufhin die Zeit übergangslos weiterlief. So schnell ich konnte, rappelte ich mich wieder auf und blickte zu Tristan, der mit seinen Fingern über die Haut der anderen Lizzy strich. Dann stand er mit einer geschmeidigen Bewegung auf und zog Lizzy gleichzeitig in die Höhe. Tristans Gesichtsausdruck war ernst, als er seine linke Hand auf ihre Taille legte und sie langsam an sich zog.

„Das wollte ich schon lange tun“, flüsterte er nahe an ihren Lippen und ich schluckte, als sie eine Hand auf seine Brust legte und ihm dabei direkt in die Augen sah. Es war total seltsam, dabei zuzusehen, wie Tristan die andere Lizzy immer näher an sich zog und sie sich nicht wesentlich dagegen wehrte.

In diesem Moment flammte unter dem Spalt der dunkelblauen Tür ein gleißend helles Licht auf und zwei hellblaue Blitze zischten unter dem Türschlitz hervor. Ein Blitz führte Richtung Toilette, während der andere direkt zu Tristan und meinem anderen Ich zuckte. Kurz darauf lösten sich eine zweite Lizzy und ein zweiter Tristan aus den Körpern der ersten Versionen und ich riss die Augen auf, um kein Detail zu verpassen.

„Tristan – nein“, sagte die eine Lizzy und schob ihn sanft, aber bestimmt wieder von sich weg, während sich die andere Lizzy für den Kuss entschied. Tristan bückte sich zu ihr hinunter und streifte ihre Lippen mit seinen, woraufhin sie die Augen schloss und ihr Gesicht zu seinem emporhob.

Zur selben Zeit standen die ersten Versionen von Lizzy und Tristan einander mit einer Armesbreite Abstand gegenüber. Der zurückgewiesene Tristan fuhr sich gerade durch seine dunkelblonden Haare und wirkte ein wenig frustriert, was er jedoch rasch zu überspielen versuchte. Er wechselte mit seiner Lizzy schnell ein paar Worte und brach dann allein in Richtung Toilette auf, während der andere Tristan leise aufstöhnte und meine zweite Version gegen den Tisch mit den halb leeren Essenskartons drückte. Ich sah, wie er beide Hände in ihren langen Haaren vergrub und ihr Gesicht noch näher zu sich zog, ohne seine Lippen von ihren zu lösen. Die Augen dieser Lizzy waren geschlossen und mein Blick rutschte schnell zu der dunkelblauen Tür, deren Farbe total verblasst war, als es mich wieder in die Gegenwart katapultierte.

Kaum dass ich wieder Fleisch und Knochen besaß, schoss mein Puls in die Höhe und ich fühlte die Verwirrung meiner letzten Eindrücke stark in mir nachhallen. In diesem Moment nahm Tristan meine Hand, stand auf und zog mich mit einer Selbstverständlichkeit in die Höhe, der ich nichts entgegenzusetzen hatte. Im nächsten Moment lag seine linke Hand auf meiner Taille und ich fühlte, wie mein Atem schneller wurde, als er mich näher an sich zog.

Ich mochte Tristan. Aber wollte ich das?

„Das wollte ich schon lange tun", flüsterte Tristan gegen meine Lippen und ich atmete zitternd ein, als er mich noch näher an sich zog, bis kaum noch etwas zwischen uns passte.

Die Nähe seines durchtrainierten Körpers ließ mich wieder an den Moment mit Rouven im Abstellraum denken und ich merkte, wie ich von Gefühlen übermannt wurde.

„Tristan – nein", sagte ich in diesem Moment und legte meine Hände auf seine Brust, um ihn sanft, aber bestimmt von mir wegzuschieben.

Er atmete hörbar aus und ließ dann meine Taille los. Erleichtert, dass er nicht weiter versuchte, mich zu küssen, brachte ich noch einen Schritt Abstand zwischen uns und blickte zu Boden.

„Es tut mir leid", sagte ich dann, obwohl ich mir nicht hundertprozentig sicher war, wofür genau ich mich entschuldigte. Vielleicht dafür, dass ich Rouven geküsst hatte und ihn jetzt nicht.

„Schon gut", sagte Tristan und fuhr sich durch seine dunkelblonden Haare. Obwohl er ein wenig enttäuscht wirkte, versuchte er, sich nichts davon anmerken zu lassen. „Ich geh mich mal lieber ein bisschen abkühlen", meinte er dann und verschwand ohne Eile in Richtung der Toiletten.

Kaum war er weg, atmete ich tief durch und schloss die Augen. Dieser Abend war total verrückt und das Verrückteste war, dass ich beinahe ein schlechtes Gewissen hatte, weil ich Tristan in einer möglichen Variante der Zukunft geküsst hatte.

In einer möglichen Variante. Nicht in Wirklichkeit. Und außerdem muss ich keinem gegenüber ein schlechtes Gewissen haben, sagte ich mir vor und öffnete wieder die Augen.

Wenigstens hatte ich nun Gewissheit, dass die Existenz der dunkelblauen Tür etwas mit der Aufenthaltsdauer in den Zukunftsvisionen zu tun hatte. Sonst wäre ich wahrscheinlich nicht wieder in der Gegenwart gelandet, als die Tür verblasst war.

Gedankenverloren begann ich, die Reste unseres Essens zurück in die Plastiktüte zu räumen. Ich war beinahe fertig, als die Glastür aufging und plötzlich Rouven auf der Schwelle stand. Er trug noch dieselben Sachen wie bei unserer letzten Begegnung.

„Was willst du hier?“, fragte ich und ließ die Plastiktüte mit den leeren Verpackungen sinken.

„Ich möchte mit dir reden.“ Seine tiefe Stimme sandte einen warmen Schauer über meinen Rücken, der nun wirklich nicht angebracht war.

„*Jetzt* möchtest du mit mir reden?“, schnaubte ich sarkastisch. „Nachdem ich herausgefunden habe, dass du mich die ganze Zeit für blöd verkauft hast, willst du jetzt auf einmal mit mir reden?“

Seine Muskeln spannten sich an. „Ich habe dich nicht für blöd verkauft. Ich hatte meine Gründe, nichts zu sagen.“

„Du hattest deine Gründe? Was für Gründe denn?“, fragte ich und hoffte, dass Tristan nicht gerade jetzt von der Toilette zurückkehren würde.

Rouven zögerte, bevor er antwortete. „Es ist kompliziert, Lizzy."

Ich machte ein paar Schritte auf ihn zu. „Und deswegen bist du hergekommen, Rouven? Um mir zu sagen, dass es kompliziert ist?" Ich konnte nicht fassen, dass er noch immer nicht mit der Wahrheit rausrücken wollte.

Rouvens tiefdunkle Augen bohrten sich in meine. Mit zwei Schritten überwand er den Abstand zwischen uns, sodass wir nur noch eine Handbreit voneinander entfernt standen. Mein Herz trommelte wie verrückt gegen meine Brust und ich wusste nicht, ob ich Rouven wegstoßen oder an mich ziehen wollte.

„Du musst mir vertrauen, Lizzy. Ich kann dir im Moment einfach nicht mehr sagen."

„Wie kann ich dir vertrauen, wenn du nicht ehrlich zu mir bist?", sagte ich und erwiderte Rouvens intensiven Blick. Ich wollte mich von ihm nicht aus dem Konzept bringen lassen, ich wollte, dass er mir endlich erklärte, warum er mich angelogen hatte. Denn etwas in mir wünschte sich so sehr, dass es einen vernünftigen Grund dafür gab.

Doch noch bevor Rouven antworten konnte, waren Schritte aus dem hinteren Bereich des Büros zu hören und ich spürte, wie mein Puls nach oben schoss.

Tristan.

„Okay, ich denke, ich hab mich genug abgekühlt, um wieder unter Menschen gehen zu können", rief er von hinten.

Seine Stimme hatte einen halb scherzhaften, halb anzüglichen Klang und ich spürte, wie mir das Blut aus dem Gesicht wich, als Rouvens Miene von einer Sekunde auf die andere komplett versteinerte.

In diesem Moment bog Tristan um die Ecke. „Was machst du denn hier?“, herrschte er Rouven an.

„Das Gleiche könnte ich dich auch fragen“, gab Rouven zurück und schwenkte den Blick zu mir. „Tristan musste sich abkühlen?“, fragte er kalt. „Es tut mir leid, wenn ich euch bei etwas gestört habe.“ Rouven machte einen Schritt zurück und mir war klar, dass er Abstand zwischen uns bringen wollte, doch noch bevor ich die Situation erklären konnte, meldete sich Tristan zu Wort.

„Du störst tatsächlich“, meinte er unfreundlich und fixierte seinen Cousin. „Scheint in letzter Zeit offenbar zur Gewohnheit zu werden.“

Rouvens Augen verengten sich und er betrachtete Tristan eindringlich. „Hast du ein Problem?“

„Vielleicht. Gehst du denn gleich wieder? Oder willst du bleiben und wieder meinen Platz einnehmen?“ Er schnaubte. „Wieso bist du überhaupt hier? Dachtest du vielleicht, es wäre nett, wieder ein wenig mit Lizzy zu spielen und deine Einsamer-Wolf-Nummer abzuziehen?“

„Spielchen sind doch eher dein Revier“, entgegnete Rouven und betrachtete seinen Cousin unbewegt. „Aber keine Sorge, ich gehe schon. Es war ein Fehler, herzukommen.“ Im nächsten Moment drehte er sich um und verließ das Büro, ohne mich auch nur eines Blickes zu würdigen.

„Wenigstens ist er lernfähig“, kommentierte Tristan den Abgang seines Cousins trocken. „Ich bin echt froh, keine Geschwister zu haben.“

„Ist Rouven denn so etwas wie ein Bruder für dich?“, fragte ich abwesend und packte den Rest der Sachen weg. Dabei war ich mir nicht sicher, ob ich die Situation hätte entschärfen können. Selbst wenn ich Rouven gesagt hätte, dass zwischen Tristan und mir nichts gelaufen war, hatte er nicht so gewirkt, als ob er für diese Information empfänglich gewesen wäre. Abgesehen davon verspürte ich ohnehin keine Lust, mich vor Rouven zu rechtfertigen. Immerhin war er derjenige, der mir noch immer die Wahrheit verschwieg.

Tristan zuckte mit den Schultern. „Keine Ahnung. Ich meine, ich habe Rouven jahrelang nicht gesehen und auf einmal wohnt er bei uns und interessiert sich genau für das Mädchen –"

Noch bevor Tristan den Satz zu Ende sprechen konnte, blickte ich auf die Uhr. „Verdammt, es ist schon nach zehn. Ich muss nach Hause."

Er sah mich an. „Soll ich dich bringen? Ich bin mit dem Auto da."

Ich schüttelte den Kopf, da ich wusste, dass die paar Minuten jetzt auch keinen Unterschied mehr machen würden. Außerdem wollte ich an die frische Luft, um den Kopf etwas frei zu bekommen. „Nein, das passt schon", sagte ich und schnappte mir schnell meine Sachen. „Nach dem stressigen Tag wird mir ein wenig frische Luft guttun. Aber danke für das Essen, das war wirklich lecker."

Kapitel 4

Während ich mit schnellen Schritten auf Dieters Haus zusteuerte, versuchte ich zu rekapitulieren, was heute alles passiert war. Dabei hatte ich das Gefühl, als wäre ein halbes Leben in einen einzigen Tag gepresst worden. Der Vormittag im Lokal, die Fahrt mit der Vespa, der Einbruch mit Rouven, der Fund der Akten, der Streit mit Alexa, die Hektik im Büro der Stadtzeitung, der überraschende Besuch von Tristan – und von Rouven.

Das alles war definitiv zu viel für einen Tag.

Ich atmete die kühle Nachtluft ein und blickte auf das hellblaue Haus vor mir, das vom Licht einer einzigen Straßenlaterne erhellt wurde. Hinter den Fenstern war es schon dunkel, doch das musste nicht unbedingt bedeuten, dass Dieter wirklich zu Bett gegangen war. So leise wie möglich schlüpfte ich deshalb durch die Haustür, zog mir vorsichtig meine Schuhe aus und schlich über den Dielenboden, der unter meinem Gewicht leise knarrte.

„Elizabeth", ertönte in dem Moment eine mürrische Männerstimme und ich schloss resigniert die Augen. Dieter war also tatsächlich noch wach.

Erschöpft schlurfte ich ins Wohnzimmer, aus dem er mich gerufen hatte. Es war dunkel und das einzige Licht, das in den Raum fiel, stammte von der Straßenlaterne, die einen hellen Streifen auf den Boden warf.

„Ich hasse es, mich zu wiederholen. Wir hatten ausgemacht, dass ihr um zehn zu Hause seid", schimpfte Dieter und knipste das Licht der Stehlampe an. Er saß in seinem karierten Bademantel in dem abgewetzten Ohrensessel in der

Ecke und blickte mit zusammengezogenen Augenbrauen auf seine Uhr. „Es ist kurz vor elf."

„Ich war noch arbeiten", sagte ich müde. „Und habe dabei die Zeit vergessen."

Dieter schnaubte und das Licht der Stehlampe verlieh seinem Gesicht einen noch grimmigeren Ausdruck. „Schon wieder?" In seiner Stimme lag eine Mischung aus Vorwurf und Spott.

„Ja, schon wieder. Wenn ich arbeite, verliere ich manchmal mein Zeitgefühl."

Er atmete tief ein. „Dann wirst du in Zukunft eben dafür sorgen, dass du es nicht mehr verlierst. Und so manches andere auch nicht."

Ich war mir nicht sicher, ob er jetzt auf meine Unschuld anspielte, wollte das Thema aber nicht vertiefen. Vielleicht meinte er ja nur mein Ehrgefühl oder meine Selbstkontrolle.

„Und wie?", fragte ich dann doch wider besseren Wissens. „Wie soll ich dafür sorgen? Soll ich einfach meine Jobs aufgeben?"

„Du sollst dich einfach an die Regeln halten. Ist das denn zu viel verlangt?", knurrte er und drehte die Bierflasche in seiner Hand.

Natürlich wäre es jetzt klug gewesen, einfach klein beizugeben und mich schnell in mein Zimmer zu verziehen. Doch dort lag Alexa, auf die ich gerade genauso wenig Bock hatte wie auf Dieter.

„Ja, das ist es", erklärte ich und fühlte, wie der Stress des heutigen Tages in Wut umschlug. „Ich bin siebzehn Jahre alt und es ist ja nicht so, als würde ich meine Freizeit damit verbringen, mich irgendwo zu betrinken oder Drogen zu nehmen. Nein, ich habe mir innerhalb der kurzen Zeit gleich zwei Ferienjobs beschafft, um meinen neuen Laptop zu finanzieren, da das Taschengeld von Ihnen ja gerade mal für ein paar Fahrten mit dem Bus reicht." Meine Stimme wurde lauter, aber das war mir egal. „Und statt mich dafür zu loben oder gar irgendein gutes Wort darüber zu verlieren, dass ich fleißig bin, bekomme ich nur eins auf den Deckel. Es geht Ihnen nur darum, dass ich nach Ihrer Pfeife tanze und Ihre in Stein gemeißelten Regeln befolge. Es geht Ihnen nicht im Ansatz darum, wie es mir geht. Wahrscheinlich bereuen Sie es jeden Tag, uns aufgenommen zu haben, aber ich sage Ihnen was: Mir macht es auch keinen großen Spaß, hier zu sein – und hätte ich eine andere Wahl, wäre ich sofort weg. Weg aus diesem verfluchten Kirchbruch und dem Schuhkarton von einem Zimmer, in dem wir aus dem Koffer leben, weil wir nicht mal einen Schrank haben, um unsere Sachen irgendwo hineinzutun!" Die Worte sprudelten nur so aus meinem Mund und ich konnte sie nicht mehr aufhalten, genauso wenig wie die Tränen, die mir in die Augen schossen.

Dieter saß noch immer ruhig in seinem Sessel und die Gelassenheit, mit der er mich beobachtete, schürte meinen Ärger noch weiter.

„Bist du jetzt fertig?", fragte er dann und mir schien, dass er nichts von dem, was ich gesagt hatte, auch nur ansatzweise verstanden hatte. Es war vergebene Liebesmüh, ihn irgendwie an meiner Gefühlswelt teilhaben zu lassen – er interessierte sich ja doch nicht dafür.

„Ja, ich bin fertig", presste ich hervor.

„Gut", sagte Dieter und nahm einen kräftigen Schluck aus seiner Bierflasche, bevor er aufstand. „Dann komm mal mit."

Ich kniff irritiert die Augen zusammen. „Wohin soll ich mitkommen?"

„Das wirst du schon sehen.“

Mit diesen Worten wandte er sich um und schlurfte zur Kellertür. Dabei holte er einen Schlüssel aus seinem karierten Morgenmantel, sperrte damit das Schloss auf und stieg langsam die Treppe hinab.

Unschlüssig, ob ich ihm wirklich folgen sollte, blickte ich ihm hinterher. Ich war noch nie im Keller gewesen und hatte mich schon oft gefragt, was Dieter dort unten anstellte.

Schließlich gab ich mir einen Ruck und setzte vorsichtig einen Fuß auf die Treppe, da ich zu neugierig war, um es nicht zu tun. Eine einzige Glühbirne beleuchtete den Weg hinunter und eine Geruchsmischung aus modriger Luft und Sägespänen stieg mir in die Nase. Die Treppenstufen waren sehr schmal, deshalb achtete ich darauf, nicht zu stolpern, während ich mich immer wieder an der Mauer abstützte.

Unten angekommen, zweigten zwei Räume von dem kleinen Korridor ab. Der eine führte offenbar in eine Vorratskammer und der andere in eine Werkstatt, in der noch Licht brannte. Dieter war gerade dabei, einige Werkzeuge zu verstauen, und ich folgte ihm in den chaotischen Raum, in dem es stark nach Sägespänen roch. In der Mitte der Werkstatt stand eine große Holzbank, gleich neben einer Tischkreissäge und etwas, das wie eine Hobelmaschine aussah. An den Wänden hingen unzählige Werkzeuge und in ein paar offenen Eisenschränken lagerten die unterschiedlichsten Materialien, die anscheinend zur Holzverarbeitung benötigt wurden.

Dieter setzte sich auf einen kleinen Hocker und sah mich abwartend an. Er wirkte nicht wesentlich freundlicher als sonst, doch es war das erste Mal, dass ich ein erwartungsvolles Funkeln in seinen Augen wahrnahm.

„Und jetzt?“, fragte ich etwas verdattert.

Dieter deutete mit dem Kinn auf ein Möbelstück, das links neben dem Eingang stand. Zuerst hatte ich es nicht bemerkt, aber nun fiel mir auf, dass es sich dabei um eine hübsche Kommode mit sechs großen Schubladen und einer geölten Oberfläche handelte.

„Ist die für uns?", fragte ich vorsichtig und drehte mich zu Dieter um.

Er nickte. „Ist aus Ahorn-Massivholz, die Fronten sind aus einem Stück geformt und die Schubladengriffe sind handgedrechselt." Er fuhr sich über seinen grauen Bart. „Eigentlich wollte ich schneller fertig sein, aber die Hände wollen nicht mehr so wie früher."

Ich war sprachlos. Dieter musste unglaublich viele Stunden Arbeit in diese Kommode gesteckt haben und mir wurde bewusst, dass er das alles für Alexa und mich getan hatte.

„Danke", sagte ich und fühlte mich schäbig, weil ich ihm gerade mein ganzes Gefühlschaos an den Kopf geworfen hatte. „Die Kommode ist echt wunderschön. Woher können Sie so etwas?"

Er schnaubte. „Ich war mehr als zwanzig Jahre Schreiner, bevor es sich nicht mehr rentiert hat und ich im Baumarkt angefangen habe. Auf alle Fälle kannst du jetzt wenigstens ein paar Sachen einsortieren. Und wenn deine Schwester auf der Uni ist, schaffe ich ihr Bett weg und besorge dir einen Schreibtisch, der am Fenster steht, damit du auch Tageslicht hast."

Es berührte mich, welche Gedanken Dieter sich offenbar machte, und ich schluckte, weil ich ihm das alles gar nicht zugetraut hatte.

Dieter kratzte sich am Kinn. „Der Raum ist nicht besonders groß, aber für dich wird es reichen. Zumindest für das letzte Jahr. Und dann kannst du machen, was du willst, und den Schuhkarton und das verdammte Kirchbruch für immer verlassen."

„Das mit dem Schuhkarton war nicht so gemeint", setzte ich entschuldigend an, doch Dieter winkte murrend ab.

„Lass gut sein. Der Raum war nie für zwei Personen gedacht. Es war nur ein Gästezimmer, in dem dein Vater ab und zu …" Er stockte und sah zur Seite. Dabei wusste ich nicht, ob er sich unterbrach, um mich nicht zu verletzen, oder ob ihn die Erinnerung an meinen Vater selbst so schmerzte.

„War er denn oft bei Ihnen?", fragte ich schnell, weil mir der stille Moment zwischen uns ein wenig unangenehm war.

Er zögerte einen Augenblick, bevor er antwortete. „Ab und an. Deine Großeltern haben ja nicht weit weg gewohnt und wenn die abends mal was unternehmen wollten, war Christoph bei mir. Er war besonders gern in der Werkstatt. Der Junge hat sich mit Holz geschickt angestellt und hatte auch das technische Verständnis dafür. Irgendwann hat er sogar Auftragsarbeiten angenommen und für ein paar Leute in der Stadt Vogelhäuser gebaut. Die waren echt nicht schlecht."

Ein zaghaftes Lächeln huschte über Dieters Gesicht und es war das erste Mal, dass ich ihn ehrlich lächeln sah. Es war schön, wenn er über meinen Vater sprach.

„Du hast seine Augen", meinte Dieter in dem Moment und ich blickte überrascht auf. „Deine Schwester kommt nach eurer Mutter, aber wenn ich mir deine braunen Augen anschaue, hab ich manchmal das Gefühl, Christoph darin zu sehen." Dieter räusperte sich und ich spürte, wie sich eine leise Trauer über mich senkte. Mit Papas Patenonkel zu sprechen, eröffnete mir einen ganz anderen Blick auf meinen Vater und ich hatte den Wunsch, noch so viel mehr zu erfahren. Schließlich hatte ich nicht besonders viele Erinnerungen an meine Eltern.

„Und wie war er sonst so?“, fragte ich und machte einen kleinen Schritt in den Raum hinein. Dabei konnte ich sehen, wie Dieter innerlich mit sich rang. Anscheinend wusste er auch nicht so recht, wie er sich verhalten sollte. Es war das erste Mal, dass wir beinahe normal miteinander sprachen.

„Christoph war ein aufgeweckter Bursche, ein kluges Kerlchen“, bemerkte er nach einem Moment des Zögerns. „Er hat seine Eltern mit seinen Fragen immer in den Wahnsinn getrieben – er war das wissbegierigste Kind, das ich kannte. Damals gab es noch kein Internet, wo man einfach nachsehen konnte, wenn man etwas nicht wusste. Deshalb mussten deine Großeltern auch ohne Ende Bücher kaufen, um den Wissensdurst deines Vaters irgendwie in den Griff zu bekommen.“

Ich lächelte und strich mit den Fingern sanft über die Kommode. Mir gefiel die Vorstellung, dass ich meine Neugier von meinem Vater geerbt hatte. Es passte auch zu dem, was ich noch von ihm wusste. Mein Vater hatte mich ständig ermutigt, neue Dinge auszuprobieren. Bei seinem Tod war ich zwar erst vier Jahre alt gewesen, aber ich hatte noch im Kopf, wie er mit mir Radfahren und Schlittenfahren gegangen war, wie er mich dazu gebracht hatte, das erste Mal Ski anzuschnallen und mit ihm einen Hügel hinunterzusausen.

„Meine Großeltern haben in einem Haus mit blauen Fensterrahmen gewohnt, nicht wahr?“, sagte ich, weil ich nicht wollte, dass das Gespräch mit Dieter verebbte.

Er räusperte sich. „Genau, es ist ein weißes Eckhaus mit blauen Fensterrahmen. Es ist nicht weit von hier. Deine Tante

Margret", er stockte kurz, „hat es schnell verkauft, nachdem sie die Vormundschaft von euch übernommen hatte."

Ich nickte und dachte daran, dass das alles auch für Dieter eine schwere Zeit gewesen sein musste. Zuerst hatte er Stück für Stück seine Freunde verloren und dann auch noch seinen Patensohn. Der Tod war niemand, der sich nur mit einer Person begnügte, er zog immer gleich mehrere in sein Unglück.

„Vor zwei Jahren hat so ein verrückter Typ das Haus gekauft, der faselt immer etwas von Verschwörungstheorien", grunzte Dieter.

Ich zog die Augenbrauen zusammen und erinnerte mich gleichzeitig daran, dass Konstantin mir erzählt hatte, dass er in dem weißen Eckhaus mit den blauen Fensterrahmen wohnte. „Etwa Konstantin?"

Dieter nickte. „Offenbar hast du schon seine Bekanntschaft gemacht. Die ersten Wochen hat der Kerl nur damit verbracht, nach irgendwelchen Wanzen zu suchen."

Ich schmunzelte und konnte mir lebhaft vorstellen, wie Konstantin jedes Möbelstück drei Mal umgedreht hatte, damit die bösen dunklen Erben nicht seine geheimen Nachforschungen überwachen konnten.

„Hat Konstantin eigentlich irgendwelche Verbindungen zu Kirchbruch?", fragte ich dann aus einem Impuls heraus.

Dieter kratzte sich erneut am Bart. „Glaube nicht. Wieso willst du das wissen?"

Ich zuckte mit den Schultern. „Nur so. Es interessiert mich ein wenig, warum er so ist, wie er ist."

„Warum er einen Dachschaden hat?", erwiderte Dieter. „Das kann ich dir nicht sagen, aber er war schon so, als er hier ankam. Wir haben ihn also nicht vermurkst." Dann stand er auf und schlurfte zur Kommode. „Ich werde sie morgen nach oben bringen lassen."

Damit war klar, dass er unser Gespräch für beendet erklärte.

„Danke", sagte ich noch einmal, weil ich ihm nicht nur dankbar für die Kommode war, sondern auch dafür, dass er mich zumindest ein wenig an seinen Erinnerungen hatte teilhaben lassen. So wie ich Dieter einschätzte, war das für ihn schon ein längeres Gespräch gewesen.

Dieter schloss die Werkstatt hinter sich und wir gingen die schmale Treppe wieder nach oben. Dabei war es noch ziemlich ungewohnt, dass wir eben im Keller ganz normal geredet hatten – zumindest ohne uns gegenseitig irgendwelche Vorwürfe zu machen. Dieter hatte mit einer gewissen Herzlichkeit von meinem Vater gesprochen – einer Herzlichkeit, die ich ihm gar nicht zugetraut hätte. Aber was wusste ich schon von diesem alten Mann, der tagsüber vor sich hin grummelte und dann im Keller Kommoden baute?

Nachdem ich Dieter im Flur eine gute Nacht gewünscht hatte, fiel mir ein, dass ich in unserem Zimmer gleich Alexa begegnen würde. Seufzend verlangsamte ich meine Schritte. Obwohl mir unser Streit von heute Nachmittag inzwischen schon wieder leidtat, hatte ich gerade überhaupt keine Lust, meiner Schwester gegenüberzutreten.

Leise stieg ich die Treppe hinauf und öffnete dann vorsichtig die Tür. Dabei gab ich mich für einen Moment der Hoffnung hin, dass sie vielleicht schon schlief.

Ihre Nachttischlampe war jedoch angeknipst und meine Schwester lag bäuchlings auf ihrem Bett. Ihre Füße baumelten in der Luft und sie war gerade dabei, eine Skizze nach der anderen anzufertigen.

„Hallo", sagte ich und betrat das Zimmer.

Alexa blickte zu mir hoch und dann wieder zurück auf ihren Zeichenblock. „Hey."

Ihre Stimme klang genauso reserviert wie meine und ich gab mich für einen Moment der Vorstellung hin, wie angenehm es wäre, wenn jeder von uns heute in seinem eigenen Zimmer schlafen könnte.

„Stört dich das Licht?", fragte sie kühl, als ich meine Tasche neben dem Bett ablegte.

„Nein, geht schon", erwiderte ich teilnahmslos und erhaschte einen Blick auf ihre Skizzen. Dabei tauchte der Schriftzug „Brunos Bistro" einmal neben einer dampfenden Kaffeetasse und einmal neben einem leckeren Burger auf. Obwohl es sich nur um Entwürfe handelte, sah es jetzt schon richtig gut aus und ich hätte ihr das normalerweise auch gesagt.

„Hör zu, wegen heute Nachmittag", sagte Alexa in diesem Moment. „Ich weiß nicht, was da plötzlich zwischen uns abgegangen ist." Sie wälzte sich auf ihrem Bett herum und blickte mir direkt in die Augen.

„Ich weiß es auch nicht", antwortete ich müde.

„Ich mache mir einfach nur Sorgen um dich, Lizzy. Ein Einbruch bei einem Polizisten ist echt nicht ohne."

„Das weiß ich doch."

Alexa schob ihre Skizzen auf dem Bett zusammen und blickte mir dann direkt ins Gesicht. „Super, dann tust du es nie wieder? Ich möchte dich nämlich nicht aus dem Gefängnis holen müssen." Sie lächelte halbherzig, aber ich konnte die Ernsthaftigkeit in ihren Augen entdecken.

„Du wirst mich nicht aus dem Gefängnis holen müssen, Alexa. Ganz ehrlich, du musst mich nicht wie ein kleines Kind behandeln." Meine Stimme klang vielleicht einen Tick zu gereizt und ich sah, wie sie genervt den Kopf schüttelte.

„Dann benimm dich auch nicht wie eines."

Ich fühlte, wie der Ärger von heute Nachmittag wieder hochkam. „Sag das nicht."

Alexa fuhr sich durch ihre roten Haare. „Sorry, so meinte ich das nicht. Ich mache mir einfach nur Sorgen. Wie soll ich denn bitte schön guten Gewissens zur Uni fahren, wenn du dich hier so … so …"

„So was?"

Sie holte tief Luft. „So unberechenbar aufführst, Lizzy?"

„Ich und unberechenbar?", wiederholte ich ungläubig. „Ich bin mein ganzes Leben lang immer vernünftig gewesen, Alexa."

Sie nickte mehrfach. „Genau: gewesen. Vergangenheit. Und seit wir hier sind, erzählst du mir irgendwelche Geschichten von blauen Blitzen und deiner Gabe, in die Zukunft zu sehen. Und dann sagst du mir, dass du wegen Rouven in das Haus eines Polizisten eingebrochen bist. Würdest du dir da an meiner Stelle keine Sorgen machen?"

„Ich würde mir an deiner Stelle besser zuhören, als vorschnell irgendwelche Schlüsse zu ziehen", ging ich zum Gegenangriff über.

„Ich habe dir doch zugehört. Die Sache mit der blauen Tür und den Blitzen glaube ich dir trotzdem nicht", meinte Alexa und sah mich an. „Lizzy, sei bitte ganz ehrlich zu mir. Tust du das alles nur, damit ich hierbleibe? Geht es dir vielleicht darum?"

Ich konnte nicht fassen, dass sie mich wirklich so falsch einschätzte. „Meinst du das ernst?", fragte ich tonlos.

„Meinst du denn die Sache mit deiner neuen Gabe ernst?", gab sie unerbittlich zurück.

Ich wusste im ersten Moment nicht, was ich sagen sollte. „Ich gehe jetzt lieber schlafen“, murmelte ich schließlich und kramte mein Schlafshirt hervor. „Und keine Sorge, Alexa – wegen mir musst du sicher nicht länger in Kirchbruch bleiben als geplant.“

Kapitel 5

Am nächsten Morgen wachte ich früher auf als sonst. Alexa und ich hatten nach unserem Streit gestern kein Wort mehr miteinander gewechselt und ich war froh, dass sie noch schlief, als ich zu ihr hinüberschaute. Da ich heute meinen freien Tag hatte, hätte ich eigentlich noch im Bett bleiben können, doch ich stand lieber auf. Denn gleich am Morgen wollte ich die Stadtbibliothek besuchen und mehr über die Legende Kirchbruchs erfahren, von der Tristan gestern Abend erzählt hatte.

Nach einem schnellen Frühstück, das eigentlich nur aus einem Apfel und einem Glas Orangensaft bestand, machte ich mich auf den Weg. Laut meinem Handy öffnete die Bibliothek erst um neun Uhr, weshalb ich zuerst noch über den Stadtplatz ging, um einen Blick auf die alte Eiche zu werfen. Wenn das, was Tristan mir im Büro der Stadtzeitung erzählt hatte, stimmte und der Blitzeinschlag tatsächlich irgendeine magische Energie freigesetzt hatte, hatte dieser Baum vielleicht etwas mit meiner Fähigkeit zu tun.

Der Gedanke war eigenartig und aufregend zugleich und ich spürte eine leichte Gänsehaut auf meinen Armen, als ich vor der Eiche stehen blieb und meinen Kopf in den Nacken legte. Das Sonnenlicht fiel durch das grüne Blätterdach des Baumes und ich atmete mehrmals tief durch, bevor ich meine Hand sanft auf den Stamm legte. Die Rinde fühlte sich rau unter meinen Fingerspitzen an und ich versuchte mir vorzustellen, wie hier vor Hunderten von Jahren eine magische Energie durch den Baum geflossen war, die die drei Männer eventuell mit der gleichen Fähigkeit ausgestattet hatte, die ich auch besaß. Immerhin konnte es doch kein Zufall sein, dass ich seit meiner Ankunft in Kirchbruch verschiedenfarbige Blitze sah und die Männer aus der Legende ebenfalls bunte Lichter gesehen hatten. Doch sosehr ich auch in mich hineinhörte, ob ich irgendetwas spürte oder vielleicht eine Verbindung zu meiner Gabe aufbauen konnte – es passierte nichts. Ich fühlte kein Kribbeln, sah keine Lichtblitze und nahm auch sonst nichts wahr, das in irgendeiner Weise auf eine magische Energie hinwies.

Stattdessen hatte ich das Gefühl, beobachtet zu werden. Unruhig blickte ich mich um, doch ich konnte außer einem älteren Ehepaar und einer Frau mit Kinderwagen niemanden entdecken.

„Guten Morgen, hübsches Fräulein“, begrüßte mich eine weißhaarige Dame in einer lachsfarbenen Seidenbluse, als ich pünktlich um 9 Uhr die Tür zur Stadtbibliothek öffnete. Die ältere Frau saß hinter einem schmalen Schreibtisch, auf dem ein klobiger Computer stand, und blickte mir lächelnd entgegen.

Ich lächelte zurück und versuchte mich zu erinnern, warum sie mir so bekannt vorkam. Im nächsten Moment fiel es mir ein. Ich hatte sie beim Weinfest mit dem amtierenden Bürgermeister tanzen gesehen, während ihre ebenfalls weißhaarigen Freundinnen alle begeistert geklatscht hatten.

„Guten Morgen“, erwiderte ich ein wenig verspätet und blickte mich irritiert um. „Bin ich hier richtig in der Stadtbibliothek?“

„Ja, deshalb haben wir draußen auch den großen Schriftzug *STADTBIBLIOTHEK* über der Tür anbringen lassen“, erwiderte die Dame lächelnd, die ein Namensschild mit der

Aufschrift *Karin* trug.

„Natürlich“, sagte ich schnell und bemühte mich, mir meine Enttäuschung nicht zu stark anmerken zu lassen. Leider hatte die Stadtbibliothek von Kirchbruch ungefähr die gleichen Dimensionen wie meine alte Schulbücherei und war mit dem ockerfarbenen Einlegeteppich und den hellbraunen Bücherregalen auch ziemlich ähnlich eingerichtet.

„Hast du schon einen Bibliotheksausweis?“, fragte Karin mich nun und ich schüttelte den Kopf, während ich mich in dem verstaubten Zimmer umblickte. Es war wirklich nicht besonders groß und ich begann mir Sorgen zu machen, dass die Bücher, von denen Tristan gestern gesprochen hatte, womöglich alle gerade verliehen waren.

„Gut, dann brauche ich jetzt deinen Namen und deine Anschrift sowie eine Ausstellungsgebühr von fünf Euro“ sagte Karin und ich gab ihr meine Daten durch.

Ein paar Minuten später hielt ich meinen nagelneuen Kirchbrucher Bibliotheksausweis in der Hand und machte mich auf die Suche nach der Sagen-Abteilung. Sie bestand aus der Hälfte eines einzigen Regals und war somit zumindest überschaubar.

„Dann mal los“, murmelte ich und griff nach dem ersten Wälzer, der sich mit Sagen und Erzählungen aus dem deutschsprachigen Raum befasste. Darin kam die Geschichte von Kirchbruchs magischem Blitz überhaupt nicht vor und ich suchte weiter, während Karin ihre Stricksachen hervorholte und irgendwann ein kleines Nickerchen einlegte. Nach einer guten Stunde hatte ich alle Sagenbücher zumindest einmal durchgeblättert und musste feststellen, dass darin die Kirchbrucher Legende nicht einmal erwähnt wurde.

„Entschuldigung“, wandte ich mich vorsichtig an die

Bibliothekarin, nachdem ich alle Werke zurückgestellt hatte. „Haben Sie hier auch Bücher, die sich speziell mit der Geschichte des Ortes Kirchbruch befassen?“

Karin erschrak ein wenig, als ich sie ansprach. „Ja, natürlich“, erwiderte sie gähnend und führte mich zu einem Regal, das sich in der hintersten Ecke des verstaubten Zimmers befand. Dort deutete sie auf eine Reihe alter Bücher. „Sieh dir die mal genauer an, die haben alle mit Kirchbruch zu tun. Es sind auch ein paar Werke darunter, die von Kirchbruchern verfasst wurden.“ Sie lehnte sich ein Stück zu mir. „Die meisten sind jedoch elendslangweilig, wir haben hier leider keine großen Literaten hervorgebracht. Vielleicht findest du aber, was du suchst.“

Ich nickte dankbar und nahm ein paar Bücher an mich, um sie auf den kleinen Lesetisch in der Mitte des Raumes zu legen. Es handelte sich hierbei um verschiedene Werke, die von Personen verfasst worden waren, die entweder in Kirchbruch geboren waren oder eine Zeit lang in der Stadt gelebt hatten.

Nach einer Stunde musste ich Karin recht geben: Kirchbruch hatte tatsächlich keine großen Literaten hervorgebracht. Es war jedoch faszinierend, wie viele Kirchbrucher sich dem Schreiben gewidmet hatten.

Es gab ein Buch über die Kunst des Gartens, eines über die Pflege von Haustieren sowie vier dicke Gedichtbände, die sich mit allen Facetten der Jahreszeiten beschäftigten. In einem weiteren Werk schrieb ein Mann, der in Kirchbruch seine Berufung zum Förster gefunden hatte, über die Stille des Waldes. Ich hoffte kurz, irgendeine Info zur Eiche zu finden, die von dem magischen Blitz getroffen worden war – musste jedoch einsehen, dass der Förster hauptsächlich seine

Liebe zur Natur festgehalten hatte.

Ums Thema Liebe ging es auch bei der nächsten Kirchbrucherin. Sie hatte es sich zur Aufgabe gemacht, verrückte Liebesbriefe zu sammeln. Es waren Schreiben aus ganz Europa, die sie offenbar selbst übersetzt hatte, und ich gähnte, als mein Blick über einen französischen Brief schweifte.

Liebster Maurice,

das ist jetzt der dritte Brief, den ich Dir schreibe, wissend, dass Du ihn niemals lesen wirst. Vor der Welt verschließe ich meinen Kummer, aber ich leide. Zu wissen, was mein Vater Dir angetan hat, schmerzt so sehr, als wäre mein ganzer Körper von Dornen durchbohrt.

Mein Herz blutet, wenn ich nur daran denke, welchen Qualen mein Vater Dich vor Deinem Tod ausgesetzt hat, um zu erfahren, was nur Du sehen konntest.

Auch wenn wir nicht zusammen sein durften, auch wenn wir wie zwei Seiten einer Medaille waren, so liebe ich Dich weiterhin, mein Herz! Mit Deinem Tod bin auch ich gestorben. Ich wünschte mir selbst diese Tür herbei, von der Du gesprochen hast, um meinem Leben ein Ende zu bereiten.

Mein Vater meint, es war zu unserem Besten, weil Du anders warst. Weil Du mächtiger warst als die Deinigen, die mächtig genug sind. Als einer der drei Besonderen warst Du eine Gefahr für uns, eine Gefahr für mich – diese Worte säuselt er in mein Ohr, doch ich werde ihm keinen Glauben schenken. Wie ich es hasse, dass sich unsere Familien seit Jahrzehnten bekämpfen, wie ich es hasse, dass mein Vater so viel Wert auf diese vermaledeite Weissagung legt. Diese

Weissagung hat Dich das Leben gekostet! Alles in mir will zu Dir, Geliebter, und ich hege die Hoffnung, dass wir uns bald wiedersehen.

Fasse Mut, trinke das Gift!, sage ich mir jeden Tag – und vielleicht ist es heute endlich so weit.

In ewiger Liebe
Deine Beatrice

Ich las den Brief ein weiteres Mal.

Ich wünschte mir selbst diese Tür herbei, von der Du gesprochen hast, um meinem Leben ein Ende zu bereiten.

Konnte es sich bei dieser Tür um die blaue Tür handeln? Aber wie hätte diese Tür ihr Leben beenden können? Ich hatte bislang nicht das Gefühl gehabt, dass irgendeine Gefahr von ihr ausging. Und was hatte es mit dieser Weissagung auf sich?

Ich blätterte durch den Rest des Buches, konnte jedoch kein weiteres Schreiben dieser Beatrice finden. In den anderen Briefen wurde von Geistererscheinungen, diversen Engelssichtungen und obskuren Ritualen berichtet. Es ging auch um verschmähte Liebe, die bedrohliche Züge annahm, und als ich den Buchdeckel irgendwann schloss, war ich beinahe erleichtert. Vielleicht hatte der Brief dieser Beatrice gar nichts mit meiner Gabe zu tun?

Verdrossen stand ich auf und stellte die Bücher zurück, um dem nächsten Stapel meine Aufmerksamkeit zu widmen. Auch hier wurde ich nicht fündig. Meine Hoffnung schwand mit jedem Buch, das ich mir ansah, und als ich zum Schluss drei dicke, ledergebundene Wälzer auf den Lesetisch legte, glaubte ich selbst nicht mehr, etwas zu finden.

Das erste der alten Bücher war eine trockene Abhandlung über die landwirtschaftlichen Entwicklungen in der Region, das ich schnell wieder zur Seite legte. Im zweiten Buch fand ich eine Stelle, in der die Legende tatsächlich oberflächlich beschrieben und der Bezug zum Kirchbrucher Wappen hergestellt wurde. Während der Blitz, der Baum und die Kirche ziemlich eindeutige Bezüge zu der Geschichte aufwiesen, stellte der Autor des Werkes die These auf, dass die Kirchbrucher die Rebe deshalb als viertes Bild in das Wappen aufgenommen hatten, weil viele Stadtbewohner munkelten, dass die drei Männer sturzbetrunken gewesen sein mussten, als sie unter der alten Eiche Schutz vor dem Gewitter gesucht hatten. Aus diesem Grund seien auch die abenteuerlichen Geschichten über die bunten Lichter entstanden. Zur Sicherheit fotografierte ich die Seite aus dem Buch ab.

Dann wandte ich mich dem dritten Werk zu, dessen dunkelbrauner Ledereinband schon ziemlich fleckig war, und blätterte mich durch die vergilbten Seiten, bis ich nach einer halben Stunde schließlich einen Text entdeckte, der mein Herz höher schlagen ließ.

Die Legende von Kirchbruch

Wo heute die Stadt Kirchbruch liegt, war früher nichts als weite, unberührte Natur, wie Gott sie nicht schöner hätte erschaffen können, weshalb die Menschen ihm zu Ehren eine Kirche bauten. Eines Abends kamen drei begabte Männer durch die Gegend und gerieten dabei in ein solch schreckliches Unwetter, dass sie um ihr Leben fürchten mussten. Das Gewitter tobte über ihnen und der Regen ergoss sich über die Welt, als ob sie noch heute untergehen sollte. Die drei Männer suchten schnell Schutz unter einer mächtigen Eiche und beteten zu Gott, dass ihr Leben verschont bleiben würde. Zwei der Männer waren rein im Herzen und hatten stets das Gute im Sinn, einer jedoch war dunkel und frönte seiner Habgier. Finstere, selbstsüchtige Gedanken prägten ihn und er hatte die Gabe, Menschen mit seinem Charisma ganz nach seinem Willen zu beeinflussen. Die anderen beiden Männer hingegen hatten einen Sinn für das Zukünftige und das Vergangene. Der eine hatte ein Auge für das, was vor einem Menschen lag, der andere konnte einen Blick in dessen Vergangenheit werfen und wusste, was ihn bedrückte. Trotz ihrer Unterschiede waren alle drei recht gottesfürchtig – und als der Donner über ihr Versteck hinwegrollte, beteten sie, wie sie noch nie gebetet hatten.

Dabei wussten sie nicht, welch großes Schicksal sie erwarten würde und dass ihr Leben danach nicht mehr dasselbe war. Denn als der magische Blitz in den Baum einschlug, ward es, als ob das Licht des Himmels die ganze Nacht erhellte und bunte Feuer über die Erde tanzten. Die Kraft reichte der Legende nach 113 Schritte weit und war so groß, dass selbst der Turm der Kirche zerbrach, den die Menschen so mühevoll Stein für Stein errichtet hatten.

Als der Blitz einschlug, berührte einer der Männer den Stamm der Eiche, die anderen beiden hielten sich an den Händen, weil sie fühlten, dass etwas Einzigartiges mit ihnen passieren würde. Die himmlische Energie brach vom Himmel und durchfuhr die drei Männer. Sie verstärkte das, was schon in ihnen lag, auf besondere Art:

Der eine, um die Zukunft zu sehen.
Der andere, um in die Vergangenheit zu gehen.
Und der letzte, um die Gedanken zu verstehen
und sie mit dem Nebel zu drehen.

Aufgeregt blätterte ich die Seite um und registrierte enttäuscht, dass der Text mit diesen Zeilen endete. Wobei mir schon allein die Vorstellung, dass es wahr sein konnte, eine Gänsehaut über den Rücken jagte.

Einer, um in die Zukunft zu sehen.

Das war ich – das war meine Gabe. Ungläubig schüttelte ich den Kopf und zog erneut mein Handy hervor, um auch diese Seite abzufotografieren. Ich wusste nicht, ob das hier erlaubt war, aber Karin war so mit ihren Stricksachen beschäftigt, dass sie gar nichts mitbekam.

Rasch blätterte ich den Rest des Buches durch, fand aber keine weiteren Geschichten zu der Legende und brachte alle Bücher schließlich wieder zurück. Dann verließ ich die Stadtbibliothek und lief eine ganze Weile einfach nur ziellos durch Kirchbruch, während die letzten Eindrücke in mir nachhallten.

Wenn es stimmte, dass ein magischer Blitz in die alte Eiche eingeschlagen hatte, war es dann möglich, dass einer meiner Vorfahren der Mann war, der in die Zukunft hatte sehen können? Und hieß das im Umkehrschluss, dass es auch noch die anderen gab? Jemanden, der in die Vergangenheit eines Menschen blicken konnte, sowie jemanden, der auf die gegenwärtigen Gedanken eines Menschen zugreifen konnte? Der diese Gedanken offenbar auch manipulieren konnte?

Die Vorstellung erfüllte mich mit Schrecken und ich wünschte, ich hätte jemanden gehabt, mit dem ich über all das hätte sprechen können. Aber es hatte keinen Sinn, Alexa davon zu erzählen, denn ohne Beweise würde sie mich nur für noch verrückter oder selbstsüchtiger halten, als sie es ohnehin schon tat.

Kapitel 6

In den nächsten Tagen gingen Alexa und ich uns aus dem Weg. Während sie sich auf ihrem Handy eine Netflix-Serie nach der anderen reinzog, beschäftigte ich mich neben meinen Jobs mit der Recherche zum Ursprung meiner Gabe und wurde Dauergast in der Kirchbrucher Stadtbibliothek. Ich durchforstete jedes Buch – fand aber außer der alten Legende in dem abgegriffenen Wälzer keine weiteren Hinweise auf meine Fähigkeit, was mich zunehmend frustrierte. Des Weiteren konnte ich noch immer nicht kontrollieren, wann sie auftrat, obwohl ich immer wieder versuchte, sie willentlich hervorzurufen. Meine Fortschritte diesbezüglich waren genauso deprimierend wie alles andere, das mit meiner Gabe zusammenhing. Zum Beispiel hatte ich auch nach wie vor keine Erklärung dafür, warum Rouven die violetten Lichtblitze sehen konnte. Hatte er vielleicht auch eine Fähigkeit, so wie ich? Die Vorstellung, dass er möglicherweise ebenfalls in die Zukunft sehen konnte, war seltsam und aufregend zugleich, aber ich konnte mir nicht vorstellen, warum er das vor mir verheimlichen sollte.

Im Bistro kreuzte Rouven jedenfalls nicht auf und ich wurde das Gefühl nicht los, dass er mir absichtlich aus dem Weg ging.

„Lizzy, ich muss gleich noch weg. Der Gemüsehändler hatte eine Panne und ich brauche unbedingt seine Tomaten und Champignons für die Suppe, die ist mir gestern ausgegangen“, erklärte Bruno, als ich am Mittag ein Tablett mit schmutzigem Geschirr in die Küche brachte. Bruno war gerade dabei, Zwiebeln klein zu hacken, und strich sich seufzend mit dem Handrücken über die Stirn. Ausnahmsweise trug er heute keine Kappe und ich musste mich an den Anblick seines vollen braunen Haares erst noch gewöhnen.

„Alles okay bei dir?“, fragte ich, da der bärenhafte Mann ein wenig gestresst wirkte.

Er zuckte mit den Schultern und beförderte die geschnittenen Zwiebeln in eine Schüssel. „Heute ist einfach nicht mein Tag. Gleich nach dem Aufstehen hatte ich am Telefon eine Auseinandersetzung mit Eva, dann hab ich mir beim Frühstück die Zunge an meinem Kaffee verbrannt und zum Schluss hab ich auch noch mein Handy und meine Kappe zu Hause vergessen …“ Er seufzte. „Es gibt so Tage, da läuft echt alles schief.“

„Ja, die gibt es“, stimmte ich ihm zu.

Bruno atmete geräuschvoll aus und wischte sich die Hände an seiner Schürze ab. „Aber davon lassen wir uns nicht unterkriegen, nicht wahr? Jetzt hole ich erst mal mein Handy und auf dem Rückweg nehme ich gleich das Gemüse mit – und dann rufe ich Eva an und versuche, unseren Streit zu schlichten und sie zu überzeugen, endlich ihre Projekte abzuschließen und nach Kirchbruch zu kommen.“

„Das klingt doch nach einem Plan. Soll ich in der Zwischenzeit hier weitermachen?“, fragte ich und schielte auf den Berg an Zwiebeln und Kartoffeln, den es noch zu schälen galt.

Bruno grinste breit. „Wenn du dich so aufdrängst, kann ich doch nicht Nein sagen.“

„Ein bisschen Schnippelei wird mich schon nicht umbringen“, sagte ich und warf einen Blick über die Schulter in den Gästebereich, der im Moment völlig ruhig war.

„Klasse, dann bis später“, sagte Bruno und machte sich auf den Weg.

Ich ging zur Spüle und wusch mir die Hände, bevor ich das Messer zur Hand nahm und dort weitermachte, wo Bruno aufgehört hatte. Dabei bemühte ich mich, die Zwiebel ebenso fein zu hacken, wie er es gemacht hatte, und spürte nach einiger Zeit schon, wie mir Tränen in die Augen schossen. Nach etwa fünf Minuten beschloss ich, eine kleine Zwiebel-Pause einzulegen und mich stattdessen den Kartoffeln zu widmen.

Nachdem ich mir erneut die Hände gewaschen hatte, legte ich mein Handy auf die Arbeitsfläche und schaltete das Radio ein. Dann schnappte ich mir ein Messer und begann, die Kartoffeln zu schälen. Nach etwa zehn Minuten wurde „*Wenn sie tanzt*“ von Max Giesinger gespielt. Der Song hallte durch die helle Küche und ich wippte automatisch mit dem Fuß mit.

Alexa und ich hatten dieses Lied schon immer gern gehört und uns ausgelassen dazu bewegt. Doch nicht nur der Rhythmus des Songs gefiel mir, sondern auch der Text brachte etwas in mir zum Klingen – vielleicht heute mehr denn je.

Es ging um die Entscheidungen, die wir im Leben trafen, und ich dachte an meine Visionen, die mir die wahrscheinlichsten Varianten der Zukunft offenbarten. Denn im Grunde hatten wir in jedem Moment die Möglichkeit, alles zu verändern und unser Leben in eine vollkommen andere Richtung zu lenken.

Dieser Gedanke brachte ein Gefühl der Grenzenlosigkeit mit sich und ich merkte, wie sich das Wippen meines Fußes auf meinen ganzen Körper übertrug, bis ich mich in der

Küche zu drehen anfing und einfach nur dem Rhythmus des Songs hingab. Für einen Augenblick ließ ich meine Gedanken fallen, ich vergaß alles um mich herum und schloss die Augen, um den Klängen des Liedes zu folgen.

Meine Bewegungen flossen ineinander und ich hatte das Gefühl, mit der Musik zu verschmelzen, die mich immer weiter davontrug. Alles andere rückte in den Hintergrund und ich genoss die Leichtigkeit, die mich erfüllte, als ich zwischen den Arbeitsplatten durch die Küche wirbelte und mich ganz der Musik hingab. Meine Haare flogen durch die Luft und ich drehte mich immer weiter, bis mich ein Räuspern wieder ins Hier und Jetzt katapultierte.

Ich blieb schlagartig stehen und öffnete die Augen. Dabei entdeckte ich Rouven, der mit verschränkten Armen in der Tür stand. Sein Blick ging mir durch Mark und Bein.

„Wie lange stehst du schon hier?“, fragte ich und fühlte, wie mir die Röte ins Gesicht schoss. Gleichzeitig bereute ich es, die Musik so laut aufgedreht zu haben, dass ich das Glöckchen draußen überhört hatte.

„Lange genug“, erwiderte er trocken, woraufhin ich am liebsten im Erdboden versunken wäre. Beim Tanzen beobachtet zu werden, war an sich schon unangenehm, aber das ausgerechnet Rouven hier auftauchte, schoss den Vogel ab.

Ich holte tief Luft und ging zum Küchentisch, um die Musik abzustellen.

„Du musst aufpassen“, erklärte er und kam auf mich zu.

Ich verstand nicht sofort, was er meinte, doch dann deutete er mit dem Kinn auf meine Hand, in der ich noch immer das Schälmesser hielt.

Rouven griff nach meinen Fingern und nahm mir das

Messer aus der Hand. Sofort schoss ein Prickeln durch meinen ganzen Körper und violette Blitzfunken zischten um uns herum.

„Nicht, dass du dich noch verletzt. Tanzen mit Messer steht bei den Top 10 der Todesursachen ziemlich weit oben."

„Ach ja?", sagte ich und lächelte schmal. „Gleich nach: Einer Frau beim Tanzen mit Messer zusehen und dann selbst eins in die Brust bekommen?"

Mein Atem ging noch immer schneller und ich bemerkte, wie Rouvens Blick kurz zu meinem Brustkorb glitt, der sich schnell hob und senkte. Dann zuckte sein Mundwinkel nach oben und ich hasste es, dass er dabei so überirdisch gut aussah, während mir ein paar verschwitzte Haarsträhnen im Nacken klebten. Dennoch hielt ich seinem intensiven Blick stand, der die unterschiedlichsten Gefühle in mir hervorrief. Einerseits war ich noch immer verärgert, doch auf der anderen Seite fragte sich ein Teil von mir, wie es wohl wäre, mit Rouven zu tanzen. Aus irgendeinem Grund konnte ich mir vorstellen, dass er ziemlich gut darin war.

Mein Herz begann schneller zu schlagen und ich schluckte, als die Spannung zwischen uns immer stärker wurde. Auch er musste sie fühlen, denn plötzlich machte er einen Schritt nach hinten und brachte wieder etwas mehr Abstand zwischen uns.

„Du kämpfst mit harten Bandagen, Lizzy, und offenbar nicht nur mit dem Messer." Seine Stimme klang auf einmal distanzierter. „Bei dir sollte man lieber vorsichtig sein."

Ich konnte nicht glauben, was er da sagte. „Bei *mir* sollte man lieber vorsichtig sein? Wer hat denn hier wen angelogen? Willst du mir vielleicht wenigstens heute erzählen, warum du es getan hast?"

Kurz überlegte ich, Rouven zu fragen, ob er vielleicht auch eine Gabe hatte, doch hier, zwischen Kochtopf und Schneidbrett, kam es mir irgendwie lächerlich vor. Ich wollte auch nicht, dass er mich für ebenso verrückt hielt, wie Alexa es tat.

„Wieso kannst du diese violetten Funken sehen?“ Die Frage war unverfänglicher als alles andere und ich hoffte, endlich eine Antwort darauf zu bekommen.

Rouven betrachtete mich ausdruckslos. „Ich habe dir schon gesagt, dass es kompliziert ist.“

„Dann ent-kompliziere es für mich. Erklär es mir einfach, egal wie. Lass mich nicht weiter im Ungewissen. Ich will endlich Antworten, Rouven.“

Er schnaubte verächtlich. „Und das ist der Grund, warum du dich mit Tristan triffst?“

„Nein, natürlich nicht“, sagte ich schnell und fühlte, wie mein Herz einen aufgeregten Satz machte. „Das, was du vor ein paar Tagen gesehen hast, war nicht …“ Ich rang nach den richtigen Worten, doch Rouven ließ mich nicht zu Ende sprechen.

„Du musst mir nichts erklären. Es interessiert mich nicht, was du mit Tristan zu tun hast. Deswegen bin ich auch nicht hier.“ Seine Stimme klang abweisend und ich hörte, was er mir damit sagen wollte: *Ich bin nicht wegen dir hier, Lizzy.*

„Bruno hat mich gebeten, mich um die defekte Kaffeemaschine zu kümmern. Ich hab schon mit dem Techniker gesprochen, aber du musst dir in der Zwischenzeit mit Instantkaffee behelfen.“

„Bruno hat vorhin aber nichts gesagt“, murmelte ich.

Rouven zuckte mit den Schultern. „Dann hat er es eben vergessen. Außerdem hat Konstantin gerade angerufen, als du die Musik so laut aufgedreht hattest. Er möchte, dass ihm jemand sein Mittagessen vorbeibringt."

„Okay", sagte ich.

„Hier ist seine Adresse." Rouven zog einen Zettel aus seiner Jeans und legte ihn auf den Tisch neben uns. „Pack ihm einfach das Mittagsmenü ein."

Als ich nickte, drehte sich Rouven um und verließ die Küche, ohne ein weiteres Wort zu verlieren.

Ich blickte ihm hinterher und atmete mehrmals tief durch, während die Gedanken durch meinen Kopf stürmten. Warum verschloss sich Rouven derart vor mir? Warum hatte er mich angelogen und erklärte mir nicht endlich den Grund dafür? Und war er wirklich eifersüchtig auf Tristan oder schob er das nur vor, um von etwas anderem abzulenken?

Ich zog einen silbernen Topf aus einem der unteren Schränke und setzte Wasser auf. Als es kochte, kramte ich den Behälter mit dem Instantkaffee hervor und füllte eine dunkelblaue Thermoskanne mit Kaffee, die ich mit nach draußen nahm. Dabei entdeckte ich Alexa in ihrem orangefarbenen Sommerkleid auf einem der Barhocker am Tresen sitzen und fühlte, wie ein schwerer Stein in meinem Magen landete. Denn meine Schwester registrierte mich gar nicht, da sie gerade so damit beschäftigt war, Rouven ein paar Entwürfe von ihrem Skizzenblock zu zeigen. Dabei lächelten die beiden einander an und mir fiel auf, dass Rouvens Körperhaltung total entspannt war – ganz im Gegensatz zu vorhin, als er mit mir gesprochen hatte.

Es war das erste Mal, dass ich mich freute, als Joseph das Lokal betrat und sofort nach mir rief, sodass ich schnurstracks an den beiden vorbeigehen konnte.

„Ich möchte einen Cappuccino", meinte Joseph, der seinen

Hut auf dem Tisch abgelegt hatte.

„Tut mir leid, die Kaffeemaschine ist kaputt. Heute kann ich nur einen Instantkaffee anbieten“, erwiderte ich, während mein Blick immer wieder zu Alexa und Rouven wanderte. Die beiden waren ins Gespräch vertieft und wirkten so vertraut miteinander, dass ich mich unweigerlich fragte, ob sie sich in den letzten Tagen getroffen hatten.

Joseph murrte ein wenig, ließ sich aber schließlich doch zu dem Instantkaffee überreden, als die Tür aufging und Tristan das Bistro betrat. Er schien direkt von einer Baustelle zu kommen, denn sein graues Shirt und die blauen Shorts waren etwas dreckig. Automatisch musste ich daran denken, dass wir uns seit dem Abend im Büro der Stadtzeitung weder gehört noch gesehen hatten.

„Hey, Lizzy“, begrüßte er mich und lächelte breit. „Ich dachte, du könntest dich bei mir revanchieren.“

„Revanchieren? Wofür?“

„Für das chinesische Essen. Ich komme gerade aus Heiligbrunn und hatte spontan Lust auf einen Kuchen. Sag mir jetzt bitte nicht, dass er aus ist. Mein Vater hat mir am Telefon schon mit einer neuen Rhabarbereis-Reis-Koriander-Kombination gedroht, die zu Hause auf mich warten soll.“

„Keine Sorge, wir haben noch Kuchen“, sagte ich und hatte das Gefühl, Rouvens Blick aus dem Augenwinkel wahrzunehmen. Es war vielleicht kindisch, aber es bereitete mir eine gewisse Genugtuung, dass er mich jetzt doch wahrnahm.

Tristan atmete erleichtert aus. „Du bist meine Retterin.“

„Wir haben Apfel- oder Rhabarberkuchen im Angebot. Welchen möchtest du?“, fragte ich und ging in Richtung Theke.

„Apfelkuchen, definitiv Apfelkuchen“, meinte Tristan und ließ sich auf einen der Barhocker sinken. „Hey, Alexa. Hallo, Rouven.“

„Hi, Tristan“, erwiderte meine Schwester und lächelte kurz, bevor sie sich wieder ihren Skizzen widmete.

Rouven nickte Tristan ebenfalls zu und vertiefte sich dann wieder in das Gespräch mit Alexa. Offenbar hatte sich die Spannung zwischen den Cousins zwischenzeitlich wieder ein wenig gelegt.

„Willst du auch etwas trinken?“, fragte ich Tristan.

„Ein Mineralwasser wäre super.“

Ich holte aus der Küche ein Stück Kuchen und servierte es Tristan dann mit einem Glas Mineralwasser.

„Prima, danke dir.“

„Gern geschehen. Was hast du in Heiligbrunn gemacht?“

Tristan teilte ein Stück des Kuchens mit der Gabel ab. „Es ging um die neue Weinlounge. Die Bauarbeiten verzögern sich gerade ein wenig und ich war die letzten Tage dort, um den Leuten auf die Finger zu schauen.“

In dem Moment klingelte das Telefon des Bistros. Da Rouven keine Anstalten machte, ranzugehen, schnappte ich mir den Hörer. „Brunos Bistro. Lizzy am Apparat“, meldete ich mich und versuchte, Rouven und Alexa weiterhin keine Aufmerksamkeit zu schenken, auch wenn Alexa Rouven gerade einen Klaps auf die Schulter gab und die beiden herzlich lachten.

„Hallo, hier ist Eva, Brunos Frau. Ist mein Mann vielleicht zu sprechen? Ich konnte ihn auf dem Handy nicht erreichen“, erklang eine freundliche Frauenstimme am anderen Ende.

„Er müsste jeden Augenblick zurück sein. Er wollte nach Hause fahren, um sein Handy zu holen, und danach noch eine Ladung Gemüse mitnehmen“, erklärte ich. „Ich richte ihm aber gern aus, dass Sie angerufen haben.“

„Ja, das wäre nett. Sind Sie das Mädchen, das für Jenny eingesprungen ist?“

„Genau. Ihr Unglück war mein Glück“, sagte ich und korrigierte mich schnell. „Nicht, dass ich ihr den Bänderriss gewünscht hätte.“ In dem Moment sah Tristan zu mir auf und hustete, bevor er einen Schluck Wasser nahm.

„Natürlich nicht“, sagte Eva. „Aber es ist schön, dass wir so schnell Ersatz gefunden haben. Bruno spricht in den höchsten Tönen von Ihnen und es freut mich, wenn wir uns bald einmal kennenlernen.“

„Mich auch.“

Nachdem ich mich von Eva verabschiedet hatte, wandte ich mich wieder Tristan zu, der sich gerade ein Stück Apfelkuchen in den Mund schob. „Herrlich, der schmeckt herrlich.“

„Vielleicht schmeckt die Rhabarbereis-Reis-Koriander-Kombination auch nicht so übel?“, fragte ich.

Tristan strich sich schmunzelnd eine dunkelblonde Haarsträhne aus der Stirn. „Du kannst sie gern probieren, wenn du willst. Ein Gefühl sagt mir, dass davon noch eine Menge übrig sein wird, weil keiner so verrückt ist, das Zeug zu essen.“

Ich lachte und plötzlich fiel mir wieder etwas ein. „Konstantin.“

Tristan runzelte die Stirn. „Okay, der ist vielleicht verrückt genug dafür.“

Ich schüttelte den Kopf und dachte an seine Bestellung. „Ich darf nicht vergessen, dass ich ihm das Mittagsmenü noch bringen muss.“

„Der lässt sich etwas nach Hause liefern?“, fragte Tristan ungläubig.

„Ja, offenbar“, antwortete ich. „Kennst du Konstantin denn schon länger?“

„Na ja, so lange er eben in Kirchbruch ist. Er ist ganz schön abgedreht mit seinen ganzen Verschwörungstheorien.“

Ich nickte. „Ja, aber irgendwie mag ich ihn trotzdem.“

„Du hast eben ein gutes Herz“, meinte Tristan und schob sich das letzte Stück Kuchen in den Mund, bevor er auf die Uhr schielte. „So, ich muss leider wieder los, Lizzy. Hab noch einen Termin mit meinem Vater.“

„Zum Rhabarbereis-Reis-Koriander-Essen?“

Er stöhnte. „Hoffentlich nicht.“ Dann stand er auf und zog seine Brieftasche aus den dunkelblauen Shorts. „Was bekommst du?“

„Geht aufs Haus.“ Ich warf einen kurzen Seitenblick zu Rouven und lächelte dann. „Außerdem musste ich mich doch noch revanchieren.“

Kapitel 7

„Der Gemüseauflauf ist nicht vergiftet", versicherte ich Konstantin, als ich eine halbe Stunde später vor seiner Haustür stand.

Konstantin trug ein verwaschenes grünes T-Shirt zu einer langen beigen Hose und hatte das erste Mal, seit ich ihn kannte, eine Brille auf. Sie hatte runde Gläser und in Kombination mit seinen wirr abstehenden Haaren entsprach er damit voll dem Klischee eines Professors.

„Und warum bringt Rouven mir das Essen dann nicht selbst vorbei? Immerhin habe ich doch mit ihm telefoniert", meinte er mit verschränkten Armen, während mein Blick über die weiße Fassade mit den blau lackierten Fensterrahmen wanderte. Das zweistöckige Haus mit dem hübschen Spitzdach machte einen einladenden Eindruck und ich konnte mir gut vorstellen, dass sich mein Vater damals hier wohlgefühlt hatte.

„Weil *ich* heute für die ungiftigen Mahlzeiten zuständig bin. Rouven liefert nur die mit Arsen versetzten Speisen aus", sagte ich aus einem Reflex heraus und sah, wie ein Lächeln über das Gesicht des Verschwörungstheoretikers huschte.

„Okay, gib her." Konstantin zog einen Geldschein aus seiner Stoffhose und drückte ihn mir in die Hand. „Das ist fürs Essen. Den Rest kannst du behalten."

„Danke", erwiderte ich leicht überrumpelt.

Er schmunzelte. „Sieh mich nicht so an. Das vorhin war bloß ein Spaß. Eigentlich hatte ich sogar gehofft, dass du mir heute mein Essen bringst."

„Ehrlich?", fragte ich überrascht und war mir nicht sicher,

ob Konstantin vorhin wirklich einen Spaß gemacht hatte oder einfach unter heftigen Stimmungsschwankungen litt.

„Ganz ehrlich“, erwiderte er. „Ich dachte mir, so könntest du dich drinnen noch ein wenig umsehen. Das willst du doch, oder?“

Verwundert sah ich ihn an. „Wie kommen Sie denn darauf?“

Er zuckte mit den Schultern. „Deine Großeltern haben doch früher hier gewohnt. Also?“

„Okay“, sagte ich langsam und folgte ihm ins Innere. Auch wenn Konstantin etwas eigen war, glaubte ich nicht, dass von ihm eine Gefahr ausging. Außerdem wollte ich die Möglichkeit nutzen, mir den Ort anzusehen, an dem mein Vater groß geworden war.

Von der Diele zweigte rechts ein offener Durchgang in ein riesiges Wohnzimmer mit zwei großen Erkerfenstern ab, die viel Licht in den Raum ließen. Mein Blick glitt über die Einrichtung, die aus einer kleinen Couch, einem Esstisch und einem Arbeitsbereich bestand. In dem Arbeitsbereich befand sich ein länglicher silberner Tisch, auf dem drei Computer zu sehen waren. Ich atmete tief ein und konnte den schwachen Geruch von Lavendel wahrnehmen, der mich an den Duft eines Putzmittels erinnerte. Alle Tischoberflächen wirkten sehr sauber und das Zimmer machte nicht den chaotischen Eindruck, den ich von Konstantin erwartet hätte. In einer Ecke entdeckte ich sogar ein großes Meditationskissen und fragte mich, ob Konstantin es wirklich benutzte.

„Dein Vater ist hier aufgewachsen, nicht wahr?“, fragte Konstantin und stellte die Essenstüte auf dem runden Esstisch ab.

„Woher wissen Sie das?“

„Natürlich habe ich mich vor dem Hauskauf erkundigt, wem es früher gehört hat."

Ich schluckte. „Natürlich. Und danach haben Sie es nach Wanzen durchsucht?"

Konstantins Mundwinkel zuckten nach oben und für einen Moment hatte ich wieder den Eindruck, dass er nicht ganz so durchgeknallt war, wie er vorgab, zu sein. „Warte – ich hole nur noch Besteck aus der Küche. Möchtest du vielleicht etwas trinken?"

„Ich nehme gern einen Schluck Wasser."

Als Konstantin aus dem Raum verschwunden war, sah ich mich etwas genauer in dem Wohnzimmer um. Bei den Computern handelte es sich um teure Geräte. Ich hätte zu gern gewusst, wofür er sie verwendete – und warum er gleich drei davon hatte. Am liebsten hätte ich einen Blick auf seine Dateien geworfen, aber es kam mir falsch vor, das zu versuchen. Immerhin war Konstantin mir gegenüber überraschend einladend gewesen – und außerdem würde er jeden Moment wieder zurückkommen.

Deswegen lenkte ich meine Aufmerksamkeit auf das Gemälde, das über der olivgrünen Couch hing. Es war ein Acrylbild und zeigte einen Baum mit ausladenden Ästen, die in weichen Nebelschwaden verschwanden. Obwohl bei dem Gemälde helle Farben verwendet wurden, haftete dem Bild dennoch etwas Düsteres an.

„Gefällt es dir?" Konstantin reichte mir das Glas Wasser, das ich dankend annahm.

„Es ist schön, aber auch irgendwie beklemmend."

Er ging zum Esstisch und packte Brunos Gemüseauflauf aus. „Ich habe es gemalt. Es hat mich beruhigt."

„Sie haben Talent", sagte ich und dachte automatisch an

Alexa, der das Bild auch gefallen würde. „Ist das etwa Ihr Job?“

Konstantin setzte sich an den Tisch. „Du meinst, ob ich Bilder male? Nein, das ist nicht mein Job.“

„Und was machen Sie dann?“

Er legte sich eine Serviette auf den Schoß. „Du bist ziemlich neugierig, Lizzy.“

Ich lächelte. „Und Sie weichen meiner Frage aus.“

„Neugierig und hartnäckig. Eine gute Kombination“, bemerkte Konstantin und schob sich ein Stück von dem Gemüseauflauf in den Mund. „Ich bin Privatier, falls du es genau wissen willst.“

„Das heißt?“

„Dass ich vor Jahren eine Firma gegründet habe und diese dann für viel zu viel Geld verkauft habe.“

Es war ungewohnt, mich derart normal mit Konstantin zu unterhalten. Er saß einfach da und aß voller Ruhe seinen Gemüseauflauf und irgendwie fand ich den Mann auf seine ganz eigene Art faszinierend.

„Du hattest recht“, erklärte er dann.

„Womit?“

„Der Gemüseauflauf ist wirklich lecker. An dem Türstock gibt es übrigens Einkerbungen, falls es dich interessiert.“

Ich runzelte die Stirn und brauchte einen Moment, bis ich kapierte, was er meinte. Dann ging ich zu dem offenen Durchgang und betrachtete die Einkerbungen, die in das helle Holz des Türrahmens geschnitzt worden waren und sich alle auf unterschiedlicher Höhe befanden. Sie waren nicht besonders tief, aber sie reichten, um das Wachstum eines Kindes zu markieren. Die oberste Markierung befand sich etwa zehn Zentimeter über mir und ich musste die

Hand ausstrecken, um sanft mit den Fingerspitzen darüber streichen zu können.

Ich schluckte. „Woher wussten Sie, dass ich …“, murmelte ich und wusste nicht, wie ich den Rest in Worte fassen sollte.

„Du bist neugierig. Und hartnäckig, hab ich doch schon gesagt“, erklärte Konstantin kauend. „Das ist das Haus deiner verstorbenen Großeltern und nach allem, was ich mitbekommen habe, warst du seit deiner Ankunft noch nie hier. Außer, du bist schon mal eingebrochen, während ich geschlafen habe – aber das wüsste ich. Demnach ist es doch logisch, dass du dich jetzt, wo du in Kirchbruch bist, immer mehr für deinen Vater und seine Wurzeln interessierst.“

Konstantin sagte es mit einer derartigen Selbstverständlichkeit, dass ich mich plötzlich sogar wohl in seiner Gegenwart fühlte. Er war offenbar niemand, der meine Neugierde verurteilte.

„Meine Großeltern haben hier seine Größe abgemessen“, sagte ich und ließ meine Finger über die anderen Einkerbungen wandern.

„Leider gibt es keine weiteren Spuren in dem Haus, die für dich interessant sein könnten. Nichts was einen Vergangenheitswert besitzt“, bemerkte Konstantin und spülte sein Essen mit einem Schluck Wasser hinunter. Er sagte es, wie andere über das Wetter sprachen.

„Das ist schon mehr, als ich erwartet habe. Aber woher wussten Sie, dass ich die Tochter von einem der Vorbesitzer bin? Sie kennen doch nicht einmal meinen Nachnamen.“

Konstantin nahm seine Brille ab und begann, sie mit seinem T-Shirt zu putzen. „Selbstverständlich habe ich mich über dich erkundigt. Ich erkundige mich über alle neuen Leute, die nach Kirchbruch ziehen. Und abgesehen davon haben wir auch so etwas wie einen gemeinsamen Freund. Ich habe ihm versprochen, auf dich aufzupassen, und ich habe den Eindruck, dass ich dir vertrauen kann." Der Ausdruck in seinem Gesicht wurde plötzlich weicher. „Du hast eine sehr traurige Vergangenheit, Lizzy, und das mit deiner Familie tut mir leid. Es ist fast so, als würdest du vom Pech verfolgt werden, nicht wahr?" Er machte eine kurze Pause und setzte sich seine Brille wieder auf. „Glaubst du denn, dass es Pech ist?"

Ich blickte ihn irritiert an. „Was sollte es denn sonst sein? Schicksal? Und welchen gemeinsamen Freund sollen wir haben?"

Konstantin tupfte sich seinen Mund mit einer Serviette ab. „Das verrate ich dir später einmal. Und zum Schicksal: Manchmal versucht jemand, seine Handschrift in natürlich wirkenden Zufällen zu verstecken." Er blickte mich kryptisch an und stand auf. „Die Frage ist nur, ob man die Zusammenhänge erkennt und versteht, warum das eine zum anderen führt."

Ich hatte nicht den blassesten Schimmer, worauf er hinauswollte. Obwohl Konstantin mir soeben noch ziemlich normal vorgekommen war, verflog der Eindruck schon wieder.

„Was meinen Sie damit?", fragte ich, wobei mir wieder seine Warnungen in den Sinn kamen. „Geht es Ihnen um die Wellingers und dieses ominöse Syndikat? Die gefährlichen dunklen Erben, diese geheime Weltregierung?"

Konstantin stand auf und ging dann zu seinen Computern. Beinahe zärtlich strich er nacheinander über die Tastatur der Geräte. „Du glaubst, dass ich mir das Syndikat bloß einbilde, nicht wahr? An manchen Tagen wünschte ich, dass es so wäre, aber dann denke ich an Peter und weiß, dass sie aufgehalten werden müssen. Dass *er* aufgehalten werden muss."

„Wer ist Peter? Und wer genau muss aufgehalten werden?", fragte ich.

Ein trauriger Ausdruck überschattete Konstantins Gesicht. „Peter war mein ehemaliger Geschäftspartner", erklärte er dann, bevor er mit einer einladenden Geste auf die Couch deutete. „Das Syndikat ist an seinem Tod schuld."

Ich runzelte die Stirn und ließ mich langsam auf dem Sofa nieder. Vielleicht war es nicht klug, mir Konstantins Verschwörungstheorien anzuhören, aber ich war schlichtweg zu neugierig, was es mit diesem Syndikat und den dunklen Erben auf sich hatte. Und da Rouven ohnehin im Lokal war, musste ich Bruno gegenüber kein schlechtes Gewissen haben, wenn ich etwas länger wegblieb. Immerhin hatte Rouven mir vor meinem Weggang versprochen, Bruno Evas Telefonanruf auszurichten – bevor er sofort mit Alexa weiter über die perfekte Wort-Bild-Marke diskutiert hatte.

Ich versäumte also absolut nichts im Lokal.

„Bist du mit den Theorien von David Icke vertraut?", fragte Konstantin in dem Moment und ich schüttelte den Kopf, weil ich diesen Namen noch nie gehört hatte. „David Icke ist ein britischer Publizist, der glaubt, dass reptilienhafte außerirdische Wesen schon seit Jahren auf unserer Erde leben. Angeblich besetzen sie einflussreiche Posten in Politik und Wirtschaft, da sie zwischen ihrem natürlichen Aussehen und dem eines Menschen beliebig wechseln können. Sie sollen Teil eines geheimen Bundes sein, eine Art globale Elite, deren Ziel es ist, eine neue Weltordnung zu erschaffen."

Unruhig rutschte ich auf der Couch herum und war mir plötzlich nicht mehr sicher, ob es so eine gute Idee gewesen war, länger zu bleiben als notwendig. „Und Sie glauben Ickes Theorie?“, fragte ich skeptisch.

Konstantin schmunzelte. „Die Sache mit den Reptiloiden? Natürlich nicht. Doch das Interessante an Ickes Idee ist, dass er denkt, dass es einige wenige Familien gibt, die die Welt im Geheimen beherrschen. Ihre Geschichte geht schon auf die Sumerer zurück – mächtige Familien, die stets darauf bedacht waren, ihren Einfluss nicht zu verlieren. Familien, die über Jahrhunderte hinweg ihre Fäden gezogen haben, Könige gestürzt und Kriege geplant haben, um ihre Interessen zu vertreten und ihre Ziele zu erreichen. Im Gegensatz zu Icke glaube ich aber, dass nicht alle Familien des Syndikats gleichwertig sind. Es gibt eine Familie, die über den anderen steht. Sie nennen sich *die dunklen Erben* und sind der Kern des ganzen Übels. Sie besitzen viel zu viel Einfluss – ohne sie wäre das Syndikat weit weniger gefährlich.“

„Und warum haben *die dunklen Erben* mehr Einfluss?“, fragte ich kritisch.

„Weil sie in jeder Generation immer einen haben, der in der Lage ist, *mehr zu sehen*. Es ist eine Fähigkeit, die er von seinen Vorfahren geerbt hat.“

„Was genau meinen Sie damit? Welche Fähigkeit?“, fragte ich, während mein Herz wie verrückt gegen meinen Brustkorb trommelte.

„Ich meine die Kraft, in die Köpfe der anderen zu sehen, die Gedanken der Menschen zu lesen und sie zu verändern.“

„Die Gedanken zu lesen und zu verändern?“ Automatisch dachte ich an die Zeilen aus dem alten Text.

Der eine, um die Zukunft zu sehen.
Der andere, um in die Vergangenheit zu gehen.
Und der letzte, um die Gedanken zu verstehen

und sie mit dem Nebel zu drehen.

Konnte es tatsächlich alle drei Fähigkeiten geben? Und gehörte ich deshalb automatisch auch irgendwie zu diesen dunklen Erben?

„Gibt es in der Familie der dunklen Erben auch andere Fähigkeiten?", fragte ich schneller, als ich nachdenken konnte.

„Wie meinst du das?"

„Ich meine, ob sie –", ich zögerte einen Moment, bevor ich meinen Gedanken aussprach, „ob die dunklen Erben auch in die Zukunft oder in die Vergangenheit gehen können?"

Konstantin stand auf. „Du spielst auf die Legende an, nicht wahr? Mir wäre es lieber, wenn der Gedankenleser eine andere Fähigkeit hätte, aber so ist es nicht." Er atmete tief durch. „Gedanken sind etwas ganz und gar Machtvolles, Lizzy. Sie können aus Freunden Feinde machen, sie können Hass und Zwietracht säen und zu Kriegen führen." Er begann, im Raum auf und ab zu tigern. „Irgendwie hat alles mit Kirchbruch zu tun. Ich habe viele Spuren der dunklen Erben verfolgt und alle verbinden sich auf eigenartige Weise an diesem Ort, der auf den ersten Blick so unscheinbar wirkt – aber vielleicht ist diese Außenwirkung absichtlich gewollt. Vielleicht ist Kirchbruch doch mehr als eine harmlose kleine Stadt, nicht wahr? Es ereignen sich hie und da immer wieder seltsame Vorfälle, die für sich allein betrachtet nicht viel Aufmerksamkeit erregen. Doch wenn man alles mit Abstand betrachtet, erkennt man plötzlich, dass die Vorfälle zu bestimmten Ereignissen führen. Ihre Abfolge scheint konstruiert zu sein – als wären sie nichts als Dominosteine, die in einem festgesetzten Rhythmus fallen, um einen größeren Plan zu verfolgen. Eins führt zum anderen und aktuell gibt es einen Gedankenleser, der an der Spitze des Syndikats irgendein übergeordnetes Ziel verfolgt. Dabei schreckt er vor keiner Grausamkeit zurück, der Gedankenleser kennt keine Gnade. Denn die Dreizehnten werden etwas Besonderes sein."

„Welche Dreizehnten?"

Konstantin schüttelte müde den Kopf. „Momentan habe ich nur lauter Puzzlesteine in der Hand, aber irgendwann werde ich sie zusammenfügen können. Schon bald bin ich so weit, Lizzy, und dann werde ich dir all deine Fragen beantworten."

Mir schwirrte der Kopf. „Und Sie denken, dass die Wellingers eins dieser Puzzlestücke sind? Sollen *sie* etwa diese dunklen Erben sein? Gehört der Gedankenleser zu ihnen?"

Konstantin kratzte sich am Kinn und beförderte die Essenreste seines Gemüseauflaufs in den Mülleimer neben seinem Arbeitstisch. „Ich kann es dir noch nicht mit Sicherheit sagen, aber irgendetwas ist komisch an den Wellingers. Du solltest bei ihnen besser vorsichtig sein."

„Was genau meinen Sie?"

Er blickte auf die Uhr. „Es ist kompliziert und ich habe jetzt gleich eine Verabredung, die ich nicht verpassen darf. Wenn die Zeit reif ist, werde ich dich in noch mehr Geheimnisse einweihen, aber nicht heute, Lizzy."

Kapitel 8

„Hat Ihre Verabredung etwas mit den dunklen Erben zu tun?“, fragte ich, als ich gemeinsam mit Konstantin zurück auf die Straße trat. Noch immer schwirrte mir der Kopf von seinen Informationen und ich nahm mir vor, mich am Abend hinzusetzen und meine Gedanken in mein Notizbuch zu schreiben, um sie für mich zu ordnen.

Konstantin sah sich für einen Moment wachsam um, bevor er seine Haustür gewissenhaft abschloss und den Schlüssel in seine Tasche steckte. „Ich schätze deine Wissbegier, Lizzy“, erwiderte er dann, „aber ich denke, es ist besser, wenn du mir jetzt keine weiteren Fragen stellst. Ich erzähle dir mehr, sobald ich kann.“

Da seine Stimme ziemlich endgültig klang, bohrte ich nicht weiter nach, sondern schlug den Weg zurück zu Brunos Bistro ein. Offenbar musste Konstantin in dieselbe Richtung, denn er blieb an meiner Seite, setzte die Unterhaltung jedoch nicht fort. Stattdessen huschte sein Blick ständig über unsere Umgebung und saugte sich dabei immer wieder an verschiedenen Passanten fest, als würde er in jedem Bewohner Kirchbruchs diesen Gedankenleser vermuten. Seine Vorsicht war irgendwie ansteckend und ich merkte, wie auch ich immer nervöser wurde. Wenn es den Gedankenleser wirklich gab, was wollte er dann hier? Und war ich ihm schon über den Weg gelaufen? Es war eine hässliche Vorstellung, dass jemand unsere Gedanken lesen und lenken konnte. Gleichzeitig fragte ich mich, ob die Wellingers wirklich etwas damit zu tun hatten, konnte es mir aber irgendwie nicht vorstellen.

In diesem Moment tauchte Brunos Bistro am Ende der

Straße auf und ich sah, wie Joseph auf den Bürgersteig trat und mit mürrischem Gesichtsausdruck den Weg zum Stadtplatz einschlug. Ich grüßte ihn kurz und sah mich danach rasch um, da ich für einen Moment tatsächlich das Gefühl hatte, beobachtet zu werden.

„Alles in Ordnung?", fragte Konstantin, dem offenbar aufgefallen war, dass ich meine Schritte unwillkürlich verlangsamt hatte.

„Ja, mir geht's gut", erwiderte ich und versuchte, mich von Konstantins Paranoia nicht anstecken zu lassen.

Konstantin sah mich schuldbewusst an, als hätte er soeben meine Gedanken gelesen. „Tut mir leid, wenn ich dich durcheinandergebracht habe. Ich weiß, dass es viel zu verarbeiten ist." Er deutete mit dem Daumen über die Schulter. „Hier muss ich über die Straße. Bis später, Lizzy."

„Bis später", antwortete ich und nickte ihm zu, als er einen Fuß auf die Straße setzte.

In diesem Moment kam plötzlich ein silberner Sportwagen mit quietschenden Reifen um die Ecke geschossen und raste direkt auf Konstantin zu. Wie gelähmt vor Schreck starrte ich auf die Szene, die sich albtraumartig in die Länge zu ziehen schien, obwohl alles ganz schnell ging.

Mit einem beherzten Sprung rettete sich Konstantin zur Seite. Der silberne Sportwagen schlitterte haarscharf an ihm vorbei, direkt auf Joseph zu, der ein Stück weiter gerade über die Straße schlurfte. Ich hörte mich selbst schreien, als das Auto mit Joseph kollidierte und der alte Mann wie eine Stoffpuppe durch die Luft flog.

Danach herrschte für einen schrecklichen Moment Stille. Unbewusst war mir klar, dass gerade etwas Fürchterliches geschehen war, aber irgendwie war ich noch nicht so weit, es auch tatsächlich zu begreifen.

„Wir brauchen einen Krankenwagen“, keuchte Konstantin neben mir und riss mich damit endlich aus meiner Starre.

Mit zitternden Fingern wählte ich den Notruf und sah mich hektisch nach einem Straßenschild um, als die Frau in der Vermittlung mich nach der Adresse fragte.

„Es ist direkt im Ortskern von Kirchbruch passiert, am Stadtplatz“, presste ich hervor und lief zu Joseph, der bewusstlos auf der Straße lag und an der Schläfe blutete. „Bitte beeilen Sie sich.“

Der Fahrer des silbernen Sportcoupés war gerade ausgestiegen und blickte mit glasigen Augen auf den reglosen alten Mann. Es handelte sich bei ihm um Pascal.

„Die Rettungskräfte sind schon unterwegs“, erwiderte die Frau am anderen Ende und ich legte das Handy neben mir auf dem Asphalt ab, während ich gleichzeitig verzweifelt versuchte, mich an den Inhalt aus dem Erste-Hilfe-Kurs zu erinnern, den ich vor zwei Jahren in der Schule absolviert hatte. Ich wusste, dass ich Joseph eigentlich in eine stabile Seitenlage bringen sollte, aber ich hatte wahnsinnige Angst, ihm wehzutun.

„Er ist aus dem Nichts aufgetaucht“, sagte Pascal mit eigenartiger Stimme. Offenbar stand er unter Schock.

„Er ist nicht aus dem Nichts aufgetaucht, du bist viel zu schnell gefahren!“, fuhr ich ihn an und blickte hinüber zu Konstantin. Mit weit aufgerissenen Augen stand er am Bürgersteig und schien gerade zu begreifen, dass es genauso gut ihn hätte erwischen können, wenn er nicht schnell genug zur Seite gesprungen wäre.

Joseph stöhnte leise und ich griff nach seiner Hand.

„Verdammter Mist, hoffentlich kratzt er nicht gleich ab“,

presste Pascal hervor.

„Hast du eine Decke im Wagen?“, fragte ich, weil ich mich erinnerte, dass Menschen, die unter Schock standen, schnell froren. Allerdings wusste ich nicht, ob das auch im Sommer zutraf, wenn die Sonne mit 30 Grad runterknallte.

„Ich … weiß nicht“, stammelte Pascal. „Keine Ahnung …“

„Dann sieh nach“, erwiderte ich.

Inzwischen waren einige Menschen am Straßenrand stehen geblieben und starrten erschrocken auf die Szene.

„Himmel, was ist denn hier passiert?“, erklang in diesem Moment Gittis Stimme neben mir und ich war mehr als erleichtert, als sich die mollige Blumenverkäuferin zu mir auf den Boden kniete. „Du bist also der Irre mit dem Sportwagen“, schnaufte sie dann in Pascals Richtung. „Hat es dir noch nicht gereicht, dass du mich fast umgefahren hättest?“

Pascal öffnete nur den Mund und schien nicht zu wissen, was er darauf antworten sollte.

„Mach mal Platz, Schätzchen“, sagte nun Elli aus dem Modegeschäft und legte behutsam ihre Hände auf meine Schultern.

Unendlich dankbar, dass ich nicht mehr allein für Josephs Wohl zuständig war, nahm ich mein Handy und rutschte zur Seite. „Der Krankenwagen ist schon unterwegs“, sagte ich leise, während Gitti beruhigend auf Joseph einsprach und dabei sanft seine Wange streichelte. „Es ging alles so schnell.“

„Schon gut“, meinte Elli und drückte meine Hand. „Du kannst nichts dafür. Geh ein wenig in den Schatten, wir warten hier mit Joseph auf den Krankenwagen. Hast du schon die Polizei verständigt?“

Müde schüttelte ich den Kopf und Elli holte ihr eigenes

Handy aus der Tasche und wählte eine Nummer. Dabei gab sie mir mit einem Wink ihrer beringten Finger zu verstehen, dass ich genug getan hatte.

Mit weichen Knien ging ich zurück zum Bürgersteig, wo Konstantin im Schatten an einer Hausmauer lehnte. Er war kalkweiß im Gesicht und starrte auf Pascal, der mit einer karierten Picknickdecke in der Hand neben seinem Wagen stand und offenbar nicht wusste, was er damit tun sollte.

„Alles okay bei Ihnen?“, fragte ich.

Konstantin schluckte und nickte zaghaft. „Tut mir leid, dass ich dir keine größere Hilfe war. Ich bin noch immer ein wenig mitgenommen.“

„Schon gut“, erwiderte ich, da ich ohnehin mit meinen eigenen Gedanken beschäftigt war. In meiner Zukunftsvision hatte ich Gitti vor einem Unfall mit dem silbernen Sportwagen bewahrt und dabei das Gefühl gehabt, das Richtige zu tun. Aber was war, wenn es falsch gewesen war? Was, wenn ich nun Josephs Leben auf dem Gewissen hatte?

Bei der Vorstellung wurde mir selbst so übel, dass ich die Hand auf meinen Magen presste. Meine Zukunftsvision hatte mir zwar gezeigt, wie Gitti von dem Auto niedergestoßen wurde, aber das, was jetzt mit Joseph passiert war, war hundertmal schlimmer. Der alte Mann war nicht nur gebrechlicher, das Auto hatte ihn auch im vollen Schwung erwischt und ich fürchtete, dass er innere Verletzungen davongetragen hatte.

In diesem Moment erklang endlich das Martinshorn des Krankenwagens und ich spürte, wie ein kollektives Seufzen durch die Menge ging, als die Rettungskräfte aus dem Wagen sprangen und sich um Joseph kümmerten. Kurz darauf kam auch die Polizei und eine junge Polizistin nahm die Aussagen von Konstantin und mir auf, während ihr älterer Kollege mit Pascal redete.

„Danke, das ist für den Moment alles“, sagte die junge Polizistin irgendwann zu mir und ich verabschiedete mich mechanisch von Konstantin, bevor ich mich auf den Weg zum Bistro machte.

Bruno stand vor der Tür und hatte die Kappe abgenommen, während er mit einer Hand durch seine vollen Haare fuhr. „Verdammte Scheiße, was für ein Tag“, waren seine ersten Worte und ich konnte nur nicken. Noch immer fühlte ich mich irgendwie verantwortlich für den Vorfall.

Wenn ich damals Gittis Zusammenstoß nicht verhindert hätte, hätte es sie erwischt. Gitti hätte wahrscheinlich nur einige Blessuren davongetragen, die Polizei wäre erschienen und Pascal hätte eine Anzeige bekommen. Vielleicht hätten sie ihm sogar den Führerschein abgenommen, aber selbst wenn nicht, wäre er sicher nicht mehr in dem Tempo durch die Stadt gerast – und der Unfall mit Joseph wäre nie passiert.

„Tut mir leid, dass du das miterleben musstest“, sagte Bruno und drückte unbeholfen meine Schulter.

„Was ist mit dem Bistro?“, fragte ich, weil es drinnen so leer aussah.

Bruno zuckte mit den Schultern. „Als wir den Rettungswagen gehört haben, sind alle raus auf die Straße.“

Ich nickte und sah zu, wie die junge Polizistin den Leuten zurief, dass sie etwas Abstand halten sollten, bevor sie anfing, einige Fotos vom Unfallort zu schießen.

„Und Alexa?“, fragte ich schließlich und blickte mich suchend nach ihr um. „Wo ist sie?“

„Die hat davon gar nichts mitbekommen. Rouven hat sie vorhin mitgenommen. Sie wollte zu einem Copyshop, um ein paar Farbkopien ihrer Skizzen anfertigen zu lassen. Wir wollten mal sehen, wie es größer wirkt", fügte er erklärend hinzu. „Und da es in Kirchbruch keinen Copyshop gibt, hat Rouven Alexa zur Stadtzeitung mitgenommen. Die haben dort auch einen Farbkopierer, den man gegen eine kleine Gebühr benutzen darf. Ich hab vorhin mit einer Betty telefoniert, die scheint eine wirklich nette Person zu sein."

Ich nickte nur mechanisch und Bruno legte die Stirn in Falten.

„Komm mit rein, Lizzy. Du siehst ziemlich mitgenommen aus, was auch kein Wunder ist. Ich spendier dir eine Cola."

Er zwinkerte mir zu und ich folgte ihm ins Lokal. Hier drin war es angenehm kühl und ich lächelte dankbar, als Bruno zum Kühlschrank hinter der Theke ging und mit einer eisgekühlten Cola zurückkehrte, die er mir stumm in die Hand drückte. Dann holte er sich ein Tablett und begann, die benutzten Tische abzuräumen, während ich mir einen feuchten Lappen schnappte, um die Tische sauber zu wischen.

Es dauerte nicht lange, bis die Gäste ins Lokal zurückkehrten. Offenbar war es nicht mehr so spannend, der Polizei bei ihrer Arbeit zuzusehen, und die Leute schienen nach dem Schreck noch hungriger und durstiger geworden zu sein. Innerhalb kürzester Zeit war der Laden wieder proppenvoll und ich kam mit den Bestellungen kaum hinterher. Anfangs überforderte mich die Gesellschaft so vieler lauter Menschen total, aber nach ein paar Minuten ging es wieder.

„Furchtbar. Der arme Joseph", seufzte Gitti und setzte sich mit Elli an ihren Lieblingsplatz am Fenster. „Ich sag dir, das ist alles die Schuld vom Neumayer. Was kauft er seinem Sohn auch einen Sportwagen, wo der doch schon mit seinem alten

VW immer wie ein Irrer über die Landstraße gerast ist."

Ich ging auf die beiden zu und zückte meinen Block. „Was darf ich euch bringen?"

Gitti stützte sich mit den Armen auf dem Tisch ab. „Schätzchen, wie geht es dir denn?", fragte sie und das Mitgefühl in ihrer Stimme tat irgendwie gut.

„Es ist alles okay."

Elli schüttelte den Kopf. „Du Arme, du musst ja noch unter Schock stehen. Möchtest du nicht erst mal einen kleinen Schnaps mit uns trinken, um das Ganze zu verdauen?"

„Nein danke. Es geht schon und immerhin muss ich noch arbeiten."

„Ja, manchmal ist Arbeit das Beste, um sich abzulenken", sagte Elli und blickte seufzend aus dem Fenster. Auf der Straße war nichts mehr von dem Unfall zu sehen und der Alltag war wieder eingekehrt. „Herrje, ich habe schon immer gesagt, dass der Bengel viel zu schnell fährt."

„Man hätte ihm schon längst den Führerschein wegnehmen sollen, dann wär das nicht passiert", pflichtete Gitti ihr bei. Danach bestellten die Damen zwei Schnäpse und gleich vier Stück Kuchen, da man auf den Schock ja schließlich etwas Beruhigung und Stärkung brauchte.

Nachdem ich ihnen ihre Bestellung gebracht hatte, kümmerte ich mich um die anderen Gäste und war tatsächlich froh über die Ablenkung, die sie mir brachten.

„Verdammt!", hörte ich Bruno irgendwann fluchen, als das Lokal nur noch zur Hälfte gefüllt war.

„Was ist?", fragte ich und stellte ein Tablett mit leeren Gläsern auf der Durchreiche ab.

Bruno stand kopfschüttelnd vor der Kellertür und rüttelte an der Klinke. „Ich komme nicht in den Keller", knurrte er und warf mir einen verärgerten Blick über die Schulter zu. „Abgeschlossen."

„Okay", sagte ich vorsichtig und wischte meine Hände an der Schürze ab. „Und wo ist der Schlüssel?"

„Den hat Rouven", antwortete Bruno grollend. „Ich mache echt drei Kreuze, wenn dieser Tag endlich vorüber ist."

„Dann ruf ihn doch an, damit er ihn dir zurückbringt", sagte ich und verstand nicht, wo das Problem lag.

„Rouven hat sein Handy hier vergessen."

„Und wo ist er jetzt?", hakte ich nach, obwohl ich das eigentlich gar nicht so genau wissen wollte.

„Er ist zu Ingo rausgefahren", gab Bruno zerstreut zurück und schlug mit der Faust gegen die Tür, auch wenn das natürlich keine Wirkung erzielte.

„Ich dachte, er wäre mit Alexa in der Stadtzeitung."

„Nein, er hat sie dort nur abgesetzt. Ich hab ihn gebeten, mein Auto zu nehmen und Ingo zu helfen, weil ich dachte, dass du ohnehin gleich wiederkommst. Ingo hat den besten Honig in der ganzen Region, allerdings will er im Austausch dafür kein Geld, sondern Hilfe beim Bau seines neuen Schuppens. Und vorhin hat er angerufen, weil er gerade jetzt jemanden braucht – und da Rouven geschickte Hände hat, hab ich ihn gebeten, das zu übernehmen."

„Und der Kellerschlüssel ist in deinem Auto", schlussfolgerte ich, weil Rouven wahrscheinlich nicht einfach so Brunos Schlüssel einstecken würde.

„Exakt", murmelte Bruno.

„Und wieso rufst du dann nicht einfach bei Ingo an?"

„Hab ich schon, aber er wohnt im Wald und werkt oft den ganzen Tag draußen herum, dann hört er das Telefon nicht", erklärte Bruno und fuhr sich mit der Hand über das ganze

Gesicht. „Ich muss aber in den Keller, weil da die Zutaten für mein morgiges Mittagsmenü drin sind." Schnaubend wandte er sich in meine Richtung. „Kannst du vielleicht losfahren und den Schlüssel holen? Ich weiß, es ist verdammt kurzfristig, aber wenn ich nicht bald mit dem Kochen anfange, werde ich heute noch bis Mitternacht hier stehen."

Bruno sah mich an und obwohl ich überhaupt keine Lust hatte, Rouven in den Wald zu folgen, konnte ich ihm seine Bitte nach einem Tag wie heute wohl kaum abschlagen.

„Klar", sagte ich, auch wenn es mich Überwindung kostete. „Ist es sehr weit?"

„Ungefähr zwanzig Minuten", antwortete Bruno erleichtert und atmete tief durch. „Danke, Lizzy. Du hast was gut bei mir."

Kapitel 9

Der Wald empfing mich mit einer angenehmen Kühle, die nach der Hitze der letzten Tage eine wahre Wohltat war. Vorsichtig bog ich mit meinem Roller auf die befestigte Forststraße ab und drosselte automatisch das Tempo, um auf dem etwas holprigen Pfad keinen Unfall zu bauen. Außerdem kam mir die Vespa in dieser stillen Umgebung ohnehin viel zu laut vor und ich wollte nicht mehr Lärm verursachen, als absolut notwendig war.

Brunos Wegbeschreibung zufolge musste ich der Forststraße bis zur nächsten Abzweigung folgen und dann links in eine schmale Zufahrt einbiegen, die direkt zu Ingos Haus führte.

Während ich unterwegs war, versuchte ich, nicht darüber nachzudenken, dass ich Rouven gleich wiederbegegnen würde, und beschloss, meinen Aufenthalt bei Ingo so kurz wie möglich zu halten.

Nachdem ich die erwartete Abzweigung erreicht hatte, bog ich in den linken Pfad ein. Die Sonne fiel durch das dichte grüne Blätterdach und zeichnete geheimnisvolle Muster auf den Boden, die mich unwillkürlich an Konstantin denken ließen. Auch er glaubte, Muster zu erkennen, wo sie sonst keiner sah. Selbst wenn sich seine Theorien bizarr anhörten, gingen sie mir nicht aus dem Kopf – denn auch meine Fähigkeit hörte sich mehr als bizarr an, wenn man sie nicht selbst erlebt hatte.

Ein Stück vor mir tauchte das dunkelgraue Spitzdach einer alten Holzhütte zwischen den Baumwipfeln auf und ich wurde noch etwas langsamer, als ich das Heck von Brunos

Wagen zwischen den Bäumen entdeckte. Das Auto parkte auf der rechten Seite des Weges im Schatten und ich stellte meine Vespa daneben ab, bevor ich mir den Helm vom Kopf zog und über den Lenker hängte. Das Kreischen einer Kreissäge war aus einem Bereich hinter der Hütte zu hören und brach nach ein paar Sekunden wieder ab. Stille folgte auf das unangenehme Geräusch, während ich tief einatmete, um die Umgebung für einen Moment auf mich wirken zu lassen.

Jetzt, wo weder der Motor meines Rollers noch das Kreischen der Säge die Luft zerriss, war es hier beinahe malerisch schön. Leises Vogelgezwitscher erhob sich aus den hohen Bäumen ringsum, die ihre mächtigen Zweige in den Himmel streckten. Der weiche Waldboden war von dunkelgrünen Nadeln bedeckt und auf den unberührten Stellen zwischen den Stämmen wuchsen blasse Pilze, von denen ich keine Ahnung hatte, ob man sie essen konnte oder der Verzehr einem unweigerlich einen Grabstein einbringen würde, auf dem dann stand: *Der Kopf des Pilzes war nicht rot, doch trotzdem ist sie jetzt sehr tot.*

Mit einem leichten Schmunzeln setzte ich mich langsam in Bewegung und ging auf die Hütte zu. Dabei versuchte ich mir vorzustellen, ebenfalls so abgeschieden von der Welt zu wohnen. Wenn es einen Internetzugang gab, hätte es mir vielleicht sogar gefallen können, ein paar Tage hier zu bleiben, um meine Gedanken zu sortieren – aber auf Dauer konnte ich mir so ein Leben nicht vorstellen.

In diesem Moment erklang das Kreischen der Säge erneut und ich ging einmal um das Blockhaus herum. Die Latten der Holzfassade waren schon so alt, dass sie beinahe schwarz wirkten, und die eingelassenen Fenster waren verhältnismäßig klein, sodass nur wenig Tageslicht ins Innere dringen konnte.

Es musste in der Hütte recht düster sein, sofern man kein zusätzliches Licht anmachte.

Das Geräusch der Säge brach wieder ab und ich hörte, wie Rouven etwas sagte, konnte aber nicht verstehen, um was es ging. Ebensowenig verstand ich, wieso mein Herz schon allein beim Klang seiner Stimme einen Sprung machen musste, und hoffte, dass ich hier so schnell wie möglich wieder wegkam.

„Ich hab Durst. Willst du auch was trinken?“, rief ein anderer Mann jetzt, der schon deutlich älter klang.

Rouvens Antwort konnte ich nicht hören, aber als ich um die Ecke der Hütte linste, konnte ich die beiden zumindest sehen. Ingo – das musste der Imker sein, der laut Bruno den tollen Waldhonig herstellte – entfernte sich gerade von einem halb fertigen Schuppen am Ende einer kleinen Wiese, die von einem Heer von Butterblumen bevölkert wurde. In dem Schuppen stand Rouven und schnitt mit einer Säge einige Bretter zurecht. Offenbar waren sie für den Rohbau des Holzdaches gedacht. Rouven arbeitete konzentriert, während Ingo über die Wiese zum Hintereingang der Blockhütte marschierte, ohne mich zu bemerken.

Rouven legte gerade die Säge auf die Werkbank und wischte sich mit dem Unterarm den Schweiß von der Stirn. Ich erinnerte mich an meinen Vorsatz, so wenig Zeit wie möglich hier zu verplempern, und setzte mich rasch in Bewegung. Da Rouven mit dem Rücken zu mir stand, nahm er mich nicht wahr, als ich die kleine Wiese überquerte. Von irgendwo hörte ich leises Summen und entdeckte einige Bienenstöcke, die nahe der Waldgrenze standen. Zum Glück hatte Ingo sie nicht direkt neben seinem Haus aufgestellt.

Ich hatte den halb fertigen Schuppen beinahe erreicht und wollte Rouven gerade ansprechen, als er sich mit einer beiläufigen Bewegung das schwarze T-Shirt über den Kopf zog und mir seine gebräunte Rückenpartie präsentierte. Unwillkürlich verlangsamte ich meine Schritte und versuchte, ihn nicht anzustarren, obwohl ich mich kaum davon abhalten konnte, mit dem Blick den glatten Muskelsträngen zu folgen. Rouven bückte sich gerade und stopfte sein T-Shirt in eine schwarze Sporttasche, wodurch das Spiel seiner Muskeln unter der Haut deutlich wurde.

Plötzlich drehte er sich um und ich versuchte zu ignorieren, dass er mit seinem nackten Oberkörper und den verstrubbelten schwarzen Haaren wie ein Männermodel für irgendeinen Männerduft aussah.

„Was machst du hier?“, fragte er nach einem Moment überrascht und seine Stimme klang genauso unfreundlich, wie ich es erwartet hatte.

„Bruno hat mich geschickt, um seinen Kellerschlüssel zu holen“, sagte ich und trat in den Halbschatten des kleinen Schuppens, der gerade mal genug Platz bot, dass sich zwei Menschen trotz der Werkbank und des Bretterstapels an der Wand ungehindert darin bewegen konnten.

Rouven erwiderte nichts und bewegte sich langsam auf mich zu. Seine Jeans saß ziemlich tief auf den Hüften und ich zwang mich, keinesfalls auf seine gebräunte Haut in diesem Bereich zu sehen, sondern nur in seine Augen, die mich auf eine Art fixierten, dass mein Puls in die Höhe schoss. Unbewusst machte ich einen Schritt zurück und stieß mit dem Rücken gegen die hellen Holzplanken, aus denen der Schuppen gebaut war.

„Kannst du mir jetzt bitte den Schlüssel geben?“, fragte

ich forsch und hasste meinen verräterischen Körper, der total verrücktspielte, nur weil Rouven wenige Zentimeter vor mir stand.

„Sicher“, erwiderte er kurz angebunden und beugte sich ein wenig näher. Für einen Sekundenbruchteil hatte ich das Gefühl, dass er mich gleich küssen würde. Doch statt seine Lippen auf meine zu legen, griff Rouven nur nach einem der langen Holzbretter, die neben mir an der Wand lehnten, und marschierte damit zurück zur Werkbank.

„Ich hatte nur noch Mineralwasser“, hörte ich plötzlich jemanden sagen und sah im nächsten Moment, wie Ingo den Schuppen mit zwei Flaschen Wasser in der Hand betrat.

Der Imker war schätzungsweise an die sechzig und hatte einen stoppeligen grauen Bart, der nahtlos in seine kurz geschorenen Haare überging. Als er mich an die Wand gedrückt in seinem Schuppen stehen sah, machte er große Augen.

„Aber hallo, wer bist du denn?“

„Hi, ich heiße Lizzy.“ Kurz hob ich grüßend die Hand. „Ich bin nur hier, um einen Schlüssel zu holen. Es wäre schön, wenn ich ihn heute noch bekommen würde.“

Diesen Satz richtete ich an Rouven, der ohne Eile das Brett auf der Werkbank ablegte und dann über die Schulter zu Ingo sah. „Wasser ist super, danke“, brummte er dabei.

Ingo stellte die Flasche neben ihm ab und warf mir dann einen grübelnden Blick zu. Ich hatte den Eindruck, dass er mich einzuordnen versuchte. „Lizzy also.“

„Ja, meine Schwester und ich sind erst vor Kurzem hergezogen“, gab ich zurück und konnte selbst kaum glauben, was seit unserer Ankunft alles passiert war.

„Aha. Also seid ihr alle drei neu in der Stadt“, bemerkte

Ingo mit einem kurzen Blick zu Rouven. „Wo wohnt ihr Mädchen denn?"

„Bei Dieter", antwortete ich und löste mich von der Wand, während ich hoffte, endlich den Schlüssel von Rouven zu bekommen.

„Dieter, hmmm", machte Ingo und trank einen Schluck von seinem Wasser.

„Kennen Sie ihn?"

„Wenn man so lange hier wohnt, kennt man so gut wie alle", erwiderte der ältere Mann lakonisch.

Ich kniff die Augen zusammen. „Und deshalb leben Sie jetzt hier im Wald?"

Er grinste breit. „Du hast eine schnelle Auffassungsgabe, Mädchen."

„Kannten Sie vielleicht auch meinen Vater?", fragte ich aus einem Impuls heraus. Es war zwar nicht besonders wahrscheinlich, aber vielleicht wusste der alte Imker ja irgendetwas, das mir half, mehr über den Unfalltod meiner Eltern herauszufinden.

„Wie heißt er denn?", wollte Ingo wissen und trank noch einen Schluck aus seiner Flasche, während Rouven mir den Rücken zukehrte und das Holzbrett fürs Sägen vorbereitete.

„Christoph Bergmann. – Er ist vor einigen Jahren bei einem Autounfall gestorben", fügte ich etwas leiser hinzu und duckte mich unter einer Biene hinweg, die in den Halbschatten des Schuppens geflogen kam. Dort drehte sie nur eine kurze Runde, bevor sie gleich wieder hinaus auf die sonnige Wiese flog.

Ingo legte die furchige Stirn in Falten und nickte dann mehrmals. „Ach ja, Christoph. Ich kann mich erinnern. Tut mir leid, Mädchen. Deine Mutter saß auch im Auto, oder?"

Von meinem Platz aus konnte ich sehen, wie Rouven seine Schultermuskulatur verkrampfte, und nickte knapp. „Ja, sie saßen beide drin."

„Deine Mutter kannte ich nicht, aber dein Vater war ein guter Junge. Ist mir ein paar Mal zur Hand gegangen, als ich noch im Dorf gewohnt habe."

„Haben Sie damals etwas mitbekommen … also von dem Unfall?", fragte ich, auch wenn ich mir wenig Hoffnungen auf eine positive Antwort machte.

„Da war doch ein Hirsch, oder?", sagte der ältere Mann und kratzte sich nachdenklich über seine stoppeligen grauen Haare. „Zumindest hab ich gehört, dass sie deswegen von der Straße abgekommen sind."

Wieder musste ich an die fehlende Bremsspur denken, die einfach keinen Sinn ergab.

„Dieser verdammte Ort", brummte Ingo und sah kopfschüttelnd auf seine staubigen Schuhe. „Entweder sterben die Leute viel zu früh oder sie hauen einfach von einem auf den anderen Tag ab."

Rouven drehte sich halb herum und presste kurz die Lippen zusammen.

„Sind es denn so viele, die von hier wegziehen?", fragte ich und merkte, wie ich mich automatisch anspannte.

„Seit ich hier draußen wohne, krieg ich ja nicht mehr so viel mit", erwiderte Ingo und kratzte sich an seiner rötlichen Nase. „Aber dass Jürgen einfach so abhaut, hätte ich zum Beispiel nicht gedacht."

Ein unüberhörbarer Vorwurf schwang in seiner Stimme mit und ich musste an die Bienen denken, die Jürgen zurückgelassen hatte.

„Haben Sie seine Bienen übernommen?", fragte ich und

blickte über die Blumenwiese zu den Bienenstöcken hinüber, die halb in der Sonne und halb im Schatten standen.

Ingo schüttelte den Kopf. „Nein, darum kümmert sich angeblich irgendjemand aus dem Dorf. Und ich hab mit meinen Bienen schon genug zu tun.“ Eine kurze Stille entstand nach seinen Worten und Ingo räusperte sich. „Tut mir wirklich leid mit euren Vätern“, murmelte er dann und klopfte Rouven unbeholfen auf die Schulter. „Waren feine Männer, alle beide.“

„Kannten Sie meinen Vater denn gut?“, fragte Rouven beherrscht.

Ingo atmete tief ein und nickte dann. „Ja, eigentlich schon. Wir haben ab und zu ein Bier miteinander getrunken. Ich hab ihn sogar noch gesehen, an dem Tag, als …“ Er unterbrach sich und schüttelte den Kopf. „Es war ein Schock, als ich erfuhr, dass Gitti ihn am See gefunden hat. Ich hätte nie gedacht, dass er das macht.“

Ein plötzlicher Luftzug ließ die Blätter in den Bäumen rascheln und ich strich mir unbehaglich über die Arme, während Rouven den Imker mit gerunzelter Stirn anstarrte. Irgendwie war die Stimmung seltsam und ich beschloss, lieber wieder schnell ins Bistro zurückzufahren.

„Ich brauche noch den Kellerschlüssel“, sagte ich deshalb.

„Klar“, murmelte Rouven. „Der Schlüsselbund liegt im Handschuhfach. Lass den Autoschlüssel einfach stecken, ich bin hier ohnehin bald fertig.“ Mit diesen Worten warf er mir Brunos Autoschlüssel zu, den ich in der Luft fing.

„Danke“, murmelte ich und wandte mich an den Imker. „War nett, mit Ihnen zu plaudern.“

„Ebenfalls“, erwiderte der ältere Mann und nickte mir zu, bevor ich mich, ohne mich von Rouven zu verabschieden, umdrehte und über die Wiese zurück zum Auto marschierte.

Auf halber Strecke bemerkte ich ein wenig Rauch aus dem Küchenfenster des Blockhauses dringen und schnupperte in der Luft. Es roch, als hätte Ingo etwas auf dem Herd vergessen, und ich wollte ihn gerade rufen, als die Kreissäge erneut zu kreischen anfing.

Rasch machte ich kehrt und lief zurück zum Schuppen. Rouven und Ingo standen beide mit dem Rücken zu mir und waren ganz und gar mit dem Zurechtschneiden eines Holzbrettes beschäftigt.

„Entschuldigung! Ich glaube, Ihr Essen brennt an!“, rief ich über das Kreischen der Säge hinweg, aber keiner der Männer reagierte auf mich. Vorsichtig machte ich einen Schritt auf Ingo zu, um ihn anzutippen, sobald er das Brett durchgeschnitten hatte.

„Fertig“, sagte der Imker in diesem Moment und das durchdringende Geräusch der Motorsäge verstummte.

Erleichtert tippte ich ihn am nackten Unterarm an und sah gerade noch, wie Rouven absichtlich den Handrücken des älteren Mannes streifte, woraufhin helle blaue und rote Blitze durch die Luft zischten. *Gleichzeitig verstummten alle Geräusche ringsherum und die beiden Männer vor mir erstarrten. Irritiert runzelte ich die Stirn. Abgesehen davon, dass ich meine Gabe endlich unter Kontrolle bringen wollte, beschäftigte mich noch eine andere Frage: Woher waren die roten Blitze gekommen, die ich gerade gesehen hatte?*

In diesem Augenblick bemerkte ich ein rötliches Leuchten, das von Rouven auszugehen schien, und stolperte einen Schritt zurück. Dabei beobachtete ich völlig fassungslos, wie sich sein dunkelrot leuchtender Geistkörper aus seinem erstarrten Ich löste. Rouven hatte mir noch immer den Rücken zugewandt und ich konnte nicht anders, als ihn mit offenem Mund anzustarren. Mein Herz hämmerte wie verrückt gegen meine Brust, während mir tausend Fragen gleichzeitig durch den Kopf schossen.

Passierte das soeben wirklich?

Rouven hatte mich noch nicht bemerkt und schien offenbar zu glauben, dass er allein mit Ingo hier war, was mir die Zeit gab, meine wirbelnden Gedanken zu sortieren.

Rouven war hier.

Er hatte also wirklich eine Gabe.

Ich konnte es nicht fassen. An den Wänden der Scheune, direkt zwischen den angelehnten Holzbrettern, erkannte ich nicht nur die dunkelblaue Tür, sondern auch eine dunkelrote Tür direkt daneben. Rouven schien meine Tür ebenfalls entdeckt zu haben und ich erhaschte einen Blick auf sein überraschtes Profil, bevor er plötzlich zu mir herumfuhr. Ich war mir nicht sicher, wer von uns beiden mehr erschrak, auf alle Fälle prallten wir beim Anblick des anderen beide zurück. Sein schwach leuchtender dunkelroter Körper war ungewohnt und wunderschön zugleich und ich verfluchte mich selbst für meine Gedanken.

„Lizzy", hauchte er schließlich und ich schluckte, als ich seine Stimme hörte. Sie klang ein wenig anders als in unserer Wirklichkeit – vielleicht deshalb, weil es hier keinen richtigen Schall gab und jedes Geräusch nur für den Bruchteil eines Augenblicks zu existieren schien. Meinen Namen aus seinem Mund zu hören, fühlte sich fremd und vertraut zugleich an – genau, wie ihn anzusehen. Einerseits war er noch immer Rouven mit dem gleichen attraktiven Gesicht und dem gleichen Körper wie zuvor – andererseits war da der kleine Unterschied, dass von seiner Haut ein rötlicher Schimmer ausging, als würde er schwach von innen leuchten.

„Wie … Wie bist du hierhergekommen?", stieß er hervor und

betrachtete mich noch immer, als könnte er nicht glauben, dass ich ebenfalls hier war.

„Wieso kannst du das?! Und wieso hast du mir nichts gesagt?", fragte ich aufgeregt und gab mein Bestes, halbwegs ruhig zu bleiben und nicht völlig auszuflippen. Die Tatsache, dass ich ihm gerade hier begegnete, überstieg meine Vorstellungskraft bei Weitem. Auch wenn ich schon in Erwägung gezogen hatte, dass Rouven in die Zukunft blicken konnte, war es doch unglaublich, ihn hier zu treffen.

„Was machst du bloß hier?", murmelte Rouven und machte einen Schritt auf mich zu. Dabei streckte er vorsichtig seine schimmernde Hand nach mir aus, als ob er mich berühren wollte.

Gespannt hob ich ebenfalls die Hand und bewegte meine Finger auf ihn zu, bis sich unsere leuchtenden Hände für einen kurzen Moment trafen und einen violetten Blitzschauer auslösten. Es fühlte sich an diesem Ort seltsam intim an, fast als ob wir uns geküsst hätten, und ich zuckte zurück, während ein aufregendes Prickeln durch meinen ganzen Körper schoss. Verlegen wich ich zurück und sah, wie Rouven sich irritiert mit der Hand durch die Haare fuhr.

„Warum hast du mir nichts gesagt?", fragte ich schließlich noch einmal und versuchte, meiner Stimme einen festen Klang zu geben.

Er zögerte, bevor er antwortete. „Ich dachte, ich bin der Einzige."

„Offenbar bist du das nicht." Ich atmete tief ein. „Wieso bist du hier? Wie hast du es geschafft, deine Gabe hervorzurufen? Und wie lange kannst du das überhaupt schon?", sprudelte es dann aus mir heraus und ich versuchte, mich von Rouvens schimmernder Gestalt nicht allzu sehr ablenken zu lassen.

„Ich kann es schon eine Weile“, erwiderte er und blickte für einen Moment zu der dunkelroten Tür, die offenbar zu ihm gehörte.

„Und was genau kannst du?“, fragte ich drängend.

Er sah mich intensiv an und ich spürte, wie ich unter seinem Blick nervöser wurde. „Was kannst du denn?“

Ich schüttelte den Kopf. Nach all der Unsicherheit hatte ich nicht vor, mich noch länger auf die Folter spannen zu lassen. „Du zuerst. Denn du bist mir ein paar Antworten schuldig, Rouven.“

Er wartete einen Augenblick, bevor er antwortete. „Ich hätte nie gedacht, das jemals laut auszusprechen, geschweige denn, es mit jemandem zu besprechen. Ausgerechnet mit dir.“ Er hielt kurz inne. „Ich kann in die Vergangenheit gehen, Lizzy.“

„In die Vergangenheit?“, wiederholte ich ungläubig, während unsere unterschiedlichen Farben plötzlich einen Sinn zu ergeben begannen.

„Also kannst du etwas anderes“, schloss Rouven und ich hatte wieder die Legende im Kopf. Es stimmte tatsächlich – die unterschiedlichen Fähigkeiten existierten. Wenn Rouven und ich die Gabe hatten, in die Vergangenheit und in die Zukunft zu gehen, gab es höchstwahrscheinlich auch jemanden, der tatsächlich die Gedanken anderer Leute lesen konnte.

Ein kalter Schauer rann mir über den Rücken und ich realisierte, dass unsere Fähigkeiten der Grund waren, warum es violette Lichtblitze sprühte. Und offenbar waren nicht meine Gefühle für Rouven der Auslöser für sie, sondern die Tatsache, dass auch er eine Gabe besaß.

Rouvens Blick glitt zu der dunkelroten Tür, die langsam blasser wurde. „Ich muss jetzt los, Lizzy.“

„Nicht, bevor du mir erzählt hast, was du weißt. Ich will

endlich Antworten, Rouven.“

„Nicht jetzt, ich muss noch etwas erledigen.“

Ich wollte etwas erwidern, doch Rouven sprach schon weiter.

„Ich werde dir alles erzählen, aber jetzt muss ich gehen.“

„Wohin denn?“, entfuhr es mir. Dabei dachte ich kurz an den Liebesbrief, den ich in der Bibliothek gelesen hatte. So wie Rouven sich verhielt, schien von der Tür hier jedoch keine Gefahr auszugehen. „Du kannst mich doch jetzt nicht einfach so stehen lassen.“

„Es geht aber nicht anders!“, schnappte er und ich wich unwillkürlich zurück, weil ich die Kraft seiner Emotionen beinahe körperlich spüren konnte. Als er meinen erschrockenen Gesichtsausdruck sah, wurde seine Stimme weicher. „Sorry, Lizzy, aber ich habe wirklich keine Zeit mehr.“

Er schritt direkt zu seiner dunkelroten Tür, umfasste deren silbernen Knauf und öffnete sie. Grelles Licht strahlte mir dahinter entgegen und schien Rouven von innen zu erfüllen, bevor er und die Tür vor meinen Augen verschwanden – als wären sie beide nie hier gewesen.

„Rouven!“, rief ich ihm hinterher und wollte schon zu meiner Tür eilen, als sie vor meinen Augen verblasste und ich wieder in der Realität landete.

Ich fühlte die warme Haut des Imkers unter meinen Fingerspitzen und sah, wie sich der ältere Mann zu mir herumdrehte, während Rouven ebenfalls herumfuhr und mich anstarrte.

„Was ist denn, Mädchen? Hast du noch was vergessen?“, fragte Ingo und runzelte die Stirn.

„Ich glaube, in Ihrer Hütte brennt ein Essen an“, presste ich hervor und zog meine Finger zurück, während ich Rouvens stummen Blick erwiderte.

„Ach verdammt, das muss mein Gulasch sein“, fluchte Ingo und rannte aus dem Schuppen.

„Wie hast du das gemacht?“, flüsterte ich, kaum dass der Imker fort war. „Wie hast du die Tür geöffnet? Wo bist du hingegangen? Und warum bist du jetzt schon wieder hier? “

Rouven blickte über meine Schulter nach draußen und atmete tief durch. „Lizzy …“, setzte er an.

„Nein! Wag es ja nicht, mich jetzt mit irgendwelchen Ausflüchten abzuspeisen“, fauchte ich und wurde unwillkürlich lauter, während gleichzeitig mein Handy vibrierte.

Rasch warf ich einen Blick darauf und sah, dass mir Bruno geschrieben hatte, der sich erkundigte, ob ich den Weg zu Ingo gefunden hatte. Da ich jetzt keinen Nerv hatte, ihm zurückzuschreiben, wollte ich es wieder einstecken und bemerkte, dass Rouven mein Handy fixierte.

„Was ist?“, fragte ich, da er irgendwie seltsam auf das alte Familienfoto von Alexa und mir blickte, das uns als Kinder mit unseren Eltern zeigte und das ich erst vor Kurzem als Bildschirmhintergrund eingespeichert hatte.

„Nichts“, sagte Rouven langsam und runzelte die Stirn. „Ich hatte nur das Gefühl, als hätte ich deinen Vater schon mal irgendwo gesehen.“

„Vielleicht kennst du sein Bild ja aus der Polizeiakte“, erwiderte ich. „Aber versuch jetzt bloß nicht, abzulenken.“

Er schüttelte den Kopf und sah mit einem Mal furchtbar müde aus. „Das habe ich nicht vor. Hör zu, wir reden über alles, was passiert ist, aber nicht hier. Ich hol dich morgen Abend ab, um sieben Uhr.“ Er sah mich intensiv an. „Und dann sage ich dir alles, was ich weiß, Lizzy – versprochen.“

Kapitel 10

In dieser Nacht schlief ich nicht gut. Die Eindrücke des Tages prasselten in einem irrsinnigen Tempo auf mich nieder und vermischten sich zu einem Strudel an Ereignissen, dem ich nicht entfliehen konnte. Immer wieder tauchten Alexa und Rouven im Bistro vor mir auf und ich sah, wie Alexa Rouven verführerisch anlächelte, als Konstantin von der Straße hereinstürmte, um sich vor einem silbernen Sportwagen zu retten. Dabei keuchte er etwas von dem gefährlichen Gedankenleser, woraufhin zwei Riesen-Reptilien über den Tresen sprangen und mich durch das Lokal jagten. Ich lief auf die Straße und von dort über den Hauptplatz, bis ich plötzlich realisierte, dass ich nur noch mein Schlafshirt trug und mich auch gar nicht mehr in Kirchbruch befand, sondern in einem Wald. Nun waren auch nicht mehr die beiden Riesen-Reptilien hinter mir her, sondern Gitti und Herr Neumayer, und als ich das nächste Mal einen Blick nach hinten warf, wurde ich von einem Wolf verfolgt. Auf einmal trug ich auch nicht mehr mein Schlafshirt, sondern einen roten Umhang, und hatte einen Korb in der Hand. Ich hatte nicht den blassesten Schimmer, was Rotkäppchen in meinem Traum zu suchen hatte, aber ich lief weiter, so schnell ich konnte, und folgte den roten und blauen Lichtblitzen in der Luft, die mir den Weg wiesen. Sie führten mich tiefer in den Wald hinein und mein Herz klopfte wie verrückt, als ich endlich die Hütte erreichte, in der ich meine Großmutter vermutete, doch es war Rouven, der mir die dunkelrote Tür öffnete und einen schweren Grabstein für mich bereithielt. Bevor ich die Grabschrift lesen konnte, wachte ich zum

Glück auf.

„Lizzy, alles okay?“, hörte ich die Stimme meiner Schwester und blinzelte keuchend in die Dunkelheit, die nur vom schwachen Schein einer Straßenlaterne ein wenig erhellt wurde. Alexa kniete neben meinem Bett und hatte die Hand auf meine Schulter gelegt, die sie jetzt rasch wieder zurückzog. Ich richtete mich halb im Bett auf und bemerkte, dass mir mein Schlafshirt an der Brust klebte. „Du hast komisches Zeug gebrabbelt“, murmelte Alexa fast schon entschuldigend und rutschte ein Stück zurück, als hätte sie Angst, dass mir ihre Nähe unangenehm war. Einem Impuls folgend griff ich nach ihrem Arm und berührte sie kurz.

„Danke, dass du mich geweckt hast.“

Sie nickte und plötzlich kam mir unser Streit, der schon viel zu lange anhielt, einfach nur blöd vor.

„Es tut mir leid“, sagten wir im selben Moment und ich spürte die Erleichterung wie eine große Woge über mich kommen, weil wir endlich wieder miteinander redeten.

Alexa biss sich auf die Unterlippe. „Sorry, Lizzy. Ich wollte dich nicht bevormunden, ich hab mir einfach Sorgen gemacht. Und natürlich habe ich auch ein schlechtes Gewissen, weil ich dich schon bald allein lasse.“

Ich atmete tief ein. „Das musst du aber nicht haben. Hey, so schlecht ist es doch gar nicht in Kirchbruch.“

Sie hob die Augenbrauen. „Also in deinem Albtraum eben hörte sich das anders an.“

„Was … habe ich denn gesagt?“

„So genau habe ich es nicht verstanden“, meinte sie. „Aber du hast irgendetwas von Kirchbruch und einer Legende gefaselt. Ich habe kurz überlegt, den Exorzisten zu rufen.“ Sie grinste mich an.

„Und hattest du auch schon einen passenden Grabsteinspruch für mich?“

„Natürlich“, behauptete Alexa und ließ sich auf ihre Fersen sinken. „*Vom Teufel war sie besessen und deshalb auf ihre Schwester angefressen.*“

Ich blickte sie ungläubig an. „Das ist doch kein Grabsteinspruch.“

„Er ist auch noch nicht zu Ende.“

„Okay“, meinte ich. „Wie geht es weiter?“

„*Der Priester vertrieb die Dämonen, sie starb an verdorbenen Bohnen.*“

Ich lachte. „Das ist der schlechteste Grabsteinspruch, den wir je hatten.“

Alexa zuckte mit den Schultern. „Aber er enthält eine Botschaft.“

„Dass man keine verdorbenen Bohnen essen soll?“

„Nein, dass du viel zu lange sauer auf mich warst. Und ich auch auf dich. Wir haben noch nie so lange *nicht* miteinander geredet.“ Sie schnaubte. „Wahrscheinlich liegt das an den negativen Schwingungen von Kirchbruch. Und mein Gott – ich lasse dich hier.“ Sie fasste sich an die Stirn.

„Jetzt hör aber auf“, sagte ich und wusste, dass sie es halb im Scherz, halb ernst meinte. „Wir waren beide einfach stur. Außerdem befinden wir uns in einer Ausnahmesituation. Es ist schließlich das erste Mal, dass wir so lange voneinander getrennt sein werden.“

„Und du meinst, wir üben das erst einmal, indem wir tagelang nicht miteinander reden?“

„So in etwa“, sagte ich und schüttelte den Kopf. „Ach Quatsch. Es ist einfach viel passiert und vielleicht haben wir beide mal ein wenig Abstand gebraucht.“

Alexa atmete tief ein. „Ich habe schon überlegt, ob ich vielleicht doch hier irgendwo in der Nähe studieren sollte."

„Das ist jetzt aber nicht dein Ernst, oder? Du wirst dein Stipendium sicher nicht sausen lassen. Das kommt gar nicht infrage", erklärte ich.

„Hey, ich bin hier die große Schwester. Warum machst du auf einmal die Ansagen?"

„Weil ich die Vernünftigere von uns beiden bin?"

„Sagt die Frau, die blaue Blitze sieht und mit ihren Zukunftsvisionen einen auf Nostradamus macht?", hielt sie dagegen und kniff dann die Augen zusammen. „Sorry. Ist es noch zu früh für solche Scherze?"

„Schon okay", meinte ich, weil es wirklich okay war. Denn mein Erlebnis mit Rouven heute hatte etwas verändert.

Es beruhigte mich, dass ich nicht die Einzige war, die eine Fähigkeit hatte. Natürlich hatte ich tausend Fragen, die ich Rouven am liebsten sofort gestellt hätte, aber schon allein das Wissen über seine Gabe reichte, dass ich mich weniger allein fühlte.

„Es war die letzten Wochen wahrscheinlich alles zu viel für mich", schob ich vor, um das Thema mit Alexa nicht weiter zu vertiefen. Solange ich keinen Beweis für meine Gabe hatte, wollte ich nicht mehr versuchen, sie von der Existenz meiner Zukunftsvisionen zu überzeugen. „Wie gefällt dir der Grabstein dazu? *Sie sah zu viele blaue Blitze und erhielt deshalb die letzte Spritze.*"

„Gefällt mir. Aber ich würde dich niemals einschläfern lassen."

„Das beruhigt mich", erwiderte ich schmunzelnd und stand auf, um mir ein trockenes Schlafshirt aus unserer neuen Kommode zu holen, die Dieter gestern mithilfe von ein paar

Nachbarn in unser Zimmer gebracht hatte.

„Kannst du nicht versuchen, bei Bruno etwas an Stunden zu reduzieren? Er hat mir erzählt, dass du in letzter Zeit viele Überstunden gemacht hast.“ Alexa stand auf und schlüpfte zurück unter ihre Decke. „Oder hast du die nur gemacht, um mir aus dem Weg zu gehen?“

„Vielleicht.“

„Du bist furchtbar. Du gehst lieber arbeiten, als dich mit mir zu versöhnen?“

„Hey, zum Streiten gehören immer noch zwei. Außerdem warst du doch auch ständig mit deinen Entwürfen für das Bistro beschäftigt.“

„Das stimmt, trotzdem sehe ich noch keine Blitze.“ Sie lächelte schief. „Sprich doch vielleicht wirklich mit Bruno und mach ein bisschen weniger.“

Ich begann, mich umzuziehen. „Ich weiß nicht, ob ich das tun kann. Ich kann Bruno doch nicht einfach so im Stich lassen.“

Meine Schwester ließ den Kopf auf ihr Kissen fallen und starrte seufzend in Richtung Decke. „Du bist echt wie Mama. Aber du könntest dir ruhig mal einen Tag freinehmen. Zumindest von *einem* Job.“

„Bin ich das? Bin ich wie Mama?“, fragte ich und schlüpfte in das neue Shirt. Dabei fand ich es schade, dass ich mich an so wenig erinnern konnte. Auch wenn uns Tante Margret immer wieder von unserer Mutter erzählt hatte, war es doch etwas anderes, ob es die eigenen oder fremde Erinnerungen waren.

„Sie hat den Menschen auch ständig geholfen, ob der Nachbarin mit den Einkaufstüten oder irgendwelchen fremden Leuten auf der Straße. Sie war immer so mega hilfsbereit."

„Gut, dass *du* diese Eigenschaft nicht von ihr geerbt hast", sagte ich scherzhaft.

Alexa schnappte sich sofort ein Zierkissen von ihrem Bett und schmiss es auf mich. „Dafür habe ich die Treffsicherheit von Papa geerbt", sagte sie, nachdem das Kissen auf meinem Kopf gelandet war.

„Und die Selbstüberschätzung von Tante Margret", erwiderte ich und feuerte das Kissen zurück.

Alexa und ich lachten und es war schön, dass wir uns wieder verstanden.

„Hast du auch eine Nachricht von Tristan erhalten?", fragte sie dann.

„Äh … keine Ahnung", murmelte ich, da ich nach dem Erlebnis mit Rouven im Wald die Nicht-stören-Funktion bei meinem Handy eingeschaltet hatte, um meine Gedanken in Ruhe zu sortieren. Am Abend hatte ich dann stundenlang in mein Notizbuch geschrieben und ganz vergessen, das Telefon wieder einzuschalten.

„Er lädt uns zu seinem Geburtstagsfest ein", sagte Alexa und ich entsperrte mein Handy, um zu sehen, ob ich die Nachricht bekommen hatte.

„Schon dieses Wochenende", sagte ich dann, als ich die Einladung vorfand.

„Ja, er feiert im Haus seiner Eltern. Das wird sicher cool. Endlich ist hier ein bisschen Action angesagt." Sie drehte sich zur Seite und sah mich an. „Meinst du, dass Rouven auch kommt?"

„Wahrscheinlich", erwiderte ich verhalten und hatte wieder das Bild von Rouven und Alexa im Bistro vor Augen. Die beiden hatten zusammen einen ziemlich glücklichen

Eindruck auf mich gemacht und ich dachte im Vergleich dazu an die letzten Begegnungen zwischen Rouven und mir, bei denen wir pausenlos aneinandergeraten waren.

Alexa gähnte und ich legte mein Handy zur Seite, um wieder unter die Decke zu schlüpfen.

„Sorry, ich bin tatsächlich total müde von den ganzen Entwürfen fürs Bistro."

Ich drehte den Kopf, um sie durch das dunkle Zimmer anzusehen. „Schon okay. Schlaf einfach."

„Sicher?"

„Jetzt hör auf, dich schon wieder um mich zu sorgen. Mir geht's gut."

„Okay", seufzte sie. „Gute Nacht, Blizzy-Lizzy."

„Gute Nacht", flüsterte ich und hörte, wie Alexa sich eine bequeme Position auf ihrer quietschenden Matratze suchte. Kurz darauf wurden ihre Atemzüge immer tiefer und gleichmäßiger, während ich mit klopfendem Herzen in der Dunkelheit lag und an das Gespräch mit Rouven dachte, das morgen Abend stattfinden sollte.

Kapitel 11

Am nächsten Tag rief ich in der Früh Bruno an und befolgte Alexas Rat, indem ich mir eine kurze Auszeit von meiner Arbeit in dem Lokal nahm. Stattdessen genoss ich den Vormittag zu Hause und ging am Nachmittag ins Büro der Stadtzeitung, da es mich auch verrückt gemacht hätte, den ganzen Tag nur zu Hause zu sitzen. Denn immer wieder drifteten meine Gedanken zu Rouven und zu dem, was gestern passiert war. Wie hatte er es geschafft, seine Tür zu öffnen? Ging es hier nur um Übung? Wie lange hatte Rouven seine Gabe schon? Die Fragen stolperten durch meinen Kopf und ich tröstete mich damit, Rouven heute Abend jede einzelne davon stellen zu können.

„Hey, Lizzy, wo bist du denn mit deinen Gedanken?“, fragte Betty mich, da ich anscheinend Löcher in die Luft gestarrt hatte. „Es geht um einen Jungen, nicht wahr?“

Als ich den Kopf schüttelte, schnalzte sie mit der Zunge.

„Versuch nicht, es zu leugnen. Ich sitze gerade über deinem Horoskop und die Sterne lügen nicht. – Außerdem geht es immer um das andere Geschlecht, wenn ich diesen Ausdruck bei einer Frau sehe“, bemerkte sie lächelnd und fixierte eine herausgefallene Strähne in ihrem blonden Haarknoten. Dann kam sie zu mir herüber und lehnte sich an meinen Schreibtisch. „Wie sagt man so schön: Man kann nicht mit, aber auch nicht ohne sie … Und da ist leider etwas dran.“

Kurt, der aus dem Krankenstand zurück war, blickte von seinem Computerbildschirm hoch und ich senkte rasch die Augen, als er zu uns herübersah.

Betty blickte von ihm zu mir und beugte sich vertraulich

näher. „Oh nein. Sag bloß nicht, dass es dir der alte Kurt angetan hat – denn ob du es glaubst oder nicht, er ist schon vergeben." Sie grinste vielsagend und ich schüttelte entschieden den Kopf.

„Bitte keine Details über Kurts Liebesleben. Das geht mich nichts an", stellte ich schmunzelnd klar, da Betty eine Tendenz dazu hatte, mich mit Informationen zu versorgen, die ich gar nicht haben wollte.

„Kindchen, du sollst es dir ja auch nicht bildlich vorstellen. Obwohl Kurt eine neue Hüfte hat und für sein Alter wahrscheinlich noch gut …"

„Betty, bitte", sagte ich schnell, weil ich dieses Gespräch wirklich keine Sekunde länger weiterführen wollte.

„Okay, schon gut", lenkte sie lachend ein. „Weg von Kurt, hin zu dem Jungen, der dich beschäftigt. Wer ist es?"

„Es gibt niemanden", sagte ich ausweichend und wollte nur zu gern selbst daran glauben.

Betty verschränkte die Arme vor der Brust. „Das geht doch besser, Lizzy. Wenn du mich schon anlügst, dann versuch wenigstens, es ein bisschen glaubwürdiger zu machen."

Verdutzt sah ich Betty an und wusste nicht, wie ich dieser Frau Konter geben sollte.

„Also – wer ist es? Doch nicht Tristan, oder?" Sie kniff die Augen zusammen und blickte mich an, als könnte sie die Antwort in meinem Gesicht ablesen.

„Nein – natürlich nicht …"

Betty rieb sich über das Kinn. „Auch nicht so recht überzeugend, Lizzy. Bist du dir vielleicht selbst nicht ganz sicher? Ich meine, ich kann verstehen, dass sich ein junges Ding wie du zu jemandem wie Tristan hingezogen fühlt. Er sieht gut aus und besitzt diesen gefährlichen Charme, aber er ist auch ein kleiner Hallodri.“

In dem Moment räusperte sich Kurt und ich verfluchte Betty dafür, dass sie diese Bilder in meinen Kopf gebracht hatte. Betty zwinkerte mir zu und wusste anscheinend, woran ich denken musste.

In dem Moment ging die Tür zu Harris Büro auf. „Lizzy, hast du gerade Zeit?“

„Klar“, sagte ich und schnappte mir Block und Bleistift, bevor ich aufstand. Dabei streifte ich unabsichtlich Bettys Unterarm und sah sogleich hellblaue Lichtblitze zwischen uns aufzucken. *Im nächsten Moment wurde die Welt ganz still und ich befand mich wieder in der lautlosen Umgebung meiner Gabe. Es passierte schon wieder.*

Ich muss endlich lernen, meine Gabe zu steuern, *schoss es mir durch den Kopf. Denn es war möglich – immerhin hatte Rouven seine Gabe bei Ingo ganz bewusst eingesetzt. Doch wie stellte er das an? Wie genau schaffte er es, seine Fähigkeit zu kontrollieren? Und was war mit ihm passiert, als er die dunkelrote Tür geöffnet hatte?*

Nachdenklich löste ich mich aus meinem erstarrten Ich und entdeckte die dunkelblaue Tür neben dem Eingang zum Büro. Wenn Rouven es schaffte, seine Tür zu öffnen, musste es auch für mich möglich sein.

Mit schnellen Schritten war ich bei der Tür und legte meine Hand auf den silbernen Knauf. Dabei stellte ich mich darauf ein, wieder einen elektrischen Schlag zu bekommen – wobei ich mir fest vornahm, diesmal nicht loszulassen, egal wie stark er auch sein würde. Voller Entschlossenheit drehte ich an dem Türknauf und biss die Zähne zusammen, als ein heftiges elektrisches Kribbeln zu spüren war. Im nächsten Moment hörte ich ein leises Klicken. Ungläubig starrte ich auf die Tür, die sich einen Spaltbreit geöffnet hatte.

Ich hatte es geschafft.

Eine Welle des Glücks flutete durch mich hindurch, als ich die Tür noch weiter aufdrückte. Gleißend helles Licht strahlte mir dahinter entgegen und ich zögerte nur den Bruchteil einer Sekunde, bevor ich meine Augen mit der Hand beschattete und hindurchging.

Der Boden unter meinen Füßen fühlte sich glatt wie Marmor an. Langsam ließ ich meine Hand sinken und sah mich blinzelnd um. Der weiße runde Raum, in dem ich mich befand, hatte einen Durchmesser von etwa fünf Metern und ich drehte mich rasch einmal im Kreis, während ich meine Umgebung genau in Augenschein nahm. Die Decke, die Wände und der Boden waren aus demselben weißen Material und ich spürte, wie mein Herz einen Satz machte, als die dunkelblaue Tür hinter mir mit einem leisen Klicken ins Schloss fiel. Das Türblatt war auf dieser Seite ebenfalls weiß, sodass ich nur noch den silbernen Knauf sehen konnte.

In diesem Moment begann sich der Raum zu drehen. Mit einem leisen Knirschen setzten sich die Wände in Bewegung und ich fühlte, wie eine knisternde Energie freigesetzt wurde, die mit jeder Umdrehung stärker und stärker zu werden schien. Atemlos beobachtete ich, wie die runde Kammer immer schneller rotierte, während der Boden unter meinen Füßen komplett ruhig blieb. Hellblaue Lichtblitze zuckten über die weißen Wände und verästelten sich bis hinauf zur Decke. Gespannt wich ich ins Zentrum des weißen Raumes zurück. Die blauen Blitze zischten inzwischen so schnell um mich herum, dass sie vor meinen Augen zu lang gezogenen hellblauen Linien verschmolzen. Gleichzeitig wurde das elektrische Summen immer lauter, bis es so intensiv in meinen Ohren vibrierte, dass ich sie mir mit den Händen zuhielt.

„Aufhören!", schrie ich, als meine Augen von der gleißenden Helligkeit zu tränen begannen. Gleichzeitig wurde die elektrische Spannung in der weißen Kammer so stark, dass sich die Härchen auf meinen Armen aufstellten. Die Wände drehten sich inzwischen so schnell, dass mir von dem Anblick schwindelig wurde, und ich stolperte noch ein paar Schritte zurück. Dabei stieß ich mit der Schulter unabsichtlich gegen die rotierende Kammer und zuckte zurück, als ein hellblauer Funkenschauer mit einem lauten Zischen in die Höhe stob. Einen Augenblick später verlangsamten die drehenden Wände ihre Geschwindigkeit, bis sie schließlich endgültig stehen blieben. Das elektrische Summen verstummte und ich nahm meine Hände wieder von den Ohren, als plötzlich zwei funkenschlagende hellblaue Türen mit einem lauten Donnern aus dem Boden glitten. Sie erschienen mit der Gewalt eines Blitzeinschlags und ich prallte unwillkürlich zurück, als sie sich knisternd vor mir erhoben.

Vorsichtig trat ich näher. Die beiden Türen standen knapp nebeneinander und hatten die gleichen silbernen Knäufe wie die dunkelblaue Tür, durch die ich gekommen war. Zur Sicherheit drehte ich mich kurz um. Das weiße Türblatt hinter mir war noch immer zu sehen und das Gefühl, jederzeit umkehren zu können, beruhigte mich – wobei ich nicht vorhatte, zurückzugehen. Stattdessen machte ich noch einen Schritt auf die beiden blauen Türen zu. Wohin würden sie mich führen? Waren es Wege in die Zukunft? Würden sie mir vielleicht mehr zeigen, als ich bislang hatte sehen können?

„Es gibt nur einen Weg, das herauszufinden", flüsterte ich und griff nach dem Knauf der rechten Tür. Sie ließ sich problemlos öffnen und ich trat über die Schwelle hindurch auf eine sonnige

Straße.

Mit klopfendem Herzen sah ich mich um. Betty trug ein hübsches Sommerkleid mit roten Punkten und hielt einen bauchigen Transportkorb mit beiden Armen an ihre Brust gedrückt. Aus dem Korb drang ein verzweifeltes Maunzen und ich drehte mich schnell um.

Offenbar war ich durch eine Hausmauer in die Szene getreten. Die hellblaue Tür stand nach wie vor offen, sodass ich die weiße Kammer dahinter gut erkennen konnte.

„Es ist doch nur eine kleine Spritze", murmelte Betty in diesem Moment beruhigend und bog um eine Ecke. Ich folgte ihr rasch und sah, dass dahinter Franzis Bäckerei in Sicht kam. Offenbar war Betty mit ihrer Katze unterwegs zum Tierarzt, um sie zu impfen.

Als ihr Handy klingelte, blieb sie stehen und versuchte, ihr Telefon mit einer Hand aus ihrer Tasche zu fischen. Dabei hielt sie den Transportkorb leicht schief und ich bemerkte, wie sich der altersschwache Verschluss vor dem Gitter löste. Im nächsten Moment schwang die Öffnung des Korbes auch schon auf und eine weiß-grau getigerte Katze flüchtete panisch auf den Bürgersteig.

„Fuchur!", rief Betty erschrocken und starrte für einen Moment nur geschockt auf ihre Katze, die geduckt an der Hausmauer entlanglief.

In diesem Moment trat Dieter aus der Bäckerei und entdeckte Bettys Katze, die direkt auf ihn zusteuerte. Geistesgegenwärtig blieb er stehen und griff nach dem weiß-grau getigerten Fellbündel, das mit einem leisen Maunzen protestierte, als es hochgehoben wurde.

„Oh Gott sei Dank!", rief Betty und eilte mit dem offenen Weidenkorb auf Dieter zu. „Ich dachte schon, er rennt mir auf

die Straße!“

„Zuzutrauen wär's dem Kerl ja“, sagte Dieter in seiner gewohnt ruppigen Art. Dennoch konnte ich sehen, wie er dem Kater sanft mit seinen schwieligen Fingern über das Fell streichelte.

„Danke, Dieter. Ich weiß gar nicht, was ich ohne den kleinen Racker tun würde“, murmelte Betty erleichtert und Dieter nickte nur, bevor er die Katze zurück in den Transportkorb bugsierte und Betty half, den Verschluss zuzumachen.

„Der müsste mal erneuert werden“, brummte er mit einem Blick auf das altersschwache Teil.

„Ich weiß“, seufzte sie und strich sich eine blonde Haarsträhne zurück, die der Wind nach vorn geblasen hatte. „Aber ich bin in handwerklichen Dingen leider nicht so geschickt.“

Dieter kratzte sich an seinem grauen Bart und eine seltsame Pause entstand, bei der beide für einen Moment auf den Boden blickten. „Ich kann es mir ja mal ansehen, wenn du willst“, meinte Dieter dann zögernd und ich sah, wie sich Bettys Wangen leicht röteten.

In dem Moment wurde ich zurück ins Büro der Stadtzeitung katapultiert. Betty hatte von meinem Ausflug in ihre mögliche Zukunft nichts mitbekommen und ich versuchte, mich ganz normal zu benehmen, obwohl mein Herz vor Aufregung schneller schlug.

Ich hatte es geschafft! Ich hatte tatsächlich die dunkelblaue Tür geöffnet und die Tatsache, dass es funktioniert hatte, erfüllte mich mit einer enormen Euphorie. Am liebsten wäre ich gleich noch einmal in den weißen Raum gegangen, um mir anzusehen, welche Zukunft hinter der anderen hellblauen Tür auf Betty wartete. Dabei hätte ich auch gern gewusst, in welchem Tag ich gelandet war. Betty zufolge musste diese Zukunft frühestens in drei Wochen stattfinden, da ihr Tierarzt ja so lange Urlaub machte.

„Lizzy, kommst du?“, fragte Harri in diesem Moment und ich bemühte mich, ganz normal zu wirken, als ich in sein Büro ging, wo er schon hinter seinem Schreibtisch wartete und mir erwartungsvoll zulächelte. Harri trug heute ein buntes Batik-Shirt und hatte seine Haare wieder zu einem Pferdeschwanz zusammengebunden. „Hier, ich wollte, dass du sie als Erste siehst“, sagte er und deutete auf eine neu aussehende Zeitung auf seinem Schreibtisch.

„Oh mein Gott. Ist das …?“

„Ja, das ist die aktuelle Ausgabe der *Kirchbrucher Nachrichten*. Frisch gedruckt und mit deinem Portrait von Frederick Wellinger. Der ganze Stress hat sich gelohnt.“

Harri hielt mir die Zeitung entgegen und ich fühlte, wie mir vor Aufregung der Mund trocken wurde.

„Wow. Vielen Dank“, sagte ich und strich stolz über das Papier der Zeitung. Auch wenn meine Artikel schon in der Schülerzeitung abgedruckt worden waren, war es doch etwas anderes, in einem echten Regionalblatt zu erscheinen.

„Heb dir das Exemplar gut auf. Ich kann mich noch gut an meinen ersten Artikel erinnern“, schwärmte Harri grinsend. „Er hängt neben dem Spiegel in meinem Badezimmer.“

Ich hinterfragte nicht, warum Harri den Artikel in seinem Badezimmer und nicht etwa in der Diele oder im Wohnzimmer aufgehängt hatte, und freute mich einfach darüber, meine ersten journalistischen Schritte schwarz auf weiß zu sehen. Glücklich blätterte ich durch die Zeitung und fand auch schon auf Seite acht meinen Beitrag, der von einigen Privataufnahmen komplettiert wurde.

„Frederick Wellinger wird sich auch über das Portrait freuen, denn es ist kritisch, aber durchaus positiv. Es ist nicht immer einfach, guten Journalismus zu betreiben, und ich bin froh, dass du Herrn Wellinger nicht nur eine Werbefläche für seine Projekte geboten hast."

Ich freute mich ehrlich über Harris Lob.

„So, genieß den Moment und dann geht es auch schon weiter", sagte er und klatschte in die Hände. „Schließlich schlafen die Nachrichten niemals. Diesmal geht es für dich um eine Gegenüberstellung der beiden Kandidaten für die Bürgermeisterwahl und ich möchte, dass du hier Kurt zuarbeitest. Er ist ja auch noch für die Rätselseiten zuständig und kann etwas Unterstützung gut gebrauchen. Sprich dich mit ihm ab. Vielleicht bittet er dich auch darum, die Sache allein zu schreiben."

„Klar", erwiderte ich sofort. „Ich schließ mich mit ihm kurz und sehe, was ich tun kann."

Harri deutete nickend mit dem Finger auf mich. „Ich mag deinen Enthusiasmus, Bergmann. Und jetzt los an die Arbeit."

Nachdem ich mit Kurt gesprochen hatte, verbrachte ich den restlichen Tag damit, Infos über den aktuellen Wahlkampf zusammenzutragen und Gitti einen Besuch in ihrem Blumenladen abzustatten. Da ich noch immer an den weißen Raum dachte, versuchte ich, meine Fähigkeit gezielt bei der Ladenbesitzerin einzusetzen, um einen Blick in ihre mögliche Zukunft zu erhaschen – doch leider klappte es nicht. Ich schaffte es nicht mal in die Stille, um die blaue Tür zu Gesicht zu bekommen. Es ärgerte mich ein wenig, dass ich meine Gabe noch nicht steuern konnte, doch ich schob dieses Gefühl zur Seite und konzentrierte mich lieber auf meinen Job. Gitti gab mir einen Überblick über ihre Hauptanliegen, zu denen auch ein Radarmessgerät im Ortsgebiet gehörte – wobei sie betonte, dass das umso wichtiger sei, nachdem der Sohn des amtierenden Bürgermeisters Joseph angefahren hatte. Zum Glück war der Zustand des alten Mannes inzwischen stabil, was mich sehr erleichterte, da mich immer wieder die Frage gequält hatte, inwiefern mich eine Mitschuld an dem Unfall traf.

Kurz vor sieben Uhr beendete ich meinen Arbeitstag. Rouven hatte mir versprochen, mich um sieben vom Büro abzuholen, und ich merkte, wie ich immer nervöser wurde. Endlich konnte ich mit jemandem über meine Fähigkeit sprechen. Ich notierte noch schnell den Interviewtermin mit Bürgermeister Neumayer für übernächste Woche und packte dann meine Sachen. Kurt und Betty waren bereits nach Hause gegangen und ich verabschiedete mich nur noch schnell von Harri, bevor ich die Tür nach draußen aufdrückte.

Selbst um diese Uhrzeit war es noch unglaublich warm und ich war froh, dass ich nur kurze Shorts und ein T-Shirt trug. Ich ging ein paar Schritte in den Schatten und blickte mich nach Rouven um. Dabei hatte ich das untrügliche Gefühl, beobachtet zu werden.

Unschlüssig zog ich die Wasserflasche aus meiner Tasche und nahm ein paar Schlucke, während ich gleichzeitig meine Umgebung im Auge behielt, ohne jedoch etwas Auffälliges zu entdecken.

Es war seltsam.

Als ich vor einigen Tagen die Eiche am Stadtplatz unter die Lupe genommen hatte, hatte ich auch den Eindruck gehabt, dass mich jemand beobachtete – und auch kurz vor Josephs Unfall war es mir so ergangen. Doch wie die letzten Male, konnte ich weit und breit niemanden sehen, der sich irgendwie verdächtig verhielt. An der nächsten Ecke unterhielten sich zwei Mütter, während ihre Kinder an ihren Armen zogen, und auf der Straße fuhren ein paar Autos vorbei, die sich größtenteils an das Tempolimit hielten.

Ich blinzelte und sah, wie hinter einem roten Kombi ein schwarzes Motorrad auftauchte, das einen der schrägen Parkplätze vor dem Büro ansteuerte. Als ich Rouven darauf entdeckte, erfasste mich eine kribbelnde Welle der Aufregung. Rasch setzte ich mich in Bewegung und lief die paar Meter zu ihm hinüber. Rouven stützte die Beine auf dem Boden ab und griff kurz hinter sich. Erst jetzt fiel mir auf, dass er einen zweiten Helm dabeihatte, den er mir entgegenhielt.

„Du willst mit mir wegfahren?“, fragte ich etwas überrumpelt über das Brummen des Motorrads hinweg und nahm den Helm entgegen.

Er klappte sein Visier hoch und sah mich leicht spöttisch an. „Was hast du denn gedacht? Dass wir zu Bruno ins Lokal gehen?“

„Nein, natürlich nicht“, sagte ich schnell und ärgerte mich, dass ich das nicht durchdacht hatte. „Aber irgendwo in der Stadt wird es doch ein ruhiges Plätzchen geben, an dem wir uns unterhalten können.“

Rouven zog eine Augenbraue hoch und schaltete den Motor seiner Maschine aus. „Wie lange bist du jetzt in Kirchbruch, Lizzy? Die ganze Stadt hat Augen und Ohren.“ Er nahm seinen Helm ab und fixierte mich eindringlich. Mit seinen dunklen Klamotten und dem undurchdringlichen Blick umhüllte ihn ein Hauch von Gefahr und das glänzende Motorrad schien wie geschaffen für ihn. „Oder hast du Angst, allein mit mir wegzufahren?“

Seine Frage kam so unvermittelt, dass ich kurz die Luft

anhielt und wieder an meinen Traum dachte. Rouven, der Wolf, der mit meinem Grabstein im Haus meiner Großmutter auf mich wartete.

„Natürlich nicht“, entgegnete ich und stülpte mir den Helm über den Kopf. „Von mir aus kann es losgehen.“

Ein kurzes Lächeln glitt über Rouvens ebenmäßiges Gesicht. „Gut“, sagte er nur, während er seinen Helm aufsetzte.

Ich kletterte hinter ihm auf das Motorrad und schlang meine Armen um seinen Oberkörper. Dann startete er die Maschine und wir düsten davon.

Es war ein eigenartiges Gefühl, Rouven wieder so nah zu sein. Während der Fahrt versuchte ich, mich auf die Fragen zu konzentrieren, die ich ihm stellen wollte, und mich nicht von seinen straffen Muskeln ablenken zu lassen, die ich unter meinen Fingerspitzen ertasten konnte. Sie fühlten sich fest und hart an und ich genoss es immer mehr, hinter ihm auf dem Motorrad zu sitzen, während uns der Wind entgegenblies und die goldenen Felder an uns vorbeizogen, als wäre das hier der Beginn einer langen Reise.

Irgendwann bemerkte ich, dass ich mich zu eng an Rouven geschmiegt hatte, und veränderte meine Position, um etwas Abstand zwischen uns zu bringen. Das war bei Rouvens rasantem Fahrstil gar nicht so einfach – dennoch hatte ich keine Sekunde lang das Gefühl, bei ihm auf dem Motorrad nicht sicher zu sein. Rouven lenkte seine Maschine elegant über die Straßen und als er das Tempo drosselte und wir auf einen kleinen Feldweg einbogen, hoffte ich, dass wir noch nicht an unserem Ziel angekommen waren. Die Maschine rumpelte über den unebenen Pfad und rings um uns lagen nur Mais- und Weizenfelder, deren sanfte Hügel bis zum grenzenlos scheinenden Horizont reichten.

Nach etwa fünf Minuten weiterer holpriger Fahrt, bei der ich hin und her geschaukelt wurde, steuerte Rouven eine kleine Baumgruppe an, die zwischen den Feldern lag.

„Hier sollten wir ungestört sein“, erklärte er, nachdem er sein Motorrad abgestellt hatte.

Ich drückte ihm meinen Helm in die Hand und spähte zu der kleinen Bank, die im Schatten der großen Eichen lag. „Es ist schön hier“, sagte ich und hätte mir am liebsten auf die Zunge gebissen. Es ging nicht darum, dass es hier schön war, sondern darum, dass ich endlich Antworten wollte.

„Das finde ich auch.“ Rouven befestigte die Helme an den Griffen seines Motorrads und ging dann zu der Holzbank, um sich hinzusetzen. Ich folgte ihm und ließ mich neben ihm nieder. „Also“, meinte er. „Stell deine Fragen, Lizzy.“

Ich nickte und wusste auf einmal gar nicht mehr, wo ich anfangen sollte. „Was ist das, was wir können? Ist es eine Gabe oder ein Fluch? Wie lange weißt du schon davon? Und wohin führt deine Tür? Siehst du auch diesen weißen Raum?“, fragte ich und wurde noch nervöser, als Rouven seinen Finger auf meinen Mund legte und mich so zum Verstummen brachte.

„Ich habe gesagt, dass du deine Fragen stellen kannst. Aber vielleicht nicht gleich alle auf einmal?“ Seine Augen funkelten amüsiert und ich nickte.

„Okay“, sagte ich. „Dann das Wichtigste zuerst: Weißt du, warum wir können, was wir können?“

Kapitel 12

Rouven lehnte sich zurück und legte seine Arme auf der Rückenlehne der Holzbank ab. „Das habe ich selbst noch nicht ganz herausgefunden, Lizzy. Ich gehe davon aus, dass es mit der alten Legende von Kirchbruch zu tun hat. Hast du davon schon gehört?“

Ich nickte. „*Der eine, um die Zukunft zu sehen. Der andere, um in die Vergangenheit zu gehen. Und der letzte, um die Gedanken zu verstehen und sie mit dem Nebel zu drehen*“, rezitierte ich das Gedicht aus dem alten Buch.

„Also hast du auch in der Stadtbibliothek nachgelesen?“, fragte Rouven und pustete ein Eichenblatt zur Seite, das der Wind von den Ästen heruntergeweht hatte.

„Das habe ich. Aber trotzdem bin ich danach nicht viel schlauer gewesen. Seit wann besitzt du deine Fähigkeit?“

Er wartete einen Moment, bevor er antwortete. Sein Blick glitt dabei über die goldenen Felder, deren Ähren sich sanft im Wind wiegten, und seine Gesichtszüge wurden nachdenklich. „Seit ein paar Monaten“, sagte er schließlich. „Es ist irgendwann einfach passiert. Plötzlich tauchten diese roten Lichtblitze auf und dann irgendwann kam dieser erstarrte Ort. Erst dachte ich, ich würde verrückt werden.“ Er schluckte und es vergingen ein paar Sekunden, bevor er weitersprach. „Es hat kurz nach dem Tod meiner Mutter begonnen. Für mich war klar, dass meine Halluzinationen mit meinem Schmerz und der ganzen Trauer zusammenhängen mussten, und ich erwartete, dass sie wieder weggehen würden. Aber das taten sie nicht.“

„Und dann?“

„Dann passierte es immer wieder und ich bekam mit, welche Entscheidungen die Leute in letzter Zeit getroffen hatten. Am Anfang waren es nur Kleinigkeiten – zum Beispiel wer in der Vergangenheit die Treppe statt des Lifts genommen oder wer einen Anruf weggedrückt hatte, anstatt ihn anzunehmen. Und auch wenn ich mein rotes Schimmerwesen zu Beginn total abgefahren fand, war es irgendwann zu verführerisch, um nicht ein wenig damit herumzuexperimentieren."

„Und bist du deswegen nach Kirchbruch gekommen?", fragte ich und strich über eine Einkerbung in der Bank. Jemand hatte die Buchstaben V und D mit einem Herz in die Rückenlehne geritzt.

Rouven nickte. „Nachdem meine Mutter gestorben war, wusste ich nicht, mit wem ich überhaupt sprechen konnte. Ein paar Wochen habe ich versucht, alles zu verdrängen, wollte es nicht wahrhaben und hatte mir schon die Nummern von ein paar Psycho-Docs rausgesucht. Aber es ist immer wieder passiert. Ich bin immer wieder in diesem eigenartigen Zustand gelandet, in dem die Zeit plötzlich vollkommen stillstand." Er machte eine kurze Pause. „Irgendwann habe ich diese Stille einfach akzeptiert und beschlossen, mehr herauszufinden. Kurz danach bin ich in einem Gespräch mit meinem Onkel zufällig über die Kirchbrucher Legende gestolpert."

Ich nickte und verstand endlich, warum er sein Architekturstipendium hatte sausen lassen, um in einer kleinen Stadt ein paar Aushilfsjobs anzunehmen.

„Haben deine vielen Jobs auch etwas damit zu tun, dass du hier nach Informationen über deine Gabe gesucht hast?", fragte ich. Dabei musste ich automatisch an Rouvens Einbruch im Stadtarchiv und bei dem ehemaligen

Polizisten denken.

Er wandte mir sein Gesicht zu, das von der Abendsonne in ein warmes Licht getaucht wurde. „Na ja, indirekt. Sagen wir so: Es ist nützlich, wenn man Zugang zu ein paar Häusern hat."

„In fremde Häuser einzubrechen, scheint wohl eine Angewohnheit von dir zu sein."

„Tja, ich habe so einige Angewohnheiten." Er blickte mich so eindringlich an, dass sich mein Atem automatisch beschleunigte.

„Wie zum Beispiel fremde Zettel einzustecken? Was hat es mit den Zetteln auf sich? Warum klaust du sie?"

Rouven antwortete nicht sofort und ich bemerkte, wie er sich ein wenig versteifte. „Ist nur ein Tick von mir", meinte er schließlich und ich wusste nicht, ob ich ihm glauben sollte. „Und anscheinend bin ich nicht der Einzige mit einem Tick, oder? Alexa hat mir erzählt, dass ihr euch gern Grabsteinsprüche ausdenkt. Ganz schön makaber, Lizzy."

„Nicht weniger makaber, als in die Vergangenheit sehen zu können, oder?", sagte ich und strich mir eine Haarsträhne aus der Stirn, die der Wind sanft aufgewirbelt hatte.

Er zuckte nur mit den Schultern und ich beugte mich unwillkürlich etwas näher zu ihm, da ich noch lange nicht alle Antworten hatte, die ich haben wollte.

„Wie genau funktioniert deine Gabe? Und wie steuerst du sie?"

Er streckte die Beine aus. „Ich musste es einige Zeit lang trainieren, aber wenn ich mich ganz und gar auf die Vergangenheit konzentriere, funktioniert es. Plötzlich erstarrt alles um mich herum und wenn ich etwas berühre, kann ich sehen, was die Leute zuvor gemacht haben. Es sieht recht witzig aus, wenn sie rückwärtslaufen."

„Rückwärts?", wiederholte ich.

Sein Mundwinkel zuckte nach oben. „Dachtest du, dass du die Einzige bist, die rückwärtsläuft?"

„Bei mir läuft es vorwärts, nicht rückwärts", erklärte ich und überging seine Anspielung auf unser erstes Treffen, als ich unabsichtlich den Spiegel zerstört hatte. „Ich kann die verschiedenen Möglichkeiten der Zukunft sehen."

Er runzelte die Stirn. „Verschiedene Möglichkeiten?"

Ich nickte. „Ich sehe offenbar ihre zwei wahrscheinlichsten Varianten."

„Interessant. Wann ist es das erste Mal bei dir passiert?" Rouven legte seinen Arm so auf der Rückenlehne der Bank ab, dass er die Hand nur ein wenig bewegen müsste, um mich zu berühren.

„An dem gemeinsamen Nachmittag am See. Als Alexa sich verletzt hat, konnte ich vorher eine Alexa sehen, die sich in den Schatten setzte, und eine andere, die ins Wasser ging." Ich atmete tief ein. „Na ja, den Rest kennst du ja. Heute im Büro habe ich es dann zum ersten Mal geschafft, die Zukunftstür zu öffnen und diesen kreisrunden weißen Raum zu betreten. Ist das bei dir auch so?"

Rouven nickte. „Ich nenne ihn den Zeitenraum. Er ist unglaublich. Hat er sich bei dir auch gedreht?"

„Ja, das hat er, und irgendwann sind dann auf einmal diese zwei blauen Türen erschienen. Ich habe eine geöffnet und eine Zukunft von Betty gesehen, die nichts mit der Situation zu tun hatte, in der wir uns befanden. Es war total verrückt." Ich machte eine Pause. „Also *noch* verrückter als sonst."

„Mit ein wenig Übung wird es dir wahrscheinlich gelingen, den Zeitenraum selbst zu drehen, sodass du noch weiter in die Zukunft sehen kannst.“

Ich stockte. „Und wie weit hast du es bisher geschafft?“

Er seufzte. „Das Weiteste waren leider nur acht Jahre, die ich mir in der Vergangenheit ansehen konnte.“

„*Nur acht Jahre*?“, wiederholte ich ungläubig. „Das kommt mir wie eine halbe Ewigkeit vor. Wie stellst du es denn an, den Zeitenraum zu drehen?“

„Das ist nicht so leicht zu erklären“, meinte er. „Ich muss es einfach wollen. Wie hast du es denn geschafft, deine Zukunftstür zu öffnen?“

„Ich wollte es unbedingt“, gab ich zu. „Immerhin habe ich bei dir gesehen, dass es möglich ist.“

Er lachte leise. „Und du konntest es nicht auf dir sitzen lassen, dass ich etwas kann, was dir nicht gelingt?“

„So war das gar nicht“, widersprach ich, obwohl es genau so war.

„Du bist eine schlechte Lügnerin, Lizzy Bergmann.“

Ich schüttelte den Kopf. „Das stimmt nicht.“

Rouven betrachtete mich belustigt. „Willst du jetzt echt mit mir darüber streiten, ob du eine schlechte oder eine gute Lügnerin bist?“

Ich atmete tief ein. „Darum geht es jetzt doch gar nicht“, sagte ich und versuchte, wieder zum eigentlichen Thema zurückzukehren. „Erzähl mir lieber mehr über diesen Zeitenraum. Als du bei Ingo durch die rote Tür verschwunden und danach wieder in der Realität gelandet bist, hatte ich den Eindruck, dass nicht einmal eine Sekunde vergangen war.“

Rouven nickte. „Wenn ich meine Gabe einsetze, steht die Zeit still. Sowohl in der Stille, wie ich sie nenne – also dem erstarrten Ort –, als auch in dem weißen Raum. Die dunkelrote Tür, also meine Vergangenheitstür, ist eine

Art Portal, das es mir theoretisch erlaubt, mir die ganze Vergangenheit einer Person anzusehen – wenn ich in der Lage wäre, den Zeitenraum so weit zu drehen. Er ist wie eine Art Uhr, die ich zurückstellen kann." Er machte eine kurze Pause. „Ich glaube, dass der Raum von derselben magischen Energie gespeist wird, die den drei Männern vor Urzeiten ihre Gabe verliehen hat. Und wir sind wahrscheinlich Nachfahren dieser Männer."

„Das wäre möglich", stimmte ich zu, während der Wind über uns sanft durch die Zweige der Bäume strich und die Blätter zum Rascheln brachte. „Zumindest würde es erklären, warum wir unsere Fähigkeiten besitzen. Aber warum hat sich deine Gabe schon vor deinem Auftauchen in Kirchbruch gezeigt und meine erst hier?"

„Keine Ahnung." Rouven fuhr sich durch seine schwarzen Haare und ich holte meine Wasserflasche aus meiner Tasche, um einen Schluck davon zu nehmen.

„Hast du auch Informationen über die dritte Fähigkeit gefunden? Ich meine, wenn es unsere Gaben gibt, existiert höchstwahrscheinlich auch die Möglichkeit, die Gedanken anderer zu lesen und zu beeinflussen."

„Ich hab versucht, mehr darüber zu erfahren, aber bis auf die Legende habe ich nichts gefunden." Rouven stützte seine Ellbogen auf seinen Oberschenkeln ab, während sein Blick über die Umgebung schweifte. Die Sonne sandte ihre leuchtenden Strahlen über das Land und es herrschte nicht mehr die drückende Hitze des Tages, sondern eine angenehme Wärme.

„Konstantin hat mich vor jemandem gewarnt, der Gedanken steuern kann. Er nannte ihn den Gedankenleser. Er soll der Anführer einer gefährlichen Familie sein, die über enormen Einfluss verfügt und als Vorstand eines Syndikats die Geschicke der Welt lenkt."

„Und glaubst du das?"

„Es klingt zu fantastisch, aber bis vor Kurzem hätte ich auch nicht gedacht, mir die Zukunft ansehen zu können."

„Hast du dir denn deine eigene Zukunft schon angesehen?", wollte Rouven im nächsten Moment wissen.

„Meine eigene Zukunft? Geht das denn?"

„Ich glaube schon. Immerhin kann ich auch in meine eigene Stille gehen und über meine Vergangenheitstür in meinen weißen Raum gelangen. Dort kann ich mir einen Teil meiner Vergangenheit ansehen – was natürlich weitaus weniger interessant ist, als sich seine Zukunft anzusehen."

Ich merkte, wie mich eine neue Aufregung erfasste. „Und wie gehst du in deine eigene Stille? Bislang habe ich es ja noch nicht einmal geschafft, meine Gabe willentlich hervorzurufen."

Rouven kniff kurz die Augen zusammen und ich merkte, wie meine Nervosität bei seinem nächsten Satz noch stärker wurde. „Wenn du willst, kann ich es dir zeigen."

„Jetzt gleich?", hauchte ich. Dabei war mir deutlich bewusst, dass wir völlig allein auf einer verwitterten Holzbank mitten in der Natur saßen. Bis auf das Zwitschern der Vögel war es so still, dass ich meinen eigenen Herzschlag hören konnte, und rings um uns erstreckte sich nichts als die Weite der goldenen Felder.

„Hast du denn gerade etwas Besseres vor?"

Rouvens belustigter Tonfall ließ mir das Blut in die Wangen steigen.

„Stimmt. Jetzt, wo du es sagst. Ich wollte mich doch noch mit Tristan treffen."

Als sich sein Blick augenblicklich verdüsterte, musste ich grinsen.

„Anscheinend bin ich doch keine so schlechte Lügnerin."

Rouven schnaubte leise und griff im nächsten Moment nach meiner Hand. Die Berührung kam so unerwartet, dass mir der Atem stockte, als violette Funken von unseren Fingern in die Höhe stoben. „Du solltest dich weniger auf meinen Cousin und mehr auf deine Gabe konzentrieren." Rouven umschloss meine Hand sanft mit seiner und dirigierte sie in Richtung meiner Brust. „Leg die Hand auf dein Herz." Atemlos folgte ich seiner Anweisung und zog die Luft ein, als seine Fingerkuppen bei der Bewegung über meine Haut strichen. „Und nun denk an deine Zukunft."

Ich schloss die Augen und versuchte, meinen Herzschlag zu beruhigen und mich ganz allein auf meine Zukunft zu konzentrieren, während Rouvens Finger noch immer auf meinem Handrücken lagen. Dabei war es nicht gerade hilfreich, dass ich mir eine Zukunft vorstellte, in der Rouven mein Gesicht mit beiden Händen umfasste und mich zu sich zog, um endlich wieder seine Lippen auf meine zu …

„Denkst du schon an deine Zukunft?"

Seine Frage holte mich aus meinem peinlichen Tagtraum und ich riss die Augen wieder auf, während ich gleichzeitig unglaublich dankbar war, dass seine Gabe nichts mit Gedankenlesen zu tun hatte.

„Ähm … ja." Ich räusperte mich. „Aber es hat nicht funktioniert."

„Okay. Mach einfach weiter. Bei mir hat es auch nicht auf Anhieb geklappt."

Rouven richtete seine tiefbraunen Augen auf mich und ich hatte das Gefühl, darin zu versinken, während mir seine

Nähe überdeutlich bewusst war. Die Konzentration auf seinem Gesicht erinnerte mich daran, dass er meine Hand nicht nur zum Spaß hielt, und ich versuchte erneut, meine ganze Aufmerksamkeit auf die Zukunft zu richten.

Eine Zukunft, in der ich meine Gabe hoffentlich besser kontrollieren konnte.

Eine Zukunft, in der ich vielleicht auch schon mehr über die Geheimnisse Kirchbruchs wusste.

Angespannt lauschte ich in mein Inneres und atmete schließlich entnervt aus. „Ich glaube, es funktioniert nicht“, murmelte ich und ließ meine Hand sinken. Dabei öffnete ich die Augen und zuckte vor Schreck zusammen, *da ich mich, ohne es zu merken, in die Stille begeben hatte. „Oh mein Gott. Es hat geklappt!“, stieß ich hervor und sprang von der Holzbank in die Höhe, als Rouven seine rot schimmernde Geistergestalt aus seinem eingefrorenen Körper löste.*

Die erstarrte Lizzy und der erstarrte Rouven blieben unbeeindruckt nebeneinander sitzen und ich spürte einen Anflug von Verlegenheit, da von der Situation solch eine Intimität ausging. Der erstarrte Rouven hatte seine Finger zärtlich auf ihren Handrücken gelegt und blickte sie intensiv an, während die eingefrorene Lizzy mit geschlossenen Augen dasaß und ihre Hand auf ihr Herz drückte.

„Du hast es echt geschafft“, sagte der leuchtende Rouven anerkennend, als ich an dem dicken Baumstamm hinter uns zwei schlichte Holztüren wahrnahm. Sie befanden sich dicht nebeneinander – eine davon war dunkelrot, die andere dunkelblau.

„Ich kann es noch immer kaum fassen, dass es mir gelungen ist“, wisperte ich und ging ehrfürchtig um die Bank herum auf den dicken Baumstamm zu. Dabei kribbelte mein ganzer

Körper vor Aufregung.

Würde es mir nun tatsächlich gelingen, in meine eigene Zukunft zu blicken? Und was würde ich dabei zu sehen bekommen?

„Nach dir", sagte der rot schimmernde Rouven und machte eine einladende Handbewegung zu meiner Zukunftstür.

Aufgeregt trat ich vor das blaue Holz. Dann legte ich meine Hand um den silbernen Knauf und drehte ihn entschlossen nach rechts. Wie beim letzten Mal spürte ich die knisternde Elektrizität durch meine Fingerspitzen schießen und ließ nicht los, bis das leise Klicken ertönte und die Tür geräuschlos aufschwang. Reinweißes Licht strahlte dahinter hervor und ich drehte mich halb zu Rouven um, um ihm meine Hand zu geben. Als sich unsere Finger berührten, stoben violette Blitze in die Höhe und ich atmete tief ein, bevor ich mit ihm über die Schwelle trat.

Kapitel 13

„Sieht es bei dir genauso aus?", fragte ich, als ich mit Rouven in die runde weiße Kammer trat. Wie beim letzten Mal war es hier unglaublich still und ich zuckte nur kurz zusammen, als die blaue Tür hinter uns beiden ins Schloss fiel.

„Ja", sagte Rouven, ohne meine Hand loszulassen, und sah sich um. „Der Zeitenraum scheint sowohl in der Zukunft als auch in der Vergangenheit gleich auszusehen. Es ist faszinierend, dass ich einfach in deinen Raum mitkommen kann."

„Stimmt. Darüber hatte ich gar nicht nachgedacht", sagte ich. „Muss an deiner Fähigkeit liegen."

Er grinste. „An welcher?"

„An deiner Gabe", stellte ich klar und hob die Augenbrauen. „Das letzte Mal hat der weiße Raum sich bei mir einfach von allein zu drehen angefangen."

„Als ich zum ersten Mal hier war, hat sich der Zeitenraum auch von allein gedreht", gab Rouven zu. „Aber nach einiger Zeit konnte ich ihn mit der Kraft meines Willens steuern."

„Mit der Kraft deines Willens? Wie meinst du das?"

In diesem Moment setzte sich die kreisrunde Kammer leise knirschend in Bewegung und ich packte Rouvens Hand unwillkürlich fester.

„Ich weiß nicht, wie ich es dir erklären soll – aber wenn ich in meinem Zeitenraum bin und mich ganz und gar auf die Schwingungen konzentriere, kann ich irgendwie fühlen, *an welchem Tag ich mich befinde, und auch, zu welcher Stunde", erklärte Rouven. Ein leises Summen begleitete seine Worte, während die Umdrehungen der Kammer von Sekunde zu Sekunde schneller wurden.*

„Also ich spüre nichts. Ich habe echt keine Ahnung, an welchem Tag wir uns gerade befinden!", rief ich Rouven zu.

Im nächsten Augenblick tauchten die hellblauen Lichtblitze an den weißen Wänden auf. Ihre wilden Verästelungen reichten bis hinauf zur Decke und ich sah atemlos zu, wie ihre Lichtfäden durch die Geschwindigkeit der Kammer zu langen blauen Linien verwischten.

„Versuch ihn anzuhalten! Konzentrier dich nur darauf, die Zeit zum Stillstand zu bringen!", rief Rouven über das elektrische Summen des Zeitenraums hinweg. Die Spannung war inzwischen so stark, dass sie ein unangenehmes Prickeln auf meiner Haut erzeugte, und ich wünschte tatsächlich, die Rotationen würden endlich anhalten.

„Stopp!", schrie ich und legte meine ganze Kraft in den Wunsch, dass es aufhörte. Doch die Wände drehten sich weiterhin wüst um uns im Kreis herum. „Es funktioniert nicht", keuchte ich.

„Versuch es noch einmal."

Blinzelnd starrte ich auf die weißen Wände und versuchte, sie allein mit der Kraft meines Willens dazu zu bringen, anzuhalten. Als nichts passierte, machte ich kurzerhand einen Schritt zur Seite und drückte meine Hand gegen die vorbeirasende Wand, da ich die Kammer bei Betty durch eine Berührung ebenfalls zum Stillstand gebracht hatte. Sofort stob ein hellblauer Funkenschauer in die Höhe und ich spürte, wie Rouven mich zurückzog, als ein lautes Zischen ertönte.

„Okay, das ist anscheinend auch eine Methode", bemerkte er. „Aber so ist es wahrscheinlich nicht gedacht."

Gleichzeitig wurden die Umdrehungen der Zeitenkammer immer langsamer, bis plötzlich eine hellblaue Tür an der Wand mit einem Donnerschlag in die Höhe glitt. Sie erschien mit einer ebensolchen Wucht wie die beiden Türen von Betty – doch diesmal sprangen keine blauen Blitzlichter davon weg, sondern goldene.

„Anders kann ich es eben nicht“, gab ich zurück und betrachtete mit klopfendem Herzen das Türblatt, das mit goldenen Ornamenten versehen war. Die geschwungenen Linien glitzerten sanft und auch der Türknauf glänzte goldfarben.

„Das ist wahrscheinlich nur eine Frage der Übung“, antwortete Rouven, als ich einen Schritt in Richtung der Tür mit den goldenen Verzierungen machte, von der noch immer ein leises Knistern ausging. „Sagtest du nicht, dass beim letzten Mal zwei Türen vor dir erschienen sind?“

Ich nickte. „Ja, es waren zwei. Und sie sahen auch anders aus. Aber vielleicht ist es hier anders, weil ich in meine eigene Zukunft sehen möchte?“

Er nickte langsam. „Das könnte sein. Meine Vergangenheitstür im Zeitenraum unterscheidet sich auch von denen der anderen Menschen.“

„Inwiefern?“

„Sie ist imposanter.“ Er zögerte kurz. „Und deine Tür ist wunderschön.“

„Danke“, sagte ich und machte noch einen Schritt auf sie zu. Ihr goldener Knauf strahlte etwas Erhabenes aus und ich fühlte eine unbändige Neugier, als ich langsam die Finger danach ausstreckte.

„Sicher, dass du bereit bist, in deine Zukunft zu sehen?“, fragte Rouven und ich musste grinsen.

„Die Frage hast du gerade nicht ernst gemeint, oder?“

Er lächelte schief. „Nein, nicht wirklich.“

Gemeinsam stellten wir uns vor die hellblaue Tür und ich streckte meine Finger nach dem goldenen Knauf aus. Ein paar goldene Funken sprühten in die Höhe, als ich meine Hand darum legte, doch als ich versuchte, die Tür zu öffnen, ließ sich der Knauf nicht drehen. Stattdessen spürte ich plötzlich einen heftigen Ruck und wurde gemeinsam mit Rouven zurück in die Gegenwart geschleudert.

„Wow. Das war beeindruckend“, meinte ich, als wir wieder nebeneinander auf der sonnenbeschienenen Bank saßen. „Also, dass wir zusammen in den Zeitenraum gekommen sind. Nicht, dass ich die Tür nicht aufbekommen habe.“

„Vielleicht dauert es eine Zeit, bis du sie öffnen kannst“, sagte Rouven nachdenklich und zog seine Hand zurück, die immer noch auf meiner gelegen hatte. „Vielleicht lag es aber auch an mir, weil ich dabei war.“

„Oder man soll sich seine eigene Zukunft nicht ansehen“, murmelte ich und versuchte, das dumpfe Gefühl der Enttäuschung abzustreifen. Es wäre spannend gewesen, zu erfahren, welche Möglichkeiten auf mich warteten. Vielleicht musste ich es später einfach noch einmal probieren? Ich richtete meinen Blick wieder auf Rouven. „Und bei dir funktioniert es problemlos? Du kannst einfach über den weißen Raum in deine Vergangenheit gehen?“

Rouven nickte. „Es klappte von Beginn an. Mein Zeitenraum hat mir geholfen, meine Fähigkeit zu trainieren und somit auch bei anderen weiter in die Vergangenheit zu gehen.“

„Und wie genau spürst du, in welcher Zeit du dich befindest?“

Er überlegte kurz und zuckte dann mit den Schultern. „Es ist wirklich schwer zu erklären. Ich kann die Umdrehungen im Zeitenraum nicht nur sehen, ich kann sie – wenn ich mich konzentriere – auch irgendwie fühlen. Es ist sehr intuitiv, fast wie eine innere Uhr, die mir sagt, wie spät es ist.“

„Wusstest du bei mir jetzt auch, in welcher Zeit wir gelandet sind?“, fragte ich neugierig, da ich diese innere Uhr bisher noch gar nicht gespürt hatte.

Rouven schüttelte den Kopf. „Es funktioniert anscheinend nur, wenn ich den Zeitenraum durch die Vergangenheitstür betrete. Dort konnte ich anfangs nur das Jahr erspüren, in dem ich mich befand – mittlerweile weiß ich schon auf den Tag und die Stunde genau, wo ich mich befinde.“

„Das ist beeindruckend. Genau wie die Tatsache, dass du jetzt schon acht Jahre zurückgehen kannst.“

Rouven lehnte sich ein Stück zurück. „Es ist zumindest ein Anfang.“

„Ein Anfang?“, wiederholte ich. „Wofür genau?“

„Ich würde gern viel weiter zurückgehen.“ Er atmete tief durch. „Ich müsste mehr als sechzehn Jahre schaffen, um mehr über den Tod meines Vaters zu erfahren.“

Sein Blick wanderte zur glutroten Sonne, die gerade langsam hinter den Feldern unterging. Mit seinen Fingerspitzen strich Rouven zärtlich über die Holzlehne, direkt neben meinem Kopf. Erst jetzt sah ich, dass darin auch ein Herz eingeschnitzt war, in dem sich die Buchstaben G und A befanden.

„Das sind die Initialen meiner Eltern“, sagte er gedankenverloren und seine Stimme klang weicher als sonst. „G und A, Gloria und Andreas. Sie haben sich hier öfter getroffen, meine Mutter hat immer wieder von dieser Bank erzählt. Es war ihr Lieblingsplatz in Kirchbruch.“ Ein Lächeln umspielte seine Lippen. „Dabei liegt der Platz nicht mal in Kirchbruch.“

„Vielleicht war genau das der Grund“, sagte ich, woraufhin Rouven grinste.

„Sie hat Kirchbruch nie besonders gemocht, ist aber wegen

meines Vaters hierhergezogen."

„Wie haben sie sich denn kennengelernt?"

„Meine Mutter hatte irgendeinen wichtigen Termin in Kirchbruch. Es war das erste Mal, dass es sie hierher verschlagen hat. Und es wäre auch das letzte Mal gewesen, hat sie gesagt – wenn sie nicht ausgerechnet hier meinem Vater begegnet wäre."

„Ich habe gelesen, dass er sich erschossen hat. Denkst du, dass es kein normaler Selbstmord war?" Ich wusste, dass ich mich mit der Frage auf gefährliches Terrain begab, doch gerade fühlte es sich an, als existierten der Raum und die Zeit dafür, Rouven danach zu fragen, während sich die stille Dämmerung langsam zwischen uns ausbreitete.

„Ich weiß es nicht", antwortete er nach einer kurzen Pause. „Es gibt Hinweise, die darauf hindeuten, dass es nicht so war. Was dem jedoch widerspricht, ist die Tatsache, dass auch meine Großmutter Selbstmord begangen hat. Also könnte die Neigung in der Familie liegen." Er schloss für einen Moment die Augen, bevor er sie wieder öffnete und weitersprach. „Meine Mutter ist über den Tod meines Vaters nie hinweggekommen. Ich glaube, sie hat nie richtig verstanden, warum er es getan hat. Deshalb wollte ich wissen, was in seinem Abschiedsbrief stand. Aber in der Akte gibt es keine Kopie davon."

Ich stockte. „Moment, wieso nicht?"

Rouven fuhr sich mit den Fingern über die Augen. „Ich weiß es nicht."

„Hast du schon mit Gitti darüber gesprochen?", fragte ich, da sie laut Ingo diejenige war, die Rouvens Vater gefunden hatte.

Er nickte. „Sie sagt, sie hat den Brief nie gelesen."

„Und was wirst du jetzt tun?“

Rouven atmete tief ein. „Ich schätze, ich muss daran arbeiten, noch weiter in die Vergangenheit zu kommen. Wenn ich Gitti bis zu dem Moment begleiten kann, als sie meinen Vater gefunden hat …“

Ich schluckte. „Das willst du tatsächlich tun? Du willst dir diesen Teil der Vergangenheit wirklich ansehen?“

„Ich will endlich Gewissheit.“

Ich nickte langsam und konnte dieses Gefühl nur zu gut nachvollziehen. Auch ich wollte Gewissheit, was den Tod meiner Eltern anbelangte.

„Hast du in der Polizeiakte deiner Eltern den Grund gefunden, warum sie sich bei den ungelösten Fällen befand?“, fragte Rouven fast so, als könnte er meine Gedanken lesen.

Ich nickte langsam. „Es gab keine Bremsspuren. Das Auto wurde untersucht und laut Akte wurde ein technischer Defekt ausgeschlossen – dennoch hat meine Mutter nicht versucht, zu bremsen, als sie von der Straße abkam. Seltsam, oder?“

Rouven legte die Stirn in Falten und fuhr mit dem Daumen leicht über die eingeritzten Buchstaben im Holz der Lehne. „Kann es sein, dass sie vielleicht kurz ohnmächtig wurde?“

Ich zuckte mit den Schultern. „Möglich ist es. Wobei die Autopsie keinen Hinweis auf einen Herzinfarkt oder etwas Ähnliches liefern konnte. Außerdem war meine Mutter noch jung und gesund …“ Ich schüttelte den Kopf. „Keine Ahnung, was damals passiert ist. Selbst wenn sie das Lenkrad verrissen hat, weil ein Reh über die Straße gelaufen ist, hätte sie doch gebremst.“

„Normalerweise schon“, antwortete Rouven. „Es gab wahrscheinlich keine Zeugen, oder?“

„Zumindest stehen keine in der Polizeiakte. Es ist wirklich

frustrierend, so viele Fragen in seinem Kopf zu haben, die man nicht beantworten kann."

Mein Blick glitt zu der untergehenden Sonne, die ihre letzten Strahlen über die Felder sandte. Ich hoffte so sehr, dass ich irgendwann herausfinden würde, was mit meinen Eltern wirklich passiert war. Hatte es vielleicht etwas mit meiner Fähigkeit zu tun?

„Es tut mir leid, Lizzy", sagte Rouven.

„Was genau? Dass mein Leben total durcheinander ist und ich das Gefühl habe, vor einem Berg von Fragen zu stehen?", fragte ich und wusste dabei, dass es Rouven nicht anders ging.

Er sah mich aus seinen tiefbraunen Augen an. „Es tut mir leid, dass ich so getan habe, als könnte ich die violetten Lichtblitze nicht sehen."

Ich presste die Lippen aufeinander. „Dadurch bin ich mir noch verrückter vorgekommen als ohnehin schon. Warum hast du denn nichts gesagt?"

Der intensive Blick aus seinen Augen traf mich unvermittelt und ich merkte, wie ich ein wenig nervös wurde, da er nicht sofort antwortete.

Er räusperte sich. „Auch wenn ich von der Legende wusste, hielt ich das alles für total verrückt und habe nicht in Erwägung gezogen, dass du auch eine Fähigkeit besitzen könntest. Ich dachte schon eher, dass die Lichtblitze zwischen uns sprühen und du sie sehen kannst, weil du …" Er stockte und sprach nicht sofort weiter.

„Weil ich …?", versuchte ich ihm zu helfen.

„Weil du eine gewisse Anziehung auf mich ausübst, Lizzy."

Seine Worte hingen für einen Moment zwischen uns in der Luft, während ich mich dabei ertappte, ihn einfach nur anzustarren.

„Ich konnte dir doch nicht einfach so von meiner magischen Gabe erzählen“, fuhr er fort und strich mit seiner Hand über meine Schulter. Unwillkürlich schloss ich die Augen.

Ein aufregendes Prickeln jagte über meine Haut, das von einem Schauer violetter Funken begleitet wurde. Als Rouven seine Hand zurückzog, entzündeten die Blitzlichter ein winziges Feuerwerk auf der Bank, das einige Atemzüge lang andauerte. Als die letzten Lichtfunken auf die Erde gefallen waren, holte ich tief Luft.

„Wow. Dass du mir überhaupt weismachen konntest, dass du das nicht siehst.“

Mit einem tiefen Atemzug richtete er seinen Blick direkt in mein Gesicht. „Das heißt, es ist dir sonst noch mit keinem anderen passiert? Auch nicht bei Tristan?“

Bei seiner Frage verschwand gerade die Kuppe des orangefarbenen Balls langsam hinter dem Horizont.

„Glaubst du denn, dass er eine Gabe hat?“

Rouven schüttelte den Kopf. „Nein, das hätte ich bemerkt. Und du wahrscheinlich auch, so nah wie ihr euch gekommen seid.“ Seine Stimme klang einen Tick kühler.

„Wir sind uns gar nicht so nah gekommen“, meinte ich schnell.

„Wirklich nicht?“, hakte er nach und ich glaubte, eine leichte Unsicherheit in seinem Gesicht ausmachen zu können.

„Wirklich nicht“, bestätigte ich. „Du bist auch der Einzige, bei dem meine Lichtblitze violett sind.“ Ich machte eine kurze Pause. „Und wie ist es bei dir? Hast du das schon mit jemand anderem erlebt?“

Er schüttelte den Kopf. „Nein. Du bist auch die Einzige.“

Seine Worte klangen viel zu schön und ließen ein wohlig warmes Gefühl in mir aufsteigen, als er die Hand hob.

„Lass es uns noch einmal probieren“, sagte er.

Rouven hatte schöne kräftige Finger und mein Herzschlag verfiel in einen wilden Galopp, als er den Arm nach mir ausstreckte. Er sah mir direkt in die Augen und legte dann seine Handfläche auf meine. Dabei sogen wir beide gleichzeitig die Luft ein und ich spürte, wie das Kribbeln durch meinen Körper rauschte. Dieses Mal war es noch stärker als beim letzten Mal und ich beobachtete staunend die lilafarbenen Lichtblitze, die zwischen uns hin und her sprangen, selbst als wir unsere Finger wieder voneinander gelöst hatten. Das violette Leuchten ließ Rouvens attraktives Gesicht noch geheimnisvoller erscheinen und ich fühlte, wie mein Mund trocken wurde, als unsere Blicke sich erneut begegneten.

„Noch mal?“, fragte er mit samtiger Stimme und ich nickte.

Wieder legten wir unsere Handflächen aneinander und diesmal war es wie ein warmer Strom an Energie, der zwischen unseren Körpern hin und her floss. Ich spürte das Prickeln weiterhin überall und es fühlte sich richtig gut an.

„Lass uns sehen, was noch passieren kann“, schlug er vor und das sanfte Vibrieren in seiner Stimme brachte mich völlig aus dem Konzept.

Rouven strich zärtlich über meine Wange und seine Berührung ließ so viele unterschiedliche Gefühle in mir explodieren, dass ich überwältigt die Augen schloss.

„Schau mich an“, verlangte er und ich öffnete meine Augen wieder.

Violette Lichtblitze tanzten rings um uns herum und ich atmete zitternd ein. Da war plötzlich etwas in seinem Blick, das meinen Blutdruck in die Höhe trieb. Seine dunklen Augen fixierten mich intensiv und ich hatte das Gefühl, auf der warmen Holzbank zu erstarren, als er sich langsam in meine Richtung bewegte. Sein Gesicht näherte sich meinem Zentimeter für Zentimeter und mein Herz trommelte wie verrückt in meiner Brust. Gleichzeitig begann mein ganzer Körper zu prickeln und ich fühlte ein sehnsüchtiges Ziehen in meinem Bauch. Schon allein die Vorstellung, seine weichen Lippen wieder auf meinen zu spüren, sandte einen Schauer der Erregung durch mich hindurch und ich merkte, wie mein Atem immer schneller wurde. Unwillkürlich glitt mein Blick hinunter zu seinem Mund, bevor ich ihm rasch wieder in die Augen sah. Rouvens Pupillen hatten sich geweitet und das Verlangen in seinem Blick übertrug sich unmittelbar auf meinen Körper.

„Komm her", flüsterte er mit einem heiseren Kratzen in der Stimme und glitt mit den Fingern über mein Schlüsselbein aufwärts bis zu meinem Nacken.

„Komm du doch her", hauchte ich widerspenstig, obwohl sich jede Faser von mir danach verzehrte, von ihm geküsst zu werden.

Rouven grinste schief und hob eine Augenbraue. Dann zog er mein Gesicht mit einem Ruck zu sich heran und mir entfuhr ein leises Stöhnen, als unsere Lippen aufeinander trafen.

„Du bist so verdammt stur", flüsterte er zwischen zwei Küssen und ich keuchte auf, als seine Zunge in meinen Mund stieß. Obwohl es noch gar nicht so lange her war, dass wir uns im Kino geküsst hatten, kam es mir vor, als hätte ich mein ganzes Leben lang auf diesen Moment gewartet.

Leidenschaftlich vergrub ich meine Finger in seinen Haaren und zog ihn noch näher an mich heran, während Rouven seine Arme um mich schloss. Ich spürte seine Finger sanft über mein T-Shirt wandern und erschauerte, als er dabei meine Brüste berührte. Rouvens leises Stöhnen sandte einen weiteren Strom der Erregung durch meinen Körper und ich ließ keuchend den Kopf in den Nacken sinken. Ein Funkenschauer stob zwischen uns in die Höhe, während mein Verstand komplett aussetzte. Die Rätsel der Vergangenheit und der Gegenwart rückten ebenso in den Hintergrund wie die Frage, warum es mir nicht gelungen war, in meine Zukunft zu sehen. Alles, was zählte, waren Rouvens Nähe und unser Kuss, der immer intensiver wurde, während die violetten Blitze wild um uns herumzuckten und den Eintritt der Nacht mit ihrem Funkenschauer erhellten.

Kapitel 14

„Hey, alles okay?“, wollte Alexa wissen, als ich am Abend nach Hause kam. Rouven hatte mich ein paar Blocks vor unserer Auffahrt abgesetzt und war erst wieder davongefahren, als ich sicher das Haus betreten hatte.

„Ja, klar“, sagte ich und streifte mir meine Chucks ab. Glücklicherweise war es noch vor zehn Uhr, deshalb musste ich heute keine Sorge haben, gegen die Dieter-Regel zu verstoßen. *Zumindest nicht gegen diese*, wisperte eine Stimme in meinem Kopf, die mich immer wieder an den Kuss mit Rouven denken ließ. Es war so unglaublich schön gewesen und ich fühlte ein warmes Prickeln in meinem Körper, wenn ich nur daran dachte.

„Wo warst du?“, fragte Alexa und sah von ihrem Buch auf. Sie lümmelte bequem auf ihrem Bett und ich schloss die Zimmertür leise hinter mir, bevor ich sie ansah.

„Ich hab mich mit Rouven getroffen.“

Sie zog eine Augenbraue hoch und grinste. „Seid ihr wieder in das Haus eines Polizisten eingebrochen? Oder habt ihr euch diesmal gleich die Polizeizentrale vorgenommen?“

Ich atmete tief durch. „Ich muss dir was sagen, Alexa.“

Nach dem Gespräch mit Rouven war mir klar geworden, dass ich mit Alexa sprechen musste. Dass ich ihr endlich von der Polizeiakte erzählen musste.

Ihre Augen funkelten amüsiert. „Und was? Hast du in der Zukunft gesehen, dass ich von einem rosafarbenen Blitz erschlagen werde?“

„Ich mein’s ernst, Alexa.“

„Okay.“ Sie legte das Buch weg und setzte sich auf.

„Worum geht's?"

Ich atmete tief durch und senkte automatisch meine Stimme. „Um den Einbruch bei dem Polizisten. Und lass mich diesmal bitte ausreden, okay?"

Alexa hob die Finger, um mir ihr Ehrenwort zu geben. „Okay."

„Dieser Polizist ist zwar in Rente, besitzt aber einen Stapel alter Akten von ungelösten Fällen. Für *ihn* ungelöste Fälle. Und unter diesen Akten habe ich auch die von Mama und Papa gefunden."

Einen Moment lang herrschte Stille und ich konnte regelrecht dabei zusehen, wie Alexa kreidebleich wurde. „Du hast was?!"

Ich zog mein Handy aus der Hosentasche und rief die Fotos auf, die ich von den Dokumenten gemacht hatte, bevor ich es Alexa reichte. „Hier."

Meine Schwester zog die Beine in den Schneidersitz und scrollte sich ungläubig durch die Aufnahmen. „Oh mein Gott, Lizzy …"

„Ich weiß", erwiderte ich dumpf und ließ mich neben ihr aufs Bett fallen.

„Verdammt …"

Ein paar Minuten vergingen, ohne dass wir etwas sagten. Alexa wischte zwischen den Fotos hin und her, bis ihr Blick auf der gelben Haftnotiz mit dem nachdrücklichen Ausrufezeichen hängen blieb, mit dem der Polizist den Unfallort markiert hatte. Sie schluckte, als sie sich den völlig zerstörten Mietwagen unserer Eltern ansah, und ich wusste sofort, woran sie dachte.

„Sie saßen da drinnen." Ihre Stimme war so leise, dass ich sie kaum verstehen konnte.

Ich presste die Lippen zusammen und konnte nur hoffen, dass Mamas und Papas Tod schnell eingetreten war. Alexa blinzelte eine Träne weg und auch ich kämpfte mit der Trauer, die plötzlich in mir hochstieg.

„Warum nur …“, murmelte Alexa und straffte nach einem Moment die Schultern. Es war ihr anzusehen, dass sie jetzt nicht traurig sein wollte, und sie legte ihren Kopf leicht schief, als sie als Nächstes die Landstraße genau betrachtete. „Hast du eine Ahnung, was der Polizist hier gesehen hat?“, fragte sie und sah zu mir hoch.

„Ich glaube, es geht mehr darum, was er *nicht* gesehen hat“, erklärte ich und deutete mit dem Zeigefinger auf die Bremsspuren der anderen Autos, die kurz vor der Kurve zu sehen waren – hinter dem Mietwagen meiner Eltern jedoch vollkommen fehlten.

Alexa schlug die Hand vor den Mund. „Warum hat Mama denn nicht gebremst?“

Ich atmete tief ein. „Ich kann es dir leider nicht sagen.“

Alexa fuhr sich mit einem leisen Stöhnen über das Gesicht. „Und das trägst du die ganze Zeit mit dir rum?“

„Ich wollte es dir erzählen, aber dann hatten wir diesen dummen Streit …“, setzte ich an.

„Scheiße, Lizzy, es tut mir so leid.“ Sie griff nach meiner Hand und ihre Berührung fühlte sich tröstlich an. „Wenn ich das gewusst hätte …“

„Schon gut“, sagte ich. „Ich hätte ja trotzdem etwas sagen können.“

„Aber wieso … Wieso hat sie denn nicht gebremst?“, wiederholte meine Schwester ihre Frage von vorhin. „Waren die Bremsen vielleicht manipuliert?“

Ich schüttelte den Kopf. „In dem Bericht steht weiter

unten, dass sie vollkommen intakt waren."

„Und was ist dann passiert? Ich meine, kann es sein, dass Mama vielleicht das Bewusstsein verloren hat?"

„Das glaube ich nicht. Papa saß neben ihr und hätte dann doch sicher irgendwie reagiert, oder nicht?"

Alexa nickte. „Stimmt. Aber was hat es denn sonst zu bedeuten?"

„Ich weiß es nicht. Ich habe schon im Archiv der *Kirchbrucher Nachrichten* nachgesehen, ob ich noch irgendwelche Informationen zu dem Unfall finden kann, aber da war nichts. Ich verstehe einfach nicht, was damals passiert ist."

Alexa fuhr sich über die Augen. „Die Vorstellung, dass ihr Tod kein Unfall war …", setzte sie an und schüttelte dann den Kopf, als würde sie sich selbst widersprechen. „Gut, nur weil es keine Bremsspuren gab, heißt es nicht, dass etwas manipuliert wurde. Es könnte trotzdem ein Unfall gewesen sein."

„Vielleicht, aber ich denke, das ist unwahrscheinlich. Was für eine Art von Unfall sollte das denn gewesen sein?"

Alexa zuckte hilflos mit den Schultern. „Ich habe doch selbst keine Ahnung, Lizzy. Aber willst du wirklich glauben, dass jemand", sie zögerte, bevor sie die nächsten Worte aussprach, „dass jemand sie *ermordet hat*?"

Ich strich mir über die Stirn und seufzte. Dabei hatte ich keinen blassen Schimmer, was ich denken sollte. Mamas und Papas Unfall, meine Zukunftsvisionen – das alles war so undurchsichtig und vielleicht dennoch irgendwie miteinander verbunden? Ein Gefühl sagte mir, dass es zusammenhing, dass diese Rätsel zueinander gehörten. Auch wenn ich dieses Gefühl mit Alexa nicht teilen konnte.

„Ich weiß nicht, was ich glauben soll“, erwiderte ich schließlich und wünschte, ich hätte Rouvens Fähigkeit, in die Vergangenheit zu blicken, um die Wahrheit herauszufinden.

„Und was sollen wir jetzt tun?“

Resigniert stieß ich die Luft aus und Alexa verstand auch ohne Worte, dass ich aktuell keine Strategie hatte.

„Ich habe schon mal kurz überlegt, ob es Sinn macht, die Leute im Ort zu befragen – ich meine, in Kirchbruch wird viel getratscht, vielleicht weiß jemand etwas zu dem Unfall“, sprach ich einen Gedanken laut aus. Bislang war jedoch so viel passiert, dass ich nicht dazu gekommen war – außerdem erhoffte ich mir davon auch nicht viel. Immerhin lag der Unfall dreizehn Jahre zurück und selbst der Polizist war nicht weitergekommen.

„Und was ist mit dem Polizisten, also diesem Rentner?“, fragte Alexa in dem Moment. „Könnte er vielleicht mehr wissen?“

Ich schüttelte den Kopf. „Das macht doch keinen Sinn. Hätte er dann den Fall nicht zum Abschluss gebracht?“

„Wer weiß. Vielleicht ist ihm etwas dazwischengekommen, vielleicht ist er bestochen worden oder vielleicht bedeutet das Ausrufezeichen auch etwas ganz anderes, als du vermutest.“

Ich kniff die Augen zusammen. „Du willst doch nicht etwa zu ihm fahren? Er trinkt gern einen über den Durst und hat Rouven auf dem Weinfest von der Akte seines Vaters erzählt, wollte sie aber partout nicht rausrücken.“

Alexa wurde hellhörig. „War Rouven deshalb in seinem Haus? Um die Akte seines Vaters zu finden?“

Ich zögerte. „Ja. Anscheinend gab es auch bei seinem Tod irgendwelche Ungereimtheiten.“

Meine Schwester schüttelte den Kopf. „Moment. Ich

dachte, seine Mutter sei erst kürzlich gestorben?"

„Das stimmt auch, aber sein Vater hat schon vor vielen Jahren in Kirchbruch Selbstmord begangen."

„Und Rouven denkt, dass es kein Selbstmord war?"

„Dieser Ex-Polizist hat offenbar so eine Anspielung gemacht und damit Rouvens Misstrauen geweckt", erklärte ich und fühlte mich etwas unwohl, weil ich damit Details aus einem persönlichen Gespräch mit Rouven weitergab. Allerdings kam es mir auch falsch vor, Alexa zu belügen oder ihre Frage nicht zu beantworten.

„Verdammt, dieser Ort wird mir immer suspekter", bemerkte Alexa nachdenklich. „Ich meine, es ist schon schrecklich genug, wenn Rouvens Vater sich selbst umgebracht hat. Aber wie schrecklich ist es erst, wenn jemand anderes dahintersteckt, der es nur so aussehen lässt, als ob er die Welt … freiwillig verlassen hätte."

Ich nickte und dachte automatisch an Jürgen und Gabi, die ebenfalls von einem Tag auf den anderen verschwunden waren. „Ich gebe dir recht, irgendetwas stimmt hier nicht."

Alexa nickte und grinste dann. „Und das wusstest du schon von Anfang an?"

„Dass Kirchbruch seltsam ist, war mir bewusst, aber nicht *so*."

Alexa streckte die Beine aus. „Und was wäre, wenn dieser Ex-Polizist sich das alles nur eingebildet hat und wir uns tatsächlich nur in einem langweiligen Kaff befinden?"

„Das wäre eine Möglichkeit, wenn das Unfallfoto nicht dagegensprechen würde."

Alexa seufzte. „Verdammt. Du und deine Logik, Lizzy."

„Es wäre dir lieber, dass es ein normaler Autounfall gewesen wäre, nicht wahr?"

Sie nickte langsam. „Ja, eigentlich schon. Ich möchte mir nicht vorstellen, dass irgendjemand …“ Sie schüttelte schnell den Kopf. „Stopp. Wir dürfen uns nicht verrückt machen lassen. Wir brauchen mehr Informationen.“

„Da hast du absolut recht.“

Alexa legte die Stirn in Falten. „Ich fand deine Idee mit der Befragung gar nicht so schlecht. Vielleicht sollte ich morgen einmal mit diesem Ex-Polizisten sprechen.“

„Ich weiß nicht, ob das so gut ist, Alexa.“

„Wieso denn nicht? Das ist doch nur ein alter Mann, oder?“

„Ja, aber … was willst du machen? Du darfst ihm doch nichts von der Akte erzählen.“

„Natürlich nicht“, erwiderte meine Schwester sofort. „Ich werde schon einen Weg finden, mit ihm ins Gespräch zu kommen. Bruno hat mir sowieso angeboten, dass ich seine Vespa nutzen darf, um zur Druckerei zu fahren und mich um die Designs und Speisekarten zu kümmern.“

Ich schüttelte den Kopf, da mich ihre unbekümmerte Art nervös machte. „Du solltest nicht allein zu ihm fahren.“

„Vielleicht nehme ich ja Rouven mit“, meinte sie scherzhaft und lächelte breit. „Nein, ehrlich, Lizzy – ich mach das schon.“

„Ich begleite dich lieber“, sagte ich entschlossen, woraufhin Alexa vehement den Kopf schüttelte.

„Sicher nicht. Du hast gerade zwei Jobs und damit genug um die Ohren. Jetzt bin ich mal dran. Und ich verspreche, vorsichtig zu sein – schließlich habe ich ohnehin mein Pfefferspray immer dabei. Wobei ich nicht annehme, dass von einem ehemaligen Polizisten eine große Gefahr ausgeht.“ Ihre Augen funkelten vergnügt. „Lass mich doch einfach mal die große Schwester spielen und die Sache in die Hand nehmen, okay?“

Kapitel 15

Als ich am nächsten Tag auf dem Weg zum Bistro war, regnete es in Strömen. Es war das erste Mal, dass in Kirchbruch kein gutes Wetter herrschte, und ich hielt mit einer Hand meine dünne Jacke zu, während der Wind die Äste der Bäume durchrüttelte und die Plakate der Bürgermeisterwahl von den Häuserfronten zerrte. Graue Wolken ballten sich am Himmel und die Sonne war nirgends zu sehen, sodass die ganze Stadt in einer eigenartig trüben Stimmung versank.

Vereinzelt kamen mir ein paar Leute mit eingezogenen Köpfen entgegen, die meisten Kirchbrucher blieben bei so einem Sturm jedoch lieber zu Hause. Ich stemmte mich gegen den Regen und verfluchte mich dafür, dass ich bei dem Unwetter keinen Schirm mitgenommen hatte. Stattdessen hielt ich mir jetzt meine Tasche über den Kopf und beeilte mich, so schnell wie möglich wieder ins Trockene zu kommen. Dabei redete ich mir ein, dass es okay gewesen war, Alexa die Adresse von diesem Ex-Polizisten zu geben. Immerhin hatte sie recht: Welche Gefahr sollte schon von ihm ausgehen? Wahrscheinlich würde er ohnehin nicht mit ihr reden, selbst wenn Alexa ihren ganzen Charme einsetzte.

Ich lief über die Straße zum Stadtplatz und dort unter ein paar schützenden Bäumen hindurch. Der Wind zerrte heftig an meinen Kleidern und ich hoffte, bald aus dem Unwetter hinauszukommen. Ich befand mich gerade unter der großen Eiche, in die angeblich der magische Blitz aus der Legende eingeschlagen hatte, als plötzlich ein lautstarkes Knacken erklang. Es klang viel zu nah und ich sah erschrocken zu dem dicken Ast direkt über mir hoch, als ich spürte, wie mich jemand von hinten packte und zur Seite riss. Im nächsten Moment sauste der schwere Ast wie ein Fallbeil nach unten und schlug krachend direkt neben mir auf dem Boden ein.

Geschockt starrte ich auf die Stelle.

Mein unbekannter Retter ließ mich sofort wieder los und ich fühlte mein Herz schmerzhaft schnell in meiner Brust trommeln. Wenn ich nicht in dieser Sekunde zurückgezogen worden wäre, hätte mich der schwere Ast wahrscheinlich erschlagen.

Plötzlich begann mein ganzer Körper zu zittern. Ich wollte gerade meinem aufmerksamen Retter danken, doch als ich mich umdrehte, sah ich nur noch einen dunkel gekleideten Mann mit schnellen Schritten zwischen den Bäumen verschwinden.

„Vielen Dank!", rief ich ihm hinterher, doch er wandte sich nicht um. Der Regen prasselte noch immer herunter und vermischte sich mit dem krachenden Donner über mir. Wahrscheinlich hatte er mich gar nicht gehört. Kurz überlegte ich, ob ich versuchen sollte, ihm zu folgen, doch in diesem Moment blitzte es erneut und ich lief rasch weiter, um ins Trockene zu kommen.

Als ich Brunos Bistro betrat, zitterte ich noch immer ein wenig. Das Glöckchen bimmelte über der Tür und ich versuchte, mich wieder zu fassen. Immerhin war mir nichts passiert, auch wenn ich nicht genau verstand, was soeben geschehen war.

Mit einem tiefen Atemzug sah ich mich um. Bis auf zwei Tische war das Bistro nicht besetzt, was bei dem Unwetter auch keine große Überraschung war. Langsam ging ich zur Theke. Bruno war gerade dabei, sich nach einer Kiste Getränke zu bücken, und stöhnte dabei leise auf. Dann verzog er kurz das Gesicht, bevor er sich über die Schulter rieb.

„Alles okay?“, fragte ich und stellte meine nasse Tasche auf einem Barhocker ab.

„Ja, ich hab mir nur die verdammte Schulter verrissen“, brummte Bruno, bevor er den Blick hob und mich zum ersten Mal richtig ansah. „Aber was ist denn mit dir los? Du zitterst ja.“

Ich schluckte. „Ein Ast“, stammelte ich. „Auf dem Stadtplatz ist ein Ast direkt neben mir auf den Boden gedonnert.“

Brunos Augen weiteten sich. „Aber es geht dir gut, oder?“

Ich nickte. „Ein Passant hat mich zur Seite gezogen. Ohne ihn würde ich jetzt wahrscheinlich nicht hier stehen.“

Er starrte mich erschrocken an und fuhr sich dann mit einem tiefen Atemzug über den Bart. „Verdammt, wenn dir was passiert wäre, Lizzy …“

„Es ist alles okay“, erwiderte ich schnell und fand es rührend, dass er sich so um mich sorgte. „Ich hab nur einen ziemlichen Schreck bekommen.“

„Das verstehe ich“, erwiderte Bruno und schüttelte den Kopf. „Die alte Eiche, nicht wahr?“ Als ich nickte, schnaubte er leise. „Ich hab schon immer gesagt, dass dieses verdammte Ding gefährlich ist.“ Er betrachtete mich und seine Gesichtszüge wurden weicher. „Aber denk jetzt am besten gar nicht mehr daran. Was hältst du von einer schönen Tasse Tee?“

„Die kann ich gern machen“, erklang eine weibliche Stimme hinter ihm und eine Frau mit langen blonden Haaren, die ein Geschirrtuch über der Schulter trug, kam aus der Küche auf uns zugesteuert. Sie hatte eine etwas größere Nase, die ihr Gesicht jedoch nicht unattraktiv machte, und freundliche Augen, um die sich kleine Lachfältchen bildeten.

„Du musst Lizzy sein. Ich bin Eva. Ist es okay, wenn wir uns duzen?“

„Gern. Hallo, Eva“, sagte ich und freute mich, endlich Brunos Frau kennenzulernen.

„Was für eine Überraschung, nicht wahr?“, sagte der Ladenbesitzer mit einem Zwinkern. „Eva hat es endlich geschafft.“

Seine Frau boxte ihm mit dem Ellbogen leicht in die Seite. „Ich bin da – das ist alles, was zählt. Auch wenn ich nicht gerade das beste Wetter mitgebracht habe.“

„Tja, wenn Bengel reisen“, sagte Bruno grinsend. „Bislang war das Wetter immer hervorragend.“

„Das ist seine Retourkutsche, weil ich ihn so lange allein gelassen habe“, meinte Eva kopfschüttelnd und musterte mich von oben bis unten. „Aber du Arme, du bist ja vollkommen durchnässt – ein Tee wird dir sicher guttun. Oder willst du vielleicht einen Kaffee?“

„Tee ist super, aber ich kann ihn mir auch selbst machen.“

„Blödsinn“, widersprach Eva. „Darum kümmere ich mich schon. Schließlich muss ich ja auch die Gerätschaften hier kennenlernen, falls ich meinen Mann irgendwann mal vertrete. Grundsätzlich bin ich mit der Renovierung unseres neuen Häuschens und der Anlage unseres eigenen Bio-Gartens beschäftigt, aber wenn es meine Zeit zulässt, werde ich natürlich auch im Bistro sein. Und dann hoffe ich auf deine Hilfe, Lizzy – vor allem, wenn es um die Essensauslieferungen geht, da ich mich hier noch gar nicht auskenne.“ Sie atmete tief ein. „Vorhin hatte ich übrigens auch schon einen kleinen Kampf mit dem Geschirrspüler.“

„Und, wer hat gewonnen?“

Sie kniff kämpferisch die Augen zusammen. „Das ist noch nicht entschieden."

Bruno und ich lachten. Eva war mir auf Anhieb sympathisch.

„Kleiner Tipp: Du solltest meiner Frau niemals widersprechen", bemerkte Bruno. „Sonst steckst du bald in einem Kampf und bist so bemitleidenswert wie der Geschirrspüler."

Eva nahm das Geschirrtuch von ihrer Schulter und schlug Bruno damit auf den Oberarm. „Hör nicht auf den alten Depp, Lizzy. Ich bin pflegeleicht, wenn man mich gut behandelt. Wer nach siebzehn Jahren Ehe noch immer nicht den Dreh raus hat, dem ist auch nicht mehr zu helfen."

Bruno grunzte und gab seiner Eva einen Kuss auf die Wange. „Du bist doch die Beste", sagte er, bevor er sich abwandte und zum Tresen ging.

Eva grinste mich an. „Na ja, vielleicht hat er den Dreh ja doch raus", meinte sie und deutete mit dem Kopf in Richtung Küche. „Kommst du gleich mit? Dann bist du meine Zeugin, dass der Geschirrspüler auf der dunklen Seite der Macht steht und nicht ich."

„Gern", sagte ich und begleitete Eva in die Küche. Sie stellte den Wasserkocher an und ich half ihr, den Geschirrspüler zu bedienen.

„Er spielt manchmal ein wenig verrückt, dann am besten einmal ausschalten und wieder anschalten", sagte ich und zauberte damit ein weiteres Lächeln in Evas Gesicht.

„Großartig. Gut, dass du da bist, Lizzy." Sie rieb sich erwartungsvoll die Hände. „Schließlich haben wir heute auch noch einiges zu tun."

Ich runzelte die Stirn und fragte mich, worauf sie anspielte.

„Die Party bei den Wellingers. Wir übernehmen das Catering."

„Davon wusste ich gar nichts", sagte ich und hatte vollkommen vergessen, dass Tristan heute Abend seinen Geburtstag feierte.

„Das konntest du auch nicht wissen", bestätigte Eva und legte das Küchentuch auf die Arbeitsfläche. „Eigentlich hat dieser Frederick Wellinger eine spezielle Cateringfirma aus Heiligbrunn mit dem Buffet beauftragt, aber die hatten durch das Unwetter offenbar einen Stromausfall, der ein kleines Feuer ausgelöst hat. Natürlich haben die jetzt andere Sorgen als den Geburtstag von Tristan Wellinger. Rouven ist zu ihnen gefahren, um zumindest das Equipment zu holen, aber um das Essen müssen wir uns jetzt kümmern."

„Wird die Party bei dem Wetter überhaupt stattfinden?", fragte ich und musste noch einmal an den herunterfallenden Ast und meinen Retter denken, der sofort wieder verschwunden war.

„Laut Wettervorhersage soll es noch schön werden – auch wenn ich es mir bei den sintflutartigen Regenfällen gerade überhaupt nicht vorstellen kann." Eva setzte sich ihre Brille auf und griff nach einem Blatt Papier, das neben der Spüle lag. „Ich habe hier schon mal aufgeschrieben, was wir alles so zaubern könnten. Es wird wahrscheinlich nicht so extravagant sein wie das, was der Caterer geliefert hätte, aber es wird seinen Zweck erfüllen."

Sie hielt mir die Liste hin und als ich sie entgegennahm, berührten sich unsere Fingerspitzen für den Bruchteil einer Sekunde. Sofort senkte sich die vertraute Lautlosigkeit über mich, während hellblaue Blitze in die Höhe zuckten und es sich so anfühlte, als würde eine kribbelnde Ladung Elektrizität durch meinen Körper schießen. *Mit ausgestrecktem Arm erstarrte Eva mitten in der Bewegung. Da ich mich inzwischen an das unvorhergesehene Eintreten meiner Gabe gewöhnt hatte, trat ich rasch aus meinem eingefrorenen Körper hinaus. Heute Morgen hatte ich noch einmal probiert, in meine eigene Zukunft zu gelangen, und war dabei wieder nur vor der verschlossenen Tür mit den goldenen Verzierungen gelandet. Doch da ich mich nun in Evas Stille befand, wollte ich die Chance unbedingt nutzen, um meine Fähigkeit weiter zu trainieren.*

Rasch sah ich mich nach ihrer Zukunftstür um und entdeckte sie ein paar Schritte hinter Eva an der Wand. Eine Mischung aus Aufregung und Vorfreude erfüllte mich, als ich mit schnellen Schritten darauf zuging. Nachdem es mir nun mehrfach gelungen war, in die weiße Kammer zu gelangen, war ich zuversichtlich, dass sich der Zeitenraum auch diesmal für mich öffnen ließ.

Entschlossen legte ich meine Finger um den silbernen Knauf und drehte ihn so lange, bis ein leises Klicken zu hören war und die Tür lautlos aufschwang. Dann trat ich blinzelnd in den gleißend hellen Raum und atmete tief durch.

Kaum war die Tür hinter mir zugefallen, setzten sich die weißen Wände auch schon knirschend in Bewegung. Aufgekratzt marschierte ich in die Mitte des Raumes und blickte mich um. Die blauen Lichtblitze verästelten sich mit einem elektrischen Summen bis an die Decke, während sich die Wände erst langsam und dann immer schneller zu drehen begannen. Eine knisternde Energie erfüllte den ganzen Raum und ich hörte intensiv in mich hinein. Dabei hoffte ich darauf, irgendwie spüren zu können, wie weit sich der Raum in die Zukunft drehte. Rouven hatte gesagt, das Gefühl würde einer inneren Uhr ähneln, und ich versuchte, mich ganz auf meine Intuition zu verlassen. Doch so sehr ich es auch versuchte – die Wahrheit war, dass ich absolut keine Ahnung hatte, in welcher Zeit ich mich befand. Ich spürte nur, wie die Umdrehungen der weißen Kammer immer schneller und schneller wurden, bis ich von dem elektrischen Summen eine Gänsehaut bekam.

„Anhalten!", rief ich und versuchte, meine ganze Willenskraft in dieses eine Wort zu legen. Als der Zeitenraum nicht auf mich reagierte, presste ich die Augen zusammen und konzentrierte mich angestrengt auf jenen Tag in der Zukunft, an dem Betty ihre Katze zum Tierarzt bringen würde. Ich hatte keine Ahnung, ob das wirklich in drei Wochen sein würde – dennoch ertönte plötzlich ein Zischen. Ungläubig öffnete ich die Augen und lachte befreit auf. Denn die Umdrehungen des Zeitenraumes wurden tatsächlich immer langsamer, bis sie schließlich ganz stoppten und die beiden hellblauen Türen an der weißen Wand emporzuckten.

„In welcher Zeit bin ich?", fragte ich in die knisternde Stille hinein, doch weder der Raum noch meine Intuition gab mir eine Antwort. Nur das leise Summen der blauen Türen war zu hören und ich seufzte ein wenig enttäuscht. Dann ging ich mit entschlossenen Schritten auf die linke Tür zu und öffnete sie in eine mögliche Zukunft.

Eva fuhr hier in der Nacht über eine regennasse Landstraße, während rings um sie ein fürchterliches Gewitter niederging. Unvermittelt wechselte meine Perspektive und ich fand mich im Inneren des Wagens neben ihr wieder. Im Radio lief gerade „Schwarzer Tag" von NEBEN, das zu meinen Lieblingsliedern zählte, als plötzlich ein gewaltiger Blitz über den großen See neben der Straße zuckte und Eva vor Schreck das Lenkrad verriss. Im nächsten Moment wurde sie von einem entgegenkommenden silbernen Sportwagen angehupt, der genauso aussah wie der vom Sohn des Bürgermeisters. Erschrocken warf Eva einen Blick in den Rückspiegel und auch ich drehte mich um. Der silberne Sportwagen verschwand rasch in der Dunkelheit, während ich gleichzeitig ein dumpfes Klopfen hörte, das ich nicht zuordnen konnte. Eva drehte das Lied im Radio lauter und konzentrierte sich wieder auf die Straße. Im nächsten Augenblick spürte ich einen enormen Zug, der mich aus der Szene herausriss und wieder zurück in die Gegenwart katapultierte.

„Und was sagst du?“, wollte Eva wissen, während ich versuchte, mir von meinem Ausflug in ihre eventuelle Zukunft nichts anmerken zu lassen. Obwohl ich es schade fand, dass ich nicht gespürt hatte, zu welchem Tag diese Zukunftsvision gehörte, konnte ich mir vorstellen, dass sie ungefähr zu derselben Zeit stattfinden würde, in der auch Betty zum Tierarzt ging. Schließlich hatte ich mich auf diesen Tag konzentriert, bevor die Umdrehungen langsamer geworden waren.

Auch wenn ich den genauen Zeitpunkt der Zukunft noch nicht wie Rouven fühlen konnte, empfand ich doch einen gewissen Stolz, weil es mir erneut gelungen war, in die weiße Kammer zu gelangen und durch eine der Türen zu gehen.

Rasch nahm ich Evas Liste an mich und überflog ihren Menüvorschlag, der hauptsächlich aus einfachen Speisen wie Gulaschsuppe, belegten Brötchen oder Würstchen bestand.

„Klingt absolut super“, sagte ich dann lächelnd.

„Findest du?“, hakte Eva nervös nach und ich nickte.

„Ja, das hört sich doch nach einem super Buffet für die Party an.“

Evas blaue Augen leuchteten. „Schön, dass du das so siehst, Lizzy – denn wir haben nicht viel Zeit.“

Kapitel 16

„Bist du fertig, Lizzy?" Alexas Stimme drang durch die geschlossene Badezimmertür und ich zog mir noch rasch den Lidstrich fertig, bevor ich antwortete.

„Ja, gleich", erwiderte ich und lief in unser Zimmer. Da ich erst vor einer Stunde nach Hause gekommen war, hatte ich verdammt schnell sein müssen, um mein Gemeinschaftsgeschenk mit Alexa für Tristan fertig zu machen und dann noch unter die Dusche zu springen, um den Geruch nach Gulaschsuppe aus meinen Haaren zu bekommen. Mein Tag hatte quasi nur aus dem verwirrenden Besuch in Evas Zukunft sowie der Vorbereitung für Tristans Party bestanden und ich nahm mir vor, Unmengen der belegten Brötchen zu essen, in die ich so viel Arbeit gesteckt hatte.

„Hier, zieh das an", sagte Alexa und hielt mir eines ihrer schwarzen Kleider hin, als ich automatisch nach meinen kurzen Jeans greifen wollte.

„Ist das nicht ein bisschen zu …"

„Zu was?", fragte meine Schwester und bürstete sich ein letztes Mal über ihre kinnlangen roten Haare.

„Zu sexy für den Anlass?"

Sie warf mir über die Schulter einen amüsierten Blick zu. „Es ist eine Party, Lizzy. Da muss man sich ein bisschen aufbrezeln. Außerdem hat Tristan heute Geburtstag. Da willst du ihm doch sicher eine Freude machen."

Ich atmete tief ein und erwiderte nichts. Alexas letzter Wissensstand war, dass Tristan mich in das Kino seiner Familie eingeladen hatte. Danach hatte ich weder erzählt, dass Tristan Rouven und mich beim Knutschen erwischt hatte, noch hatte ich den Kuss zwischen Rouven und mir gestern Abend erwähnt. Nervös öffnete ich den Mund und überlegte, ob ich reinen Tisch machen sollte, als sie sich zu mir umdrehte und auf ihr eigenes Outfit deutete, ein trägerloses grünes Kleid, dessen Material je nach Lichteinfall andersfarbig schimmerte.

„Und, wie sehe ich aus?"

„Fantastisch", erwiderte ich und schluckte meine zweifache Kuss-Beichte hinunter.

„Ich weiß. Wir werden dort für ganz schön Aufsehen sorgen", grinste Alexa und zwinkerte mir zu. „Übrigens habe ich mit Dieter gesprochen und ihn gebeten, dass wir heute bis Mitternacht wegbleiben dürfen, ohne dass er gleich wieder aus der Haut fährt."

„Mit diesen Worten hast du ihn darum gebeten, dass wir länger ausgehen dürfen?"

Alexa lachte. „Nein, ich war ein klein wenig diplomatischer." Dann warf sie einen Blick auf ihr Handy und stöhnte. „Wir müssen los, Lizzy, sonst verpassen wir den Bus."

„Aber meine Haare sind noch nicht trocken", erwiderte ich und schlüpfte rasch in das schwarze Kleid. Es war ebenfalls trägerlos, hatte aber einen leicht ausgestellten Rock und wirkte ein wenig verspielter als Alexas Outfit.

„Dann müssen sie auf dem Weg zur Party trocknen", erwiderte sie entschieden, stopfte ihren Teil von Tristans Geschenk in ihre Tasche und griff nach meiner Hand.

„Aber …", setzte ich an.

„Wenn du dir mit den feuchten Haaren eine Lungenentzündung einfängst und daran stirbst, schreibe ich auf deinen Grabstein, dass es meine Schuld war."

Ich musste lachen. „Du bist unmöglich."

„*Ihre hübsche Schwester hatte keine Geduld und war an ihrem Tode schuld*", rief sie und zog mich zur Treppe.

Schmunzelnd schnappte ich mir noch schnell meine Tasche und dann jagten wir auch schon aus dem Haus und rannten zur Bushaltestelle, die wir ziemlich zeitgleich mit dem Bus erreichten.

„Siehst du?", keuchte Alexa, nachdem wir uns auf zwei Plätze in der vorletzten Reihe fallen gelassen hatten. „Nur eine Minute später und wir hätten ihn verpasst."

„Ich weiß", schnaufte ich und sah mich kurz um. Der Bus war ziemlich leer und ich war froh, ein paar ungestörte Minuten mit Alexa verbringen zu können, bevor wir auf der Party ankamen. „Also", sagte ich dann und senkte unwillkürlich meine Stimme, obwohl niemand in unserer Nähe saß. „Wie war es heute?" Bisher wusste ich nur von ihrer SMS heute Nachmittag, dass sie es tatsächlich geschafft hatte, mit dem ehemaligen Polizisten zu reden, und sie mir den Rest persönlich erzählen wollte.

Alexa atmete tief ein. „Interessant."

„Geht das auch noch ein bisschen genauer?"

Sie strich sich eine Haarsträhne hinters Ohr und beugte sich ein wenig näher. „Okay, ich habe etwas rausgefunden. Aber ich weiß nicht, wie relevant es ist."

„Und was hast du herausgefunden?", hakte ich nach und merkte, wie meine Anspannung immer größer und größer wurde.

„Es hat vielleicht gar nichts zu bedeuten", sagte Alexa und ich musste mich beherrschen, um sie nicht anzufahren.

„Bitte sag es einfach."

„Gut, wie du willst. Papas bester Freund Martin ist zur

Beerdigung unseres Großvaters gekommen und nach dem Unfall sofort wieder abgereist, das kam dem ehemaligen Polizisten seltsam vor", fasste sie die Neuigkeiten zusammen und ich hatte das Gefühl, vor Enttäuschung auf meinem Sitz zusammenzusinken.

„Das ist alles? Die neue Info ist, dass sein bester Freund sofort wieder abgereist ist?"

„Ich sagte doch, ich weiß nicht, wie relevant es ist", erwiderte Alexa sofort und ich ließ die Schultern fallen.

„Tut mir leid, ich denke, ich hab mir einfach …"

„Mehr erhofft?", beendete sie meinen Satz und ich nickte.

Alexa seufzte. „Ich mir auch, Lizzy. Aber vielleicht ist es ja doch eine Spur?"

„Ja, vielleicht. Wie genau hast du den Polizisten eigentlich dazu gebracht, mit dir darüber zu reden?", fragte ich, als der Bus gerade über eine Bodenwelle rumpelte.

Draußen zogen abwechselnd sonnengelbe Felder und grüne Wiesen vorbei, auf denen vereinzelt Kühe grasten. Von dem Unwetter von heute Vormittag war nichts mehr zu sehen und der Himmel erstrahlte in einem hübschen Blau.

„Ich hab ihm erzählt, dass ich eine gratis Weinverkostung durchführe, und ihn gefragt, ob er Lust hat, daran teilzunehmen."

„Du hast was?", wiederholte ich lachend.

Sie lächelte spitzbübisch. „Du hast doch gesagt, dass er gern einen über den Durst trinkt, und da dachte ich mir, ich wäre doch blöd, wenn ich das nicht irgendwie für mich nutzen würde."

„Und wie ist es dann weitergegangen?"

„Wir haben etwas Wein bei ihm getrunken", sagte Alexa schulterzuckend. „Ich hatte extra ein paar Flaschen dabei, weil ich ja nicht wusste, wie viel ich brauchen würde, um seine Zunge zu lockern."

„Und du hast auch mitgemacht?", fragte ich besorgt, weil mir plötzlich einfiel, dass sie ja mit der Vespa unterwegs gewesen war.

„Ich habe nur so getan", sagte Alexa beschwichtigend und spielte mit dem goldenen Ring an ihrer Hand, der einmal Mama gehört hatte. „Auf alle Fälle habe ich ihm erzählt, wer ich bin und dass du und ich hierhergezogen sind, weil wir endlich verstehen wollen, wie unsere Eltern damals gestorben sind. Und als er so einen nachdenklichen Gesichtsausdruck bekommen hat, hab ich ihn gefragt, ob er etwas darüber weiß."

„Und das hat funktioniert?", fragte ich erstaunt, da ich nicht damit gerechnet hatte, dass Alexa mit offensiver Ehrlichkeit an Informationen kommen würde.

„Ja, das hat funktioniert", sagte sie leichthin. „Je mehr er getrunken hat, desto redseliger ist er geworden – und da hat er mir erzählt, dass seiner Meinung nach in Kirchbruch so einiges nicht mit rechten Dingen zugeht. Und dass ihm auch bei unserem Fall ein paar Dinge spanisch vorgekommen sind."

„Was genau hat er damit gemeint?"

„Nun, zum einen die fehlenden Bremsspuren", sagte Alexa. „Ich hab behauptet, dass wir das in der Stadt aufgeschnappt haben, und er stimmte mir zu, dass das eigentlich keinen Sinn ergibt."

„Und das zweite Seltsame war das Verschwinden von diesem Martin?"

Sie nickte. „Angeblich hat er sogar extra seinen Hawaii-Urlaub unterbrochen, um gemeinsam mit Papa und Mama zu Opas Beerdigung zu gehen – doch nach dem Unfall ist er sofort wieder abgereist, ohne mit jemandem zu reden."

„Der Polizist hat also nie mit ihm gesprochen?"

Alexa schüttelte den Kopf. „Er sagte, dass er mehrfach versucht hat, ihn telefonisch zu erreichen, aber nie zu ihm durchgekommen ist. Und da Martin an dem Tag erst eine Stunde nach dem Unfall mit dem Zug angekommen ist – und deshalb nichts damit zu tun haben konnte, hat er es schließlich aufgegeben."

„Hast du ihn denn gegoogelt?", fragte ich und wickelte mir gedankenverloren eine fast trockene Haarsträhne um den Finger.

„Klar hab ich das. Aber das Internet spuckt nichts über ihn aus. Er scheint tatsächlich komplett verschwunden zu sein."

„Okay, das klingt nun doch irgendwie seltsamer, als ich anfangs dachte. Hat der Polizist sonst noch was gesagt?"

Alexa schüttelte den Kopf. „Nein. Das war alles."

In dem Moment blieb der Bus zischend stehen und ich sah aus dem Fenster. „Hier müssen wir raus."

„Wow", meinte Alexa mit einem Blick über die Weinberge, die uns umgaben. Die Sonne stand schon tief und sandte ihre rotgoldenen Strahlen über die Hügel sowie das moderne Haus von Frederick Wellinger, das sich an einen Hang schmiegte. Nach dem Unwetter heute Vormittag war es zwar überraschend schön geworden, dennoch war der Boden noch feucht, als wir dem gewundenen Feldweg folgten, der sich zu dem Anwesen hinaufschlängelte.

„Ich hätte echt nicht gedacht, dass Tristan so luxuriös lebt", sagte Alexa und sah sich beeindruckt um, als wir dem riesigen Bau aus Glas, Stein und Holz näher kamen, aus dem schon von Weitem beschwingte Partymusik zu hören war. Auf der breiten Kiesauffahrt des Anwesens standen heute wesentlich mehr Autos als bei meinem letzten Besuch und die Fahrzeuge mussten ein weites Stück die Straße runter parken, weil es so viele waren. Offenbar hatte Tristan jede Menge Freunde, was mich bei seinem charismatischen Charakter aber auch nicht wunderte.

„Schön, dass wir heute gemeinsam hier sind“, sagte Alexa, als wir vor der grauen Steintür standen und klingelten. „Ich hab das Gefühl, wir waren schon ewig nicht mehr zusammen auf einer Party.“

„Das stimmt“, erwiderte ich und lächelte sie an.

Im nächsten Moment öffnete uns Tristan die Tür. Er trug heute ein weißes Hemd, das sich von seiner sonnengebräunten Haut stark abhob, und strahlte uns beide an.

„Hey, willkommen auf meiner Party. Cool, dass ihr gekommen seid, bisher waren hier eindeutig zu viele Jungs.“

Die letzten Worte rief er etwas lauter über die Schulter und Alexa grinste mit funkelnden Augen, als aus einem rückwärtigen Teil des Hauses lautes Grölen zu hören war, das sogar die Musik übertönte.

„Folgt mir, Ladys. Wollt ihr was trinken?“, fragte er und führte uns in das Haus, das wie letztes Mal nach einer Mischung aus Beeren und Zitrone roch.

„Unbedingt“, sagte Alexa, als wir hinter Tristan über den hellen Holzboden in einen Bereich des Hauses marschierten, den ich noch nicht kannte. Zwei Treppenstufen führten am Ende eines anthrazitfarben gestrichenen Flurs in einen offenen Wohnbereich, der aus mehreren Ebenen bestand. Links ging es zu einem erhöhten Holzplateau, auf dem sich eine riesige runde Couchlandschaft aus weißem Leder mit einem flauschigen Teppich befand, während man rechter Hand zwei Stufen hinabsteigen konnte und zu einem stylishen Relax-Bereich mit einer beleuchteten Bar kam, die zusätzlich zu den typischen Spirituosen auch mit edlen Weinen bestückt war. Einige junge Leute saßen bereits auf den Hockern und ließen sich vom Barkeeper mit Getränken versorgen, während andere in Grüppchen zusammenstanden, tranken und lachten. Geradeaus führte das Wohnzimmer zu einer riesigen Terrasse, die einen wundervollen Blick in den Garten ermöglichte, der sanft hinter dem Haus abfiel, da wir uns genau auf der Kuppe des Hügels befanden. Eine Live-Band spielte draußen einen Popsong nach dem anderen und ich staunte nicht schlecht, da es sich bei allen Stücken um instrumentale Versionen der aktuellen Charts handelte.

„Weißt du, ob dein Chef bald mit dem Rest vom Essen kommt?“, fragte Tristan und ich schüttelte nur den Kopf, da ich es wirklich nicht wusste und von der Größe der Party ein wenig überwältigt war.

„Oh Gott, und hier wohnst du?“, schrie Alexa und drehte sich einmal im Kreis. „Wow, da oben gibt es sogar eine Galerie!“, rief sie dann und deutete auf die gläserne Brüstung, die sich rund um den modernen Wohnbereich spannte. Dahinter befand sich eine ganze Reihe heller Holzregale, die sowohl mit Büchern als auch mit beleuchteten Skulpturen gefüllt waren. „Bei dir hat man ja beinahe das Gefühl, bei einem Celebrity zu Hause zu sein“, sagte Alexa und schnappte sich grinsend ein Sektglas von dem Tablett eines vorbeilaufenden Kellners.

„Danke, das musst du meiner Mutter sagen – da freut sie sich. Das Haus und die Inneneinrichtung waren ihr schon immer sehr wichtig“, entgegnete Tristan und fuhr sich durch seine dunkelblonden Haare, die so perfekt zerzaust aussahen, dass wahrscheinlich viel Mühe in diesen Undone-Look geflossen war. „Möchtest du auch was trinken, Lizzy?“, fragte er dann und ich nickte nur, da ich nicht als Einzige nüchtern bleiben wollte, wenn sich alle ringsum amüsierten.

Bisher waren ungefähr vierzig Leute da, wobei ich noch nie gut im Schätzen gewesen war. Unauffällig sah ich mich im Raum nach Rouven um und merkte erst jetzt, wie nervös mich die Aussicht machte, ihn heute wiederzusehen.

„Hier, bitte“, sagte Tristan und drückte mir ebenfalls ein Sektglas in die Hand, das er einem vorbeikommenden Kellner abgenommen hatte. In diesem Moment endete der aktuelle Partysong und in der kurzen Pause bis zum nächsten Lied war eine dreifache Tonfolge von der Haustür zu hören. „Oh, das könnte der Rest vom Essen sein“, bemerkte Tristan. „Seht euch gern um, ich bin gleich wieder bei euch.“ Mit diesen Worten verschwand er in Richtung Flur.

Alexa beugte sich zu mir. „Ich wusste doch, dass die Party cool werden würde“, flüsterte sie mir zu.

Ich nickte nur und kippte einen großen Schluck Alkohol hinunter.

„Nervös?“, fragte Alexa mich grinsend und deutete mit dem Kinn in Richtung der Haustür, wohin Tristan verschwunden war. „Kann ich verstehen. Er ist auch echt ein Schnuckel.“

„Mhm“, murmelte ich und tat so, als würde ich mir die Leute ansehen, von denen ich bisher noch keinen einzigen kannte.

„Wie war eigentlich euer Abend im Kino?“, fragte Alexa weiter und trat ein wenig näher. „Irgendwie haben wir gar nicht mehr darüber gesprochen.“

„Es gab auch nichts zu besprechen. Tristan konnte an dem

Abend nicht“, sagte ich schnell.

Alexa runzelte die Stirn. „Und das war’s?“, fragte sie ungläubig. „Du hattest ein Date, das gar nicht stattgefunden hat, und hast mir nichts darüber erzählt? Was hast du denn in der Zeit gemacht? Bist du auf Monsterjagd gegangen? Oder hast du noch schnell ein paar Stunden in Brunos Bistro gearbeitet?“

Obwohl ihr Ton scherzhaft war, wusste ich nicht, wie ich darauf reagieren sollte. „Lass uns später darüber reden“, murmelte ich ausweichend und war beinahe erleichtert, als ich Bruno mit einer Platte voller Brötchen auf mich zukommen sah. Hinter ihm ging Rouven, der ebenfalls eine riesige Platte trug, und ich versuchte, ganz normal weiter zu atmen, als ich ihn sah. Er war heute komplett in Schwarz gekleidet und sein schmales Gesicht wirkte so konzentriert, dass ich ihn beinahe noch anziehender fand als ohnehin schon.

Alexa bewegte sich neben mir und ich bemerkte, wie sie Rouven kurz anlächelte, der in diesem Moment ihren Blick auffing. Er lächelte schief zurück, bevor seine Augen sich auf mich richteten und sich sein Blick in meinen brannte. Sofort waren alle Gefühle von unserem letzten Kuss wieder da und ich hätte ihm am liebsten sofort von meinem Ausflug in Evas Zukunft erzählt. Aber natürlich war hier nicht der richtige Zeitpunkt dafür, weshalb ich versuchte, mir nichts von meinen Gefühlen anmerken zu lassen, was einer fast übermenschlichen Leistung gleichkam.

„Hi, Lizzy“, schnaufte Bruno, als er an mir vorbeikam.

„Hey. Kann ich euch vielleicht helfen?“, fragte ich, aber Bruno schüttelte nur den Kopf.

„Du hast heute schon genug mit den Brötchen zu tun gehabt. Das Einzige, was du jetzt noch tun solltest, ist, den

Abend zu genießen." Er zwinkerte mir gutmütig zu und trug die Platte dann hinaus auf die Terrasse.

„Das Buffet ist eröffnet, Leute!", rief Tristan in dem Moment über die Musik hinweg, der mit einer dritten Platte Brötchen hinter Rouven in den Wohnbereich kam. Darauf brach spontaner Jubel aus und die Leute strömten auf die Terrasse.

Alexa und ich folgten der Menge hinaus in den Garten und ich sog die frische Luft tief in meine Lungen. Trotz des Unwetters war der Abend mild und es war richtig angenehm, draußen zu sein. Die hellgrau geflieste Terrasse aus Stein war so lang und breit, dass darauf ein ganzes Orchester Platz gefunden hätte, und ich folgte den anderen zu dem großen Buffet, das gegenüber von der Band aufgebaut worden war.

„Mmmmh, Gulaschsuppe und Würstchen im Schlafrock", sagte Alexa und kippte den Rest von ihrem Sekt hinunter. „Das riecht alles so verlockend. Ich muss aufpassen, dass ich noch in dieses Kleid passe, wenn ich mit dem Buffet fertig bin."

„Ich auch", erwiderte ich grinsend und reihte mich mit Alexa in die Schlange ein, die sich automatisch vor den langen Tischen mit den weißen Tischtüchern gebildet hatte, als ich eine bekannte Stimme vor mir hörte, die zu Mike gehörte.

„Und der Lappen ist weg?", fragte er den Typen neben sich, bei dem es sich um den Sohn des Bürgermeisters handelte.

Pascal nickte und fuhr sich durch seine roten Haare. „Ich sag dir, der Alte ist mir direkt vor den Wagen gesprungen", erklärte er angepisst. „Aber das ist ja egal, weil ich ihn angefahren habe."

„Und weil du viel zu schnell warst", hörte ich mich sagen, obwohl ich nicht geplant hatte, mich in das Gespräch einzumischen.

Mike und Pascal drehten sich zu mir um und Pascal verdrehte die Augen. „Oh Mann. Du schon wieder."

„Die Freude beruht auf Gegenseitigkeit", erwiderte ich sarkastisch und sah, wie Alexa neben mir schmunzelte.

„Lass die Schweinegrippe-Tante doch", sagte Mike in dem Moment und zog Pascal einen Schritt weiter. „Die und ihre Malaria-Schwester sind doch genauso durchgeknallt wie Konstantin. Laut meiner Mutter ist er ständig auf Achse und stellt lauter komische Fragen, weil er offenbar überzeugt davon ist, dass hier irgendjemand Dreck am Stecken hat. Würd mich echt nicht wundern, wenn sie die Töchter von dem Psycho wären."

„Mist, jetzt hast du unser lang gehütetes Familiengeheimnis aufgedeckt", entgegnete ich kopfschüttelnd und bemerkte, wie Bruno neben uns stehen blieb, der schon wieder auf dem Weg zu seinem Auto gewesen war. Einen Moment lang betrachtete er Mike mit zusammengezogenen Augenbrauen, bis Tristans Mutter ihn ansprach, die offenbar das Finanzielle regeln wollte.

„Verdammt. Das heißt, wir müssen uns wohl eine neue Tarnung zulegen", pflichtete Alexa mir seufzend bei. „Dabei haben wir uns doch so eine Mühe gegeben, unsere wahre Herkunft zu verschleiern, indem wir bei Dieter eingezogen sind."

Darauf fiel Mike anscheinend keine Antwort ein, denn er schnaubte nur und wandte sich dann dem Buffet zu, das wir nun endlich erreicht hatten.

Ich steuerte direkt die belegten Brötchen an, in die ich so viel Mühe gesteckt hatte, und war froh, das Gespräch mit Pascal und Mike nicht fortsetzen zu müssen.

„Idioten“, sagte Alexa und häufte sich ihren Teller mit Würstchen und Brötchen voll, bevor sie zu der Obstplatte weiterging. „Ich bewundere dich echt dafür, wie du es aushältst, Tag für Tag im Bistro zu arbeiten, wo dir Typen wie die beiden über den Weg laufen.“

Bei ihren Worten musste ich unwillkürlich an Rouven denken und sah mich unauffällig nach ihm um. Er stand nur ein paar Meter entfernt und lehnte entspannt an der Brüstung der Terrasse, während eine blonde junge Frau mit einem Pixie-Cut ohne Punkt und Komma auf ihn einredete. Es war das dünne Mädchen vom Badesee, das heute ein bauchfreies Top und einen Minirock trug und sich immer wieder vertraulich zu Rouven hinüberbeugte. Dennoch hatte ich das Gefühl, er würde nur mit halbem Ohr hinhören und mit seinen Gedanken ganz woanders sein.

In diesem Moment sah er auf und blickte mich an. Bei dem Ausdruck in seinen braunen Augen schoss ein Strom glühender Hitze durch meine Adern, und ich sah rasch woanders hin, da die Erinnerung an seine Lippen auf meinen mich mit solch einer Wucht überkam, dass es beinahe so war, als würde ich seinen Kuss ein zweites Mal erleben.

„Hey, da ist ja Rouven“, sagte Alexa in dem Moment, die meinem Blick gefolgt war. Als sie das blonde Mädchen mit dem Pixie-Cut entdeckte, beugte sie sich grinsend etwas näher zu mir. „Meinst du, wir sollen rübergehen und ihn retten?“

Unbehaglich kniff ich die Augen zusammen und betrachtete das blonde Mädchen. Sie schien ziemlich auf Rouven zu stehen, was man daran merkte, dass sie einfach nicht zu reden aufhörte, als hätte sie Angst, dass er bei ihrem ersten Luftholen abhauen würde.

„Wow, die ist ja wie ein Hund, der seinen Knochen verteidigt", sagte Alexa amüsiert und steckte sich ein Käsebrötchen mit Gurke und Kaviar in den Mund. Die Band spielte gerade die instrumentale Version von *Happy* und die meisten Gäste schienen sich wunderbar zu unterhalten – abgesehen von mir, da ich gerade keine Ahnung hatte, wie ich Alexa verklickern sollte, dass zwischen Rouven und mir mehr gelaufen war, als sie ahnte.

„Komm, lass uns reingehen", sagte ich, da ich nicht weiter auf der Terrasse stehen und Rouven aus der Ferne anstarren wollte. „Ich glaube nicht, dass er gerettet werden muss."

„Und was, wenn doch?", widersprach Alexa schmunzelnd. „Vielleicht wartet er ja nur darauf. Viele Jungs sind nicht so stark, wie sie aussehen." Alexa hob beide Augenbrauen, bevor sie an ihrem zweiten Glas Sekt nippte.

„Also ich möchte auf keine Rettungsmission", erwiderte ich abwehrend.

„In Ordnung", sagte Alexa seufzend und schlug mit mir den Weg zum Wohnzimmer ein. Dabei entdeckte ich Tristans Mutter, die neben dem Eingang stand. Sie trug ihre schwarzen Haare heute hochgesteckt und hatte ein elegantes dunkelrotes Kleid an, das für eine ungezwungene Geburtstagsparty ein wenig zu förmlich war. Offenbar hatte sie Bruno schon bezahlt und war nun dabei, die Party wieder zu verlassen. Bevor sie ging, warf sie allerdings noch einen letzten Blick auf Rouven und der Ausdruck in ihrem Blick jagte mir einen kalten Schauer über den Rücken. Ohne es zu wollen, musste ich wieder an meine Zukunftsvision denken, in der Frederick Wellinger am Telefon seine Frau beruhigt hatte, dass Rouven ein guter Junge sei.

Du siehst schon Gespenster, hatte er damals zu ihr gesagt

und ich fragte mich, was Frau Wellinger über Rouven dachte. Denn für einen Moment hätte ich schwören können, so etwas wie Angst in ihren Augen zu sehen. Im nächsten Moment drehte sie sich aber auch schon wieder um und verschwand im Inneren des Hauses und ich redete mir ein, dass ich mir das sicher nur eingebildet hatte.

„Hey, euch hab ich gesucht", erklang in dem Augenblick Tristans Stimme hinter uns.

Rasch zwang ich mir ein Lächeln auf die Lippen, bevor ich mich zu ihm umdrehte. Tristan war offenbar nach dem Brötchen-Schleppen von seinen Kumpels aufgehalten worden, denn ich entdeckte hinter ihm eine Gruppe von drei sportlichen Jungs, die alle ihre Biergläser hoben und gleichzeitig zu grölen anfingen, als Alexa und ich ihren Blicken begegneten.

„Ignoriert sie", sagte Tristan lässig. „Sie wissen es nicht besser."

„Du hättest wohl echt mehr Mädchen einladen sollen", erwiderte Alexa und aß den Rest von ihrem Brötchen auf.

„Das hätte wohl kaum viel geändert", erwiderte Tristan selbstsicher. „Lust auf eine kleine Führung?"

„Klar, wieso nicht?", erwiderte Alexa und wischte sich die Hände an einer Serviette ab. „Wollen wir Rouven auch mitnehmen? Er wirkt schon ein wenig verzweifelt und Lizzy hat mir vorhin verboten, ihn zu retten." Sie sagte es so leichthin, dass ich erwartete, Tristan würde sofort zustimmen, doch stattdessen zögerte er merklich, während sein Blick zu Rouven glitt und dabei deutlich kühler wurde.

„Ich denke, es geht ihm gut", meinte er nach einem Moment des Schweigens und Alexa starrte ihn perplex an, bevor sie zu lachen anfing.

„Hey, sag bloß, du willst Lizzy und mich gemeinsam abschleppen", meinte sie kopfschüttelnd und schnalzte tadelnd mit der Zunge. „Aber ich muss dich enttäuschen: *Solche Schwestern* sind wir nicht."

„Hör auf", flüsterte ich und gab ihr einen leichten Stoß mit dem Ellbogen.

Tristan wirkte kurz überrascht, bevor er schief zu grinsen anfing. „Ach nein?"

„Nein", sagte Alexa und griff nach einem vollen Weinglas, das ein Kellner gerade auf einem Tablett vorbeitrug. „Und deshalb werde ich deinen Cousin jetzt auch aus den Fängen von Blondie befreien, ob du nun willst oder nicht."

Kapitel 17

„Ganz schön cooles Haus“, sagte Alexa, nachdem Tristan uns das Obergeschoss und sein Zimmer gezeigt hatte. Es war eigentlich kein Zimmer, sondern schon eher eine Suite mit einem Schlaf- und einem Wohnbereich, von dem aus man durch zwei Türen einen durchgehenden Balkon betreten konnte. Im Wohnbereich, der genauso clean und modern eingerichtet war wie der Rest des Hauses, hing ein riesiger Flachbildfernseher an der Wand und alles deutete darauf hin, dass Tristan gern mit seinen Freunden auf der Xbox zockte, wenn er nicht gerade mit seinen Hanteln trainierte oder auf seinem schwarzen Boxspringbett chillte.

„Gib's zu, deine Behauptung bei unserem Treffen am See war gelogen“, sagte Alexa, die Rouven vorhin einfach an der Hand genommen und mit einer solchen Selbstverständlichkeit von dem blonden Mädchen weggezogen hatte, dass keiner der beiden zu widersprechen gewagt hatte. Als Rouven nun hinter meiner Schwester auf den Balkon trat, machte er jedoch den Eindruck, dass er die Dauerbeschallung durch das Pixie-Cut-Mädchen der gemeinsamen Zeit mit Tristan vorgezogen hätte.

Um nicht weiter darüber nachzudenken, stellte ich mich an die Brüstung und sah auf die Weinberge hinunter. Die Sonne war inzwischen komplett untergegangen und die Dunkelheit hier draußen war so viel tiefer als in der Stadt. Die einzigen Lichter weit und breit kamen von dem Haus, in dem wir uns befanden, und ich legte den Kopf in den Nacken, um zu den blinkenden Sternen nach oben zu sehen.

„Welche Behauptung am See?“, fragte Tristan und stellte

sich genau zwischen Alexa und mich, während sich Rouven wortlos an die Wand lehnte.

„Dass du bodenständig geblieben bist“, erwiderte sie und nippte an ihrem Wein, den sie schon wieder zur Hälfte ausgetrunken hatte. Nach zwei Gläsern Sekt hatte ich eigentlich erwartet, dass sie es langsamer angehen würde, aber offenbar war Tristans Wein zu lecker, um die Finger davon zu lassen.

„Ich bin bodenständig, das kann dir jeder hier bestätigen“, erwiderte Tristan und warf einen Blick über die Schulter. „Nicht wahr, Rouven?“

„Oh ja. Tristan ist der bodenständigste Kerl, den ich kenne“, erwiderte Rouven leicht spöttisch. Seine tiefe Stimme zupfte an meinen Nervenenden und ich registrierte bestürzt, dass ihr Klang allein schon reichte, um mir einen wohligen Schauer über die Haut zu jagen.

„So ist es“, sagte Tristan trocken und lächelte mich an.

„Was machst du denn Bodenständiges?“, fragte Alexa grinsend und zog eine Augenbraue hoch.

„Vieles. Meistens koche ich mir mein Essen selbst. Ich kaufe keine teuren Markenklamotten. Und ich bin jeden Herbst von früh bis spät draußen auf den Hügeln und helfe bei der Weinlese. Das ist auch nicht ganz so romantisch, wie man sich das vorstellt.“

Bei dem Wort *romantisch* glitt Tristans Blick zu mir und ich fühlte, wie mir die Hitze in die Wangen stieg, als sich unsere Augen trafen. Eine unangenehme Stille folgte auf seinen Satz und ich hatte das Gefühl, dass er schon die ganze Zeit überlegte, wie er Alexa und Rouven loswerden konnte, um Zeit mit mir allein zu verbringen. Aus dem Augenwinkel bekam ich mit, wie Rouven von Tristan zu mir sah, und riss rasch meinen Blick los, während das Hitzegefühl in meinen Wangen immer stärker wurde.

„Okay, du bodenständiger Kerl. Dann wird es jetzt Zeit für dein Geschenk", sagte Alexa in diesem Moment betont fröhlich und griff in ihre Tasche, aus der sie ein zusammengerolltes Stück Papier hervorzog. Ich war mir sicher, dass sie die Spannung damit zu überspielen versuchte, und war ihr dankbar, dass sie es zumindest probierte – auch wenn Rouvens ganze Körperhaltung darauf schließen ließ, dass es bei ihm nicht funktionierte. Er hatte ein abweisendes Gesicht aufgesetzt und die Augen leicht zusammengekniffen, während er seinen Cousin und mich beobachtete.

Tristan wandte sich meiner Schwester zu. „Du hast ein Geschenk für mich?"

„Na klar. Wenn man Geburtstag hat, kriegt man Geschenke." Sie zuckte mit den Schultern und lächelte spitzbübisch. „Wobei es nicht so einfach ist, jemandem wie dir etwas zu schenken, da du ja ohnehin schon fast alles hast."

Tristan wollte widersprechen, doch Alexa hob einen Finger.

„*Und deshalb* machen wir dir ein Geschenk, das du nirgendwo kaufen kannst. Mach auf."

Tristan löste grinsend die rote Schleife von der Papierrolle. „Das hat aber nichts mit deiner Anspielung von vorhin zu tun, oder? Dass ihr zwei nicht *solche Schwestern* seid?"

„Leider nicht", antwortete Alexa keck und ich wich Rouvens Blick aus, der deutlich düsterer geworden war.

„Was meinst du mit *solche Schwestern*?", fragte er kalt und fixierte seinen Cousin.

„Na, *solche Schwestern* eben", erwiderte der mit einem überlegenen Lächeln. „Muss ich dir das wirklich erklären?"

Rouven atmete hörbar durch die Nase ein und ich

wünschte, Alexa hätte nichts gesagt, als sie in diesem Moment nach Rouvens Arm griff.

„Hey, kein Grund für schlechte Stimmung“, behauptete sie entschieden und blickte Tristan auffordernd an. „Und jetzt mach endlich dein Geschenk auf und hör auf, deinen Cousin zu verärgern.“

„Jawohl, Madame“, murmelte Tristan grinsend und entrollte das Papier. „Ein selbst gezeichneter Comic? Moment – bin das etwa ich?“, fragte er dann.

„Das ist die heldenhafte Version deines Selbst“, erwiderte Alexa und trat neben Tristan, um ihm alles zeigen zu können. „Das ist die Geschichte vom Tag am See. Allerdings hab ich das Ganze etwas aufgepeppt, wie es sich für eine ordentliche Story gehört.“

Tristan schüttelte lachend den Kopf und auch ich hätte unter normalen Umständen geschmunzelt. Aber unter Rouvens kaltem Blick begann ich mich lediglich zu ärgern. Ich konnte schließlich nichts dafür, dass Tristan den blöden Schwestern-Spruch gebracht hatte, der ursprünglich von Alexa stammte. Leicht genervt wandte ich Rouven den Rücken zu und betrachtete stattdessen Alexas selbst gezeichneten Comic. Darin hatte sie sich nicht einfach nur an einer Glasscherbe verletzt, sondern wurde von einem riesigen Seeungeheuer verfolgt, das seine glänzenden Tentakel um sie geschlungen hatte. Ich stand schreiend am Ufer, während Tristan todesmutig zu ihrer Rettung eilte.

„Okay, bei den Muskeln hab ich vielleicht ein wenig übertrieben“, meinte Alexa und ich musste grinsen, als Tristan nachdrücklich den Kopf schüttelte.

„Oh nein. Die hast du absolut naturgetreu getroffen.“

Rouven verschränkte die Arme vor der Brust und zog eine

Augenbraue hoch. „Sicher? Nicht mal Superman hat so einen Sixpack."

Tristans Mundwinkel zuckte nach oben. „Dann macht Superman wahrscheinlich nicht so viele Sit-ups wie ich." Sein Blick streifte Alexa und blieb dann an mir hängen. „Ihr könnt ja mal fühlen, wenn ihr wollt."

„Nein danke – wir glauben dir auch so", erwiderte meine Schwester lachend und ging zurück zu Rouven, dessen Laune von Sekunde zu Sekunde schlechter zu werden schien.

„Auf alle Fälle ist das Geschenk super", fuhr Tristan fort. „Du hast echt Talent, Alexa."

„Absolut", pflichtete Rouven ihm unerwartet bei und Alexa strahlte ihn daraufhin so glücklich an, dass mir ein wenig flau wurde.

Um mich abzulenken, zog ich mein Päckchen für Tristan hervor. „Meine Hälfte des Geschenks stinkt im Vergleich zu dem Comic ein wenig ab", warnte ich ihn vor, „aber es gehört quasi zusammen." Damit drückte ich ihm die Papierrolle in die Hand und er grinste noch breiter, als er die blaue Schleife davon abzog. Dann entrollte er den Text und begann zu lesen.

„Es ist die schriftliche Fassung von Tristans Kampf gegen das Seeungeheuer", erklärte Alexa leise an Rouven gewandt, der Tristan und mich mit undurchdringlicher Miene beobachtete. „Schließlich braucht jeder Held auch jemanden, der seine Heldentaten in Form einer Geschichte festhält."

Rouven erwiderte darauf nichts und ich begann mich immer mehr zu ärgern, dass er so tat, als ob ich etwas falsch gemacht hätte.

„Wow. Mädels, das ist eines der coolsten Geschenke, die ich je bekommen habe", sagte Tristan und ließ die beiden Zettel sinken. „Die werde ich mir einrahmen."

„Na klar", erwiderte Rouven trocken und ich ignorierte ihn, als Tristan sich plötzlich zu mir hinunterbeugte, um mir einen Kuss auf die Wange zu geben. Überrascht ruckte mein Kopf herum, woraufhin stattdessen unsere Lippen aufeinander landeten, während im selben Moment Pfiffe und Klatschen von unten zu hören waren. Tristan grinste, bevor er sich von mir löste, und ich hatte das Gefühl, im Boden versinken zu wollen. Obwohl der Kuss nichts weiter als ein Unfall gewesen war, fixierte Rouven mich dermaßen kühl, als ob ich mich Tristan absichtlich an den Hals geworfen hätte.

Unangenehm berührt warf ich einen Blick über die Brüstung des Balkons, der sich oberhalb der steinernen Terrasse befand, und registrierte erleichtert, dass zumindest die Pfiffe nichts mit dem verunglückten Wangenkuss zu tun hatten.

Von der Seite bekam ich mit, dass Alexa ihren Wein austrank und Rouven ihr sanft das leere Glas aus der Hand nahm. „Hast du Lust, nachher tanzen zu gehen?", fragte er sie dann und ich versuchte, mir nichts von dem Stich anmerken zu lassen, den seine Frage mir versetzte.

„Klar, wieso nicht?", erwiderte Alexa leichthin, die schon ein wenig beschwipst klang.

„Oh Mann, die starten ohne mich", sagte Tristan in diesem Moment kopfschüttelnd, während er sich an die Brüstung des Balkons lehnte und hinunter zur Terrasse blickte.

„Womit starten sie denn?", fragte ich rasch, um mich von Rouven und Alexa abzulenken. Dabei sah ich, wie das blonde Mädchen mit dem Pixie-Cut zum Schlagzeuger der Band ging und sich nach kurzem Zögern auf seinen Schoß setzte, wodurch der Arme ein wenig aus dem Takt geriet, was wiederum mit Pfiffen und Gejohle quittiert wurde.

„Alte Geburtstagstradition", sagte Tristan. „Sie spielen Wahrheit oder Pflicht."

Alexa stützte sich mit beiden Händen auf der Brüstung ab und sah hinunter. „Seid ihr dafür nicht schon ein bisschen zu alt?"

Tristan seufzte. „Sag das meinen Freunden. Mein Kumpel Dennis fand es so lustig, dass er mir zu meinem dreizehnten Geburtstag die Pflicht auferlegte, das Spiel zehn Jahre lang an jedem Geburtstag zu spielen. Noch vier Jahre, dann hab ich es hinter mir."

Alexa lachte. „Ganz schön kreativ, dieser Dennis." Dabei beobachtete sie das Treiben unten auf der Terrasse, das immer ausgelassener wurde, denn wir hörten ein paar Gäste johlen und ein Mädchen laut kreischen, während die Band weiterhin fetzige Partysongs spielte. „Oh Mann, das ist ja fies. Ich glaube, die Arme musste sich gerade eine Handvoll Eiswürfel in den Ausschnitt kippen."

„Ich denke, wir sollten besser mal runtergehen, sonst heißt es am Ende, ich hätte meine Pflicht nicht erfüllt", sagte Tristan und griff ganz selbstverständlich nach meiner Hand. In dem Moment knickte Alexa mit dem Fuß um und wurde von Rouven aufgefangen, der beide Hände auf ihre Hüften legte und sie für meinen Geschmack ein wenig zu lange dort ließ.

„Alles okay?", fragte er sie und sie nickte schnell, obwohl sie noch immer ein wenig schwankte. Rouven ließ seine Hände daraufhin, wo sie waren, und obwohl ich den Grund dafür verstand, machte der Anblick mehr mit mir, als mir lieb war.

„Gehen wir?", fragte Tristan im selben Moment und mir fiel auf, dass ich seine Hand vorhin unbewusst ausgeschlagen hatte. Als er nun erneut sanft nach mir griff, kam es mir falsch vor, ihn an seinem Geburtstag vor den Kopf zu stoßen, und ich ließ es geschehen.

„Tristaaan!", schrie Pascal laut, als wir über die moderne Holztreppe wieder in den Wohnbereich gelangten. „Mann, wo warst du denn? Du hättest fast deine Pflicht verpasst." Dabei fiel sein funkelnder Blick auf mich und ich hatte plötzlich das ungute Gefühl, dass er sich eine besonders fiese Aufgabe ausdenken würde, um mir für meinen Kommentar vorhin so richtig eins reinzuwürgen.

„Hey, ich hab mir doch nur Zeit gelassen, damit du dir dieses Jahr was Besseres ausdenkst als den üblichen Scheiß", antwortete Tristan spöttisch, der noch immer meine Hand festhielt.

Rouven und Alexa kamen direkt hinter uns und ich sah, wie Rouven mit steinerner Miene nach einem Shot griff, den ein Kellner gerade an ihm vorbeitrug. Alexa kippte auch einen hinunter und stieß dann ihr leeres Glas gut gelaunt gegen das von Rouven, der sie daraufhin so sexy anlächelte, dass sich mir der Magen umdrehte.

„Sorry, ich muss mal kurz auf die Toilette", entschuldigte ich mich bei Tristan und löste meine Hand aus seiner, bevor ich durch den kühlen Flur mit den anthrazitfarbenen Wänden zurück in den vorderen Bereich des Hauses marschierte, wo ich eine Gästetoilette vermutete. Pascal rief mir enttäuscht etwas hinterher, aber ich drehte mich nicht um. Stattdessen probierte ich auf gut Glück ein paar Türen aus und landete nach kurzem Suchen tatsächlich in der Gästetoilette. Sie bestand größtenteils aus grauem Stein, wurde von indirektem Licht erhellt und war so geräumig, dass unser ganzes Badezimmer mit Sicherheit drei Mal dort hineingepasst hätte.

Mit einem tiefen Atemzug trat ich vor den Spiegel und betrachtete mich in dem leicht getönten Glas. Meine Wangen waren etwas erhitzt von dem Sekt, den ich getrunken hatte, und in meinen Augen konnte man erkennen, wie aufgewühlt ich war. Rasch fuhr ich mir mit den Fingern durch die Haare, um sie wenigstens ein bisschen zu ordnen, und trank dann ein paar Schlucke kaltes Wasser.

Dabei versuchte ich, mir einzureden, dass ich überreagierte. Rouven flirtete ein bisschen mit Alexa, weiter nichts. Wahrscheinlich war es einfach nur seine Retourkutsche für den unbeabsichtigten Kuss mit Tristan und ich nahm mir vor, mit ihm zu reden, um die Sache aus der Welt zu schaffen. Immerhin war es ja keine Absicht gewesen, dass sich unsere Lippen vorhin auf dem Balkon getroffen hatten.

Mit diesem Gedanken im Kopf trat ich wieder aus der Gästetoilette und marschierte zurück in Richtung des offenen Wohnbereichs, aus dem mir Gelächter und Musik entgegenschwappten. Dabei kam mir auf halber Strecke Tristans Vater entgegen, der bei meinem Anblick erfreut die Augenbrauen hob.

„Frau Bergmann, wie schön, Sie zu sehen", begrüßte er mich gut gelaunt und lächelte so breit, dass sich rund um seine Augen Lachfältchen bildeten.

„Hallo, Herr Wellinger", erwiderte ich freundlich und hoffte, dass man mir mein Gefühlschaos von gerade eben nicht ansehen konnte.

„Amüsieren Sie sich auf der Party?", wollte Tristans Vater weiter wissen und steckte die Hände in seine Hosentaschen.

„Aber natürlich", sagte ich schnell und knipste mein Lächeln ebenfalls an, da ich jede andere Reaktion ziemlich unhöflich gefunden hätte.

„Das freut mich. Tristan hat die letzten Tage von nichts anderem gesprochen. Ich bin froh, dass er sich endlich wieder ernsthaft für ein Mädchen interessiert."

„Hat er das denn bisher nicht getan?", rutschte es mir heraus, obwohl mir im nächsten Moment meine innere Stimme zuflüsterte, dass das kein adäquates Gesprächsthema zwischen Herrn Wellinger und mir war.

Doch Tristans Vater schien das ganz entspannt zu sehen.

„Na ja, Tristan war noch nie ein Kind von Traurigkeit", erklärte er. „Wobei ihm die Trennung von Teresa – so hieß seine letzte Freundin – anscheinend wirklich zugesetzt hat. Allerdings habe ich gemerkt, dass seine Laune seit Ihrer Zusage deutlich besser geworden ist."

„War er vorher denn schlecht gelaunt?", hakte ich nach.

Herr Wellinger zögerte und sah für einen Moment so aus, als hätte er seine Worte gern zurückgenommen. „Sagen wir so: Seit Rouven hier eingezogen ist, ist die Stimmung im Haus ein wenig angespannt. Da Tristan nie Geschwister hatte, muss er sich an die neue Situation erst gewöhnen."

„Verstehe", murmelte ich und fragte mich gleichzeitig, inwiefern mein Kuss mit Rouven im Kino zu der angespannten Stimmung beigetragen hatte.

„Ihr Portrait von mir in den *Kirchbrucher Nachrichten* hat mir übrigens sehr gut gefallen", wechselte Herr Wellinger in diesem Moment das Thema. „Aus Ihnen wird noch eine bekannte Journalistin, Frau Bergmann."

„Mal sehen", antwortete ich ein wenig verlegen, obwohl ich mich über das Lob freute.

Frederick Wellinger nickte selbstbewusst. „Glauben Sie mir ruhig, ich hab so etwas im Gefühl." Er lächelte mich an. „Und nun will ich Sie nicht weiter aufhalten, Frau Bergmann.

Genießen Sie die Party.“

Er nickte mir zu und ich verabschiedete mich freundlich, bevor ich zurück in den offenen Wohnbereich ging. Obwohl die Terrassentür offen stand, war die Temperatur im Haus durch die Anwesenheit der vielen Menschen gestiegen und mir schlugen lautes Gelächter und Hitze entgegen. Einige von Tristans Freunden tanzten ausgelassen zur Musik und ich drängte mich durch die verschwitzten Leiber, bis ich Tristan, Rouven und Alexa mit ein paar anderen auf der riesigen weißen Couchlandschaft links von mir entdeckte. Vor ihnen lag eine leere Weinflasche auf einem eigenwillig geformten Holztisch, der wie ein Designerstück aussah, und ich beobachtete, wie sich das Mädchen mit dem blonden Pixie-Cut auf einem der Sofas nach vorn beugte, um sie mit Schwung zu drehen.

„Hey, Lizzy – hier sind wir!“, rief Tristan in dem Moment und winkte mir zu.

Alexa, die neben Rouven saß, blickte auf und grinste mich ein wenig betrunken an, während die Flasche immer langsamer wurde und schließlich auf einen Jungen mit braunen gewellten Haaren zeigte. Er war ziemlich cool gekleidet und hatte eine leicht schiefe Nase, die ihn aber irgendwie noch interessanter machte.

„Wahrheit oder Pflicht, Dennis?“, fragte Tristan und machte mir auf dem weißen Ledersofa Platz, damit ich mich neben ihn setzen konnte. Ich hätte mich lieber neben Rouven gesetzt, aber der war auf einer Seite von Alexa und auf der anderen von dem blonden Pixie-Cut eingeschlossen, sodass im Moment keine Möglichkeit bestand, mich kurz mit ihm zu unterhalten.

„Wahrheit“, sagte Dennis gedehnt und das Mädchen mit

dem Pixie-Cut verdrehte die Augen.

„Langweilig!", rief sie.

„Meine Wahrheiten waren noch nie langweilig, Nadine." Dennis' tiefe Stimme klang etwas kratzig und ich bemerkte, dass Alexa ihn interessiert musterte.

„Angeber", schnaubte Mike, der am äußeren Rand des runden Ledersofas saß.

Von Pascal war zum Glück nichts zu sehen und ich lehnte mich ein Stück zurück, während Tristan sich gleichzeitig nach vorn beugte, um die leere Flasche zurück in die Tischmitte zu schieben. Dabei berührten wir uns flüchtig am Handrücken und ich hielt die Luft an, als blaue Blitze durch den Raum schossen und die laute Musik auf einen Schlag verstummte. *Die tanzende Menge erstarrte mitten in der Bewegung und ich atmete tief durch, bevor ich aufstand und meinen Geistkörper so aus der sitzenden Lizzy löste. Dann sah ich mich um. Meine Körperhaltung wirkte angespannt, womit ich jedoch nicht die Einzige war. Auch Mike schien irgendwie nervös zu sein und Rouven blickte mit undurchdringlichem Blick zu Tristan hinüber, der das nicht zu bemerken schien. In diesem Moment wurde mir die Zukunftstür an der Wand hinter ihm bewusst und ich fühlte, wie mich eine diffuse Aufregung ergriff. Nachdem es mir heute gelungen war, in eine mögliche Variante von Evas Zukunft zu gehen, hatte ich Lust, es bei Tristan ebenfalls auszuprobieren.*

Mit raschen Schritten umrundete ich die weiße Sitzlandschaft und ging auf die dunkelblaue Tür zu, wo ich entschieden nach dem silbernen Türknauf griff. Einen Moment später stand ich wieder im Zeitenraum, dessen glatte weiße Wände sich auch diesmal so schnell zu drehen begannen, dass die hellblauen Blitze darin vor meinen Augen verschmolzen. Erneut versuchte ich, mich auf einen Moment in der Zukunft zu konzentrieren, wobei ich diesmal meine ganze Aufmerksamkeit auf ein zukünftiges Datum richtete. Aus einer Laune heraus entschied ich mich für den 13. August und schloss die Augen, um mich noch besser konzentrieren zu können. Als die Kammer schließlich mit einem Zischen langsamer wurde, versuchte ich, in mich hineinzuhören, ob meine Bemühungen erfolgreich gewesen waren. Doch wie bei Eva hatte ich keine Ahnung, in welcher Zeit ich mich befand.

Seufzend wandte ich mich zu den beiden hellblauen Türen um und öffnete auf gut Glück die linke. Dahinter befand sich ein kleiner Raum mit halb heruntergelassenen Jalousien vor dem Fenster. Die einzige Möblierung bestand aus einem Tisch und zwei Stühlen. Tristan trug Sportklamotten und tigerte nervös in dem Zimmer auf und ab, bevor er einen Blick auf die Wanduhr warf. Ihm klebte etwas trockenes Blut unter der Nase und ich registrierte erschrocken, dass er so aussah, als hätte er einen Kampf hinter sich, da auch seine Fingerknöchel etwas aufgeschürft waren.

In diesem Moment ging die Tür zu dem Zimmer auf und ein etwa fünfzigjähriger Polizist trat ein. Er hatte eine Kaffeetasse dabei, die er mit ernstem Gesicht auf dem Tisch abstellte, bevor er sich die Uniform glatt strich und einen Stuhl zurückzog, um sich zu setzen.

„Ich will mit meinem Vater sprechen", presste Tristan hervor und blieb vor dem Tisch stehen, wo er den Polizisten anfunkelte.

„Das ist im Moment leider nicht möglich", erwiderte der ältere Mann und machte eine einladende Handbewegung zum zweiten Stuhl. „Setzen Sie sich doch."

Tristan fuhr sich schnaubend durch die Haare. „Ich stehe lieber."

„In Ordnung." Der Polizist verzog keine Miene und nahm einen Schluck von seinem Kaffee. „Wie ist das mit Ihrer Nase *passiert?", fragte er dann und ich sah, wie Tristan die Lippen aufeinanderpresste und den Kopf schüttelte.*

„Vergessen Sie es. Ohne unseren Anwalt sage ich kein einziges Wort."

Die Reaktion des Polizisten bekam ich nicht mehr mit, denn in diesem Moment spürte ich einen starken Sog und wurde wieder zurück in meinen Körper gezogen. Nach der Ruhe auf der Polizeistation war die laute Musik ein Schock und ich zuckte erschrocken zusammen, während eine ganze Lawine an Fragen auf mich einstürzte.

Warum war Tristan auf dieser Polizeistation gewesen? Beziehungsweise: Warum würde er dort sein? Woher würde seine Verletzung stammen und wieso brauchte er in dieser möglichen Zukunft einen Anwalt?

Unbehaglich warf ich ihm einen kurzen Seitenblick zu und bemerkte gleichzeitig, wie Rouven mich fixierte. Dabei hatte ich das Gefühl, in seinem angespannten Gesicht die Erkenntnis aufblitzen zu sehen, dass ich gerade mehr gesehen hatte als nur die Leute auf der Party.

„Okay, dann also Wahrheit", sagte das blonde Mädchen mit dem Pixie-Cut in diesem Moment zu Dennis und kniff nachdenklich die Augen zusammen. „Du warst doch mit deiner Band die letzten zwei Wochen auf Tour – erzähl uns, wie viele Mädchen du in der Zeit abgeschleppt hast."

„Ehrlich, Nadine – das interessiert dich am meisten?"

„Ich hab hier nicht Wahrheit gewählt, sondern du", erwiderte sie schulterzuckend und steckte sich einen Kaugummi in den Mund.

„Wenn du es genau wissen willst: gar keine", erwiderte Dennis, während sein Blick kurz zu Alexa glitt und dann an ihren übereinandergeschlagenen Beinen hängen blieb.

„Bullshit“, bemerkte Mike vom Rand der Couchlandschaft. „Du bespringst doch sonst auch alles, was nicht bei drei auf dem Baum ist.“

„Du musst es ja wissen“, sagte Dennis und beugte sich nach vorn, um die Flasche auf dem Tisch mit einem Ruck zu drehen. Nach einigen Runden wurde sie immer langsamer und ich merkte, wie ich meinen Rücken unwillkürlich fester gegen das Ledersofa presste, da ich nicht drankommen wollte.

„Mike“, sagte Dennis in diesem Moment mit einem süffisanten Grinsen, als der Flaschenhals auf den schlaksigen blonden Jungen zeigte. „Wahrheit oder Pflicht?“

„Pflicht“, murrte Mike leicht genervt.

„Okay, dann nimm die Flasche und tu so, als wäre sie deine Freundin, während du mit ihr zum nächsten Song tanzt.“

„Ich soll was?“, fragte Mike ungläubig.

„Du hast mich schon verstanden“, entgegnete Dennis mit einem breiten Grinsen und lehnte sich entspannt auf dem Sofa zurück.

„Verdammtes Spiel“, knurrte Mike und stand auf, um sich angewidert die Weinflasche zu schnappen. Dann hielt er sie mit einer Hand gegen den Bauch gedrückt und bewegte sich lustlos von einem Fuß auf den anderen, während die instrumentale Version von Ed Sheerans neuestem Schmusesong gespielt wurde.

„Komm schon, so tanzt du mit deiner Freundin?“, fragte Dennis dermaßen trocken, dass ich mir ein Schmunzeln verkneifen musste. „Wir wollen echte Gefühle sehen.“

Mike schnaubte inbrünstig und legte auch den zweiten Arm um die Flasche, woraufhin Nadine zu kichern begann.

„Ich kann dir die Flasche auch schenken, wenn du sie nachher mit nach Hause nehmen willst“, warf Tristan ein und brachte die ganze Runde damit zum Lachen.

„Ach halt doch die Klappe“, fauchte Mike und knallte die Weinflasche zurück auf den Tisch. Dann gab er ihr einen heftigen Schubs und ich hielt unwillkürlich den Atem an, als sie nach ein paar schnellen Umdrehungen genau auf Rouven zeigte.

Obwohl die Musik unverändert laut weiterlief, hatte ich den Eindruck, dass der Partylärm für einen Augenblick in den Hintergrund trat.

Nadine betrachtete Rouven unter halb geschlossenen Lidern und biss sich auf die Lippen. „Wahrheit oder Pflicht?“, fragte sie dann mit rauchiger Stimme.

„Natürlich nimmt er Pflicht“, meinte Tristan herausfordernd und grinste seinen Kumpel Dennis an. „Wahrheit ist doch nur was für Weicheier.“

„Hey“, sagte Dennis und bewarf Tristan mit einer Serviette.

Rouven betrachtete ausdruckslos die Flasche und sah dann Tristan an. „Pflicht“, erwiderte er schließlich kühl.

„Okay“, sagte Mike nach einer kurzen Pause. Seine Stimme klang seltsam ausdruckslos und ich runzelte die Stirn, da er nicht sofort weitersprach. „Dann möchte ich, dass du Lizzys Schwester küsst“, sagte er schließlich langsam. „Mindestens dreißig Sekunden.“

Ich spürte, wie sich bei seinen Worten meine Eingeweide zusammenzogen, und sah, wie sich Alexa überrumpelt etwas gerader hinsetzte.

„Eine halbe Minute lang?“, wiederholte sie mit leicht schleppender Stimme. „Das ist ja ganz schön lang.“

„Das ist die Pflicht“, antwortete Mike, der einen seltsam glasigen Blick bekommen hatte und seine Augen nun auf mich richtete. „Ich muss jetzt gehen. Aber Lizzy soll die Zeit stoppen.“ Mit diesen Worten stand er auf und wandte sich ab.

„Hey, was soll das? Wo willst du denn jetzt hin?“, rief Tristan Mike hinterher, als dieser das Podest mit der weißen Ledercouch verließ und sich durch die tanzende Menge entschieden nach draußen drängte.

„Mann, du hast deine Freundin vergessen!“, rief Dennis und wedelte mit der Weinflasche in der Luft herum, woraufhin Alexa nervös kicherte und sich noch einen Shot genehmigte. Doch mir war überhaupt nicht zum Kichern zumute.

„Okay. Dann fangt mal an“, sagte Tristan schließlich und ich sah zu Boden, da ich nicht sehen wollte, wie Rouven Alexa küsste – selbst wenn es nur für ein dummes Spiel war.

„Stoppst du die Zeit?“, fragte Dennis mich und ich schüttelte automatisch den Kopf.

„Nein, ich hab mein Handy vergessen.“

„Dann übernehme ich das“, sagte Tristan nach einer kurzen Pause und zog sein Telefon aus der Jeans.

Ein seltsamer Moment entstand, in dem Alexa das leere Schnapsglas auf dem Tisch abstellte und Rouven meinem Blick auswich, bevor er sich schließlich zu meiner Schwester hinüberbeugte und seine Lippen auf ihre legte.

„Eins, zwei, drei …“, zählte Tristan die Sekunden laut hörbar für alle mit und ich hatte das Bedürfnis, auf der Stelle aufzustehen und den Raum zu verlassen.

Obwohl der Kuss zwischen Alexa und Rouven ziemlich züchtig war, fühlte es sich an, als ob ich auf heißen Nadeln sitzen würde. Das Schlimmste dabei war, dass ich den Blick nicht abwenden konnte, obwohl ich es eigentlich am liebsten getan hätte.

„Zehn, elf, zwölf …“, hörte ich Tristan neben mir sagen und beobachtete, wie Alexa die Augen schloss und ihre Hand auf Rouvens Wange legte. Dabei sah es aus, als ob der Kuss zwischen den beiden von Sekunde zu Sekunde intensiver würde, und mir wurde schlecht, als ich sah, wie sie den Mund öffnete und ihn mit einem leisen Stöhnen näher an sich zog. Rouven stützte sich mit einer Hand auf dem Sofa ab, während sich immer mehr Partygäste rings um das Sofa versammelten und bei dem Countdown mithalfen.

„Vierundzwanzig, fünfundzwanzig, sechsundzwanzig …“, hörte ich einen Chor an Stimmen rufen und starrte wie paralysiert auf Rouven und Alexa, die sich auf eine Art küssten, die weit über das hinausging, was sie tun mussten, um die Pflicht zu erfüllen.

„… achtundzwanzig, neunundzwanzig, dreißig!“, brüllten die Leute ringsum und ich erwartete, dass sie sich nun voneinander lösen würden. Doch stattdessen schlang Alexa beide Arme um Rouvens Nacken und zog ihn noch näher an sich, während rings um uns johlender Beifall ausbrach. Ich starrte ungläubig auf die applaudierenden Menschen und dann auf meine Schwester, die in diesem Moment die Augen aufschlug, ohne den Kuss zu unterbrechen. Sie wirkte total entrückt und ich schluckte gegen den Kloß in meinem Hals an, während ich spürte, wie meine Beine ein Eigenleben entwickelten und ich von der Couch aufstand. Ohne darüber nachzudenken, wandte ich mich ab und drängte mich an den Leuten vorbei in Richtung Ausgang.

„Lizzy!“, hörte ich Tristan rufen, doch ich konnte mich gerade nicht mit ihm auseinandersetzen. Alles, was ich wollte, war, von hier wegzukommen, deshalb wurde ich auch nicht langsamer, sondern im Gegenteil immer schneller, bis ich mit dem johlenden Gelächter im Rücken endlich die Haustür erreicht hatte und hinaus in die Dunkelheit floh.

Kapitel 18

Das nasse Gras klatschte gegen meine Unterschenkel, als ich quer durch die Weingärten rannte. Zuerst hatte ich vorgehabt, den gewundenen Weg hinunter zur Bushaltestelle zu nehmen, doch als ich abgesehen von dem Partylärm plötzlich auch noch Rouvens Stimme hinter mir gehört hatte, war ich blindlings nach rechts abgebogen. Das Haus der Wellingers stellte die einzige Lichtquelle dar, als ich zwischen den Weinstöcken hindurchrannte und ihre regenfeuchten Schutznetze über meine nackten Arme streiften. Meine Füße flogen regelrecht über den Boden und ich redete mir ein, dass ich nur nach vorn sehen durfte und nicht zurück.

Ich schaffte es einfach nicht, das Bild von Alexa aus dem Kopf zu bekommen, wie sie ihre Arme um Rouvens Nacken geschlungen hatte, um ihn noch näher an sich zu ziehen.

„Lizzy! Bleib stehen!“, erklang Rouvens Stimme irgendwo hinter mir in der Dunkelheit und ich rannte noch schneller. Mein Herz trommelte in meiner Brust und meine Lungen stachen von der Anstrengung, aber ich würde nicht stehen bleiben. Ich würde nicht zulassen, dass er mich einholte und mir dann zu erklären versuchte, was da gerade passiert war. Denn ich hatte es miterlebt. Und es war eindeutig gewesen, dass die beiden trotz all der fremden Menschen ringsum von ihren Gefühlen überwältigt worden waren. Der Gedanke tat so weh, dass mir Tränen in die Augen stiegen, doch ich blinzelte sie verärgert zurück.

Nach Atem ringend erreichte ich eine Kreuzung in den Gängen zwischen den Weinstöcken und schlitterte nach links um die Kurve. Dabei trug mich mein Schwung weiter als geplant und ich schrie leise auf, als ich in der feuchten Erde ausglitt und der Länge nach hinfiel.

„Lizzy!", ertönte Rouvens tiefe Stimme ein weiteres Mal knapp hinter mir und ich stemmte mich keuchend in die Höhe, da ich absolut keine Lust hatte, mit ihm zu reden. Ich war so verletzt und gleichzeitig wütend, dass ich ihn am liebsten angeschrien hätte, mich in Ruhe zu lassen, aber die Genugtuung wollte ich ihm nicht geben.

Stattdessen rannte ich weiter, nur weg von ihm, auf eine Art Scheune zu, die sich etwa zwanzig Meter vor mir aus der Dunkelheit erhob. Sie befand sich zwischen zwei Abschnitten mit Weinstöcken und ich betete, dass sie offen war und ich ihm die Tür vor der Nase zuschlagen konnte.

„Lizzy, bleib stehen!", hörte ich Rouven brüllen, als ich die Scheune schon fast erreicht hatte. Atemlos hetzte ich hinein und sah vor mir die Umrisse einiger traktorähnlicher Maschinen. Im nächsten Moment spürte ich, wie mich jemand an der Taille packte und mühelos in die Höhe hob.

„Lass mich los!", schrie ich wütend und strampelte hysterisch mit den Beinen, während violette Lichtblitze um uns herumzischten und mich sein Geruch und seine Wärme überall umfingen.

„Hier drin sind Sensen und Hochgrasmäher, ich werde dich sicher nicht loslassen", keuchte er nah an meinem Ohr und hielt mich gegen seine feste Brust gedrückt, hinter der ich sein heftig pochendes Herz spüren konnte.

„Lass mich sofort runter, Rouven!", fauchte ich wütend und wand mich noch mehr in seinen Armen, doch er ließ mich erst runter, als er eine Ecke des Schuppens erreicht hatte, in dem sich offenbar keine Gerätschaften befanden, mit denen ich mich umbringen konnte. Als ich endlich wieder festen Boden unter den Füßen hatte, riss ich mich los und funkelte ihn böse an. Die Scheune war noch relativ neu und roch angenehm nach frisch geschnittenem Gras, das war aber schon das einzig Positive. Hier drinnen war es noch dunkler als draußen, doch das Licht reichte, um Rouvens Konturen gut zu erkennen – nicht aber sein Gesicht, das im Schatten lag. Ich war noch immer so wütend, weil er mich einfach festgehalten hatte, dass ich ihm am liebsten einen Stoß vor die Brust versetzt hätte. Schwer atmend heftete ich meinen Blick auf ihn. „Geh mir aus dem Weg."

„Und dann? Stürzt du dich dann in eine Sense?"

Ich schnaubte verärgert. „Glaub mir, ich stehe nicht genug auf dich, um deswegen Selbstmord zu begehen, Rouven."

Er zog eine Augenbraue hoch. „Und wieso bist du dann weggerannt, nur weil Alexa und ich bei dem verdammten Spiel mitgespielt haben?"

Wutentbrannt schüttelte ich den Kopf. „Ihr habt weit mehr gemacht, als nur *mitzuspielen*, und das weißt du auch."

„Ach ja?", fragte er kühl. „Soviel ich mitbekommen habe, hast du heute auch einige Spielchen gespielt, Lizzy."

„Wie meinst du das?", fauchte ich. „Ich spiele überhaupt keine Spielchen!"

Er schnaubte leise, bevor er noch näher kam. „Bist du dir da ganz sicher?"

Schon allein der Klang seiner Stimme jagte ein Prickeln durch meinen Körper, das ganz und gar unangebracht war, dennoch versuchte ich, mir davon nichts anmerken zu lassen.

„Versuch nicht, abzulenken", stieß ich hervor. „Du bist derjenige, der sich gerade wie ein Arsch aufgeführt hat – immerhin hast du gestern erst mich geküsst."

Rouven schloss den Abstand zwischen uns, bis er so nah

vor mir stand, dass mir jeder Muskel seines Körpers quälend bewusst war. „Ich benehme mich also wie ein Arsch?“, wiederholte er leise und funkelte mich an.

Zitternd blickte ich zu ihm hoch. Seine Nähe war so verwirrend und erregend zugleich, dass ich nicht wusste, was ich sagen sollte. Stumm hob ich das Kinn und funkelte zurück. „Willst du etwa leugnen, dass du uns beide geküsst hast?“

„Willst du etwa leugnen, dass du mit Tristan geflirtet hast?“

Ungläubig schüttelte ich den Kopf. „Ist das dein Ernst? Du versuchst von deiner Schuld abzulenken, indem du Tristan ins Spiel bringst?“

„Von meiner *Schuld*?“ Er lachte kurz und bitter auf. „Es war nur ein verdammtes Spiel!“, brach es dann aus ihm heraus.

„Es war mehr als das!“, schrie ich.

„Nein, war es nicht!“, brüllte er zurück. „Was hätte ich denn machen sollen? Deine Schwester vor den Kopf stoßen, indem ich sie nach Ablauf der Zeit wegstoße, als hätte ich mich verbrannt?“

„Das wäre zumindest eine Möglichkeit gewesen!“, schrie ich, obwohl eine leise Stimme in mir sagte, dass es ein wenig unfair von mir war, das von ihm zu verlangen.

„Ich hätte sie also wirklich vor allen Leuten blamieren sollen?“, fragte Rouven scharf und ich schüttelte wütend den Kopf. „Jetzt tu doch nicht so, als ob du es nicht genossen hättest.“

Rouven stieß einen Fluch aus. „Ich habe es verdammt noch mal nicht genossen!“

„Das hat aber anders ausgesehen.“

„Dafür kann ich doch nichts!“, brüllte er und ich stockte, als mir wieder einfiel, dass es Alexa gewesen war, die ihre

Arme um seinen Hals geschlungen hatte. Und dass Rouven sie seinerseits nicht an sich gezogen hatte.

„Aber … die Anzeichen“, meinte ich schließlich schwach und versuchte, die Nähe seines warmen Körpers zu ignorieren, obwohl ich das Gefühl hatte, als würde Rouven meine ganze verdammte Welt einnehmen.

Er schnaufte leise. „Was für Anzeichen?“

„Du hast deine Hände auf ihre Hüften gelegt.“

„Ja, weil sie fast hingefallen wäre“, knurrte er. „Dafür hast du Tristans Hand genommen.“

„Du hast Alexa vorhin schließlich auch die Hand gegeben“, konterte ich wütend.

Er schnaubte. „Ja, aber du hast Tristan mitten auf den Mund geküsst.“

Ich schnaufte. „Aber doch nicht mit Absicht! Und selbst wenn es so gewesen wäre, hätte es nicht gerechtfertigt, wie du sie angesehen hast!“

„Wie habe ich sie denn angesehen?“

„Auf eine Art, wie du eigentlich …“ Meine Stimme brach und ich hatte das Gefühl, in seinen dunklen Augen zu versinken, die mich eindringlich anstarrten.

„Wie ich eigentlich *dich* hätte ansehen sollen?“, fragte er schließlich und ich fühlte mich außerstande, zu antworten. Mein ganzer Körper vibrierte regelrecht von der Spannung, ihm so nah zu sein, während ich ihn gleichzeitig dafür hasste, dass er so eine Anziehung auf mich ausüben musste. Warum konnte ich nicht einfach auf Tristan stehen? Warum musste es so kompliziert sein?

In diesem Moment wollte ich nur weg. Weg von ihm, weg von dieser Party, weg aus Kirchbruch.

„Weißt du was? Vergiss es einfach“, fauchte ich. Meine

Hände landeten auf seiner breiten Brust und ich versuchte, ihn fortzuschieben, was sich als unmöglich herausstellte. Genauso gut hätte ich versuchen können, einen Berg zu verrücken.

„Lass das“, knurrte Rouven. „Wir sind hier noch nicht fertig.“

„Und ob wir hier fertig sind!“, erwiderte ich heftig und versetzte ihm einen Stoß vor die Brust, bei dem violette Lichtblitze rechts und links zur Seite sprangen. „Ich bin so was von fertig mit dir. Glaub mir, Rouven, du kannst dir gar nicht vorstellen, wie fertig –“

Weiter kam ich nicht, da er im nächsten Moment meine Hüften zu sich heranzog und seinen Mund auf meinen presste. Ein violettes Lichterfeuerwerk stob rings um uns in die Höhe und ohne es zu wollen, stöhnte ich auf, als sich die ganze Wut innerhalb eines Herzschlags in glühende Leidenschaft verwandelte. Meine Hände entwickelten ein Eigenleben und zogen ihn noch näher an mich heran, während seine Zunge zwischen meine Lippen stieß und ich mich ihm keuchend entgegenwölbte. Mit einem Knurren drückte Rouven mich gegen die Wand und alle Emotionen, die ich so lange zurückgehalten hatte, brachen auf einmal aus mir heraus. Der Schmerz, die Eifersucht, mein Verlangen – alles ergoss sich aus mir wie in einer unaufhaltsamen Welle und ließ die violetten Blitze absolut verrücktspielen. Keuchend zog ich ihn noch näher an mich und vergrub meine Finger in seinem Haar. Er erschauderte und presste mich an sich, während er seinen Kuss intensivierte. Jeder Zentimeter meines Körpers stand in Flammen und ich hörte nur noch unseren heftigen Atem und das Trommeln meines Herzens, als er seine Hände von meinen Hüften tiefer gleiten ließ und über meine nackten Oberschenkel strich. Mein Denken setzte aus. Seine Berührungen auf meiner Haut waren so ziemlich das Beste, was ich je gespürt hatte, und ich fühlte, wie meine Knie weich wurden, bis ich glaubte, nicht mehr länger stehen zu können.

„Rouven", flüsterte ich und er hob mich hoch, als würde ich nichts wiegen. Wie von selbst schlossen sich meine Beine um seine Taille und wir stöhnten gleichzeitig auf, während wir uns in die Augen starrten. Das Verlangen in seinem Blick fuhr wie eine glühende Hitze durch meinen Körper und ich hatte das Gefühl, mich darin komplett aufzulösen. Wieder verschmolzen unsere Lippen miteinander, während er sich mit mir nach rechts drehte und ein paar Schritte durch die Dunkelheit machte. Der Geruch von frischem Heu drang mir in die Nase und im nächsten Moment spürte ich, wie er mich hinunterließ und sanft auf eine weiche Unterlage bettete.

Dabei sah ich die Frage in seinem Gesicht und nickte nur, bevor ich an seinem schwarzen T-Shirt zog, das sich nicht so leicht ausziehen ließ. Fieberhaft begann ich an dem Stück Stoff zu zerren und er zog grinsend seine Arme unter meinem Rücken hervor, bevor er es endlich über seinen Kopf zog und hinter sich in die Dunkelheit pfefferte. Dann senkte er seine Lippen wieder auf meine und ich schloss die Augen, während die Gefühle abermals über mich hinwegrollten und sich in vielen kleinen Blitzen entluden. Rouvens Atem, sein Duft und die Wärme seiner Haut berauschten mich. Seine Hände erkundeten sanft meinen Körper und ich drängte mich ihm entgegen, während meine Erregung immer weiter zunahm.

„Zieh mir das Kleid aus", hauchte ich irgendwann und fühlte, wie er den Reißverschluss meines Kleides auf meinem Rücken öffnete. Dann zog er mir den Stoff langsam herunter und ich atmete zitternd ein, als die etwas kühlere Luft der Scheune auf meine Haut traf.

Rouvens Augen waren wie zwei tiefschwarze Seen, als er mich betrachtete. „Du bist so wunderschön."

Sein Gesicht wirkte in dem violetten Licht unseres Funkenschauers wie gemeißelt und ich umfasste es mit beiden Händen und zog seinen Kopf zu mir herunter, während ich seinen Namen flüsterte. Alles in mir wollte ihm nah sein und ich schlang meine Beine um seine Hüften, als plötzlich draußen jemanden meinen Namen rief. Rouven und ich erstarrten mitten in der Bewegung und ich fühlte, wie mir das Blut in die Wangen schoss.

„Das ist Alexa", flüsterte ich und rutschte hastig unter ihm hervor. Sofort war die Erregung mit einem Schlag wie weggeblasen.

Mit einem leisen Fluch sah Rouven sich nach seinem T-Shirt um, während ich rasch mein Kleid hochzog und das Heu herunterfegte. Dabei heftete ich meinen Blick auf die offene Scheunentür, die als heller Fleck hinter den Hochgrasmähern zu erkennen war, und hoffte, dass Alexa nicht sofort auftauchen würde.

„Hilfst du mir mal mit dem Reißverschluss?", flüsterte ich Rouven zu und zuckte zusammen, als Alexa erneut meinen Namen rief. Ihre Stimme war nun schon deutlich näher und Rouven war gerade fertig geworden, als sie den Kopf zur Tür hereinstreckte.

„Lizzy?", fragte sie erneut und ich war froh, dass es in der Scheune dunkler war als draußen, weil ich nicht wollte, dass sie die Hitze in meinem Gesicht sah.

„Ja, ich … bin hier", sagte ich dennoch und fuhr mir noch rasch durch die Haare, bevor ich mich aus der Ecke löste und an den Hochgrasmähern vorbei zur Tür marschierte.

Alexa atmete erleichtert auf, als sie mich sah. „Hier bist du, ich hab dich schon überall gesucht …“ Sie hatte einen leichten Schluckauf und blickte über meine Schulter zu Rouven, der sich ebenfalls aus dem Schatten gelöst hatte. „Oh“, sagte sie dann und schien nicht zu wissen, was sie sagen sollte. In diesem Moment klingelte ihr Handy und sie fischte es aus ihrer Tasche, bevor sie einen Blick darauf warf. „Das ist Cora“, murmelte sie schließlich und hielt das bimmelnde Handy dabei in der Hand, ohne den Anruf anzunehmen. „Ich geh dann mal zurück zum Haus“, fügte sie hinzu und blickte zwischen Rouven und mir ein wenig unschlüssig hin und her. „Du solltest auch bald kommen. Es ist schon spät und Dieter macht uns die Hölle heiß, wenn wir unseren Bus verpassen.“

„In Ordnung“, erwiderte ich und wusste, dass sie recht hatte.

Alexa drückte auf den grünen Annahmeknopf und meldete sich bei Cora, bevor sie sich umdrehte und leicht schwankend durch die Nacht zurück zum Haus stapfte.

„Soll ich euch vielleicht nach Hause fahren?“, fragte Rouven in der Dunkelheit neben mir. Ich fühlte seine tiefe Stimme beinahe wie eine Berührung auf meiner Haut und hätte mich nur zu gern von ihm nach Hause bringen lassen, aber ich wusste, dass es nicht richtig gewesen wäre.

Stumm schüttelte ich den Kopf. „Danke für das Angebot, aber ich muss jetzt erst mal allein mit Alexa sprechen.“

Er nickte und ich strich mir nervös meine Haare hinters Ohr. Ein Teil von mir hätte ihn am liebsten zum Abschied geküsst, aber es kam mir falsch vor, solange das mit Alexa nicht geklärt war. Deshalb sah ich ihm nur einen Moment lang in die Augen und hoffte, dass er meine Gefühle darin erkennen würde, bevor ich mich umwandte und zurück zum Haus lief.

Alexa stand bereits auf der langen Kiesauffahrt und blickte auf ihr Handy, während sie auf mich wartete. Als ich sie dort so stehen sah, wurden meine Schritte automatisch etwas langsamer. Nach allem, was passiert war, musste es ihr wie Verrat vorkommen, dass ich mich mit Rouven im Heu gewälzt hatte.

Und beinahe hättest du noch wesentlich mehr getan als nur das, erinnerte mich meine innere Stimme, die ich gerade gar nicht brauchte.

„Hey“, murmelte ich, als ich bei ihr angekommen war.

„Hey“, sagte sie und steckte das Handy weg. „Sorry, wenn ich euch vorhin bei irgendwas unterbrochen habe.“

Obwohl sie zumindest zwei Gläser Sekt, ein Glas Wein und zwei Shots intus hatte, klang sie schon wieder ziemlich nüchtern und ich schloss für einen Moment die Augen.

„Hör zu, Alexa, es tut mir leid.“

„Das sollte es auch“, schnaufte sie. „Immerhin hat das zwischen Rouven und dir ja wohl nicht heute Abend angefangen, oder?“

„Nein“, gab ich nach einem Moment des Schweigens zu.

Kopfschüttelnd fuhr sie sich durch ihre roten Haare. „Wieso hast du es mir denn nicht einfach erzählt?“, fragte sie sauer. „Ich meine, vertraust du mir denn gar nicht?!“

Ich biss mir auf die Lippen, da ich darauf keine richtige Antwort hatte. „Das ist es nicht“, flüsterte ich schließlich. „Es ist in der letzten Zeit so viel passiert und dann unser Streit …“

Alexa schüttelte verärgert den Kopf und atmete tief ein. „Wenn ich das mit dir und Rouven gewusst hätte, Lizzy, dann hätte ich doch niemals …“

„Niemals was?“

Sie schnaufte leise. „Dann hätte ich doch niemals so mit Rouven rumgeknutscht.“ Ihre Stimme wurde weicher. „Keine Ahnung, was da los war. Es ist, als hätte ich einen kurzen Filmriss. Tristan meinte jedoch, ich sei wohl ziemlich abgegangen …“

„Das kann man so sagen“, murmelte ich und wollte gar nicht an den leidenschaftlichen Kuss zwischen Rouven und Alexa denken.

„Sorry, Lizzy.“ Alexa rieb sich mit den Fingerspitzen über die Stirn und schüttelte dazu den Kopf. „Vielleicht habe ich doch zu schnell zu viel getrunken. Ich kann mich echt nicht erinnern, das Ruder so an mich gerissen zu haben. Das sind wahrscheinlich die negativen kirchbrucherischen Schwingungen, die mich dazu verleiten, zum Alkohol zu greifen.“ Sie atmete tief ein. „Wie hieß noch mal der Spruch auf dem ältesten Weinfass? *Für große Sorgen sorgt das Leben – den kleinen Trost spendieren die Reben.*“

Noch während Alexa sprach, musste ich wieder an den glasigen Ausdruck in Mikes Augen denken, der den Kuss von Rouven und Alexa verlangt hatte, bevor er selbst verschwunden war. Konnte es sein, dass der Gedankenleser hinter all dem steckte? Dass er den Kuss initiiert hatte? Aber warum? Schon allein die Vorstellung führte dazu, dass mir ganz kalt wurde.

„Du siehst auch schon müde aus, lass uns runtergehen“, sagte Alexa und schlug gemeinsam mit mir den Weg zur Bushaltestelle ein.

Eine Weile gingen wir schweigend nebeneinanderher und ich versuchte, die ganzen Informationen in meinem Kopf zu ordnen, ohne dabei völlig auszuflippen. Konnte uns der Gedankenleser tatsächlich so nah sein, dass er sogar Mike und Alexa steuerte? Und wenn ja, was hatte er davon?

„Wie lange stehst du schon auf Rouven?", fragte Alexa in diesem Moment und ich war froh, als eine WhatsApp-Nachricht bei ihr eintrudelte, weil ich so ein wenig Zeit gewann, um über meine Antwort nachzudenken.

„Eigentlich schon seit unserer ersten Begegnung", murmelte ich.

Alexa schnaubte leise. „Na super. Hoffentlich wird das jetzt nicht zu deiner Gewohnheit, Dinge vor mir zu verheimlichen. Denn sonst muss ich auf deinen Grabstein schreiben: *Sie sagte ihr nichts – und bald sah sie den Tunnel am Ende des Lichts.*"

Ich lachte. „Es ist umgekehrt. Es ist das Licht am Ende des Tunnels. Wie viel genau hast du heute Abend getrunken?"

Alexa machte eine wegwerfende Handbewegung. „Offenbar nicht genug, um meine Frage zu vergessen. Also: Warum hast du mir nicht gesagt, dass du auf Rouven stehst?"

„Ich schätze, ich wollte es mir selbst nicht eingestehen", erwiderte ich.

Alexa seufzte hörbar und schüttelte den Kopf. „Na ja. Vielleicht hätte ich es von allein checken müssen. Aber ich dachte wirklich, du magst Tristan."

Wir hatten nun beinahe die Bushaltestelle erreicht und ich atmete tief durch, während ich nach den richtigen Worten suchte.

„Ich mag ihn ja auch", sagte ich schließlich. „Nur eben nicht auf die Art, wie ich Rouven mag." Noch während ich sprach, musste ich wieder an die Zukunftsvision von Tristan denken und versuchte, das ungute Gefühl abzuschütteln, das damit einherging. Wahrscheinlich gab es hundert verschiedene Erklärungsansätze, warum er auf der Polizeistation landen könnte, und ich versuchte, mich von dieser eventuellen Zukunft nicht verrückt machen zu lassen.

„Und Rouven magst du ganz besonders, nicht wahr?" Alexa blieb mit mir vor dem Wartehäuschen stehen und zupfte mir nach einem Moment des Zögerns etwas Stroh aus den Haaren. „Offenbar hat es dich wirklich erwischt", bemerkte sie mit einem zaghaften Schmunzeln.

„Könnte sein", murmelte ich.

In diesem Moment tauchten in der Ferne die Scheinwerfer des Busses auf und ich sah, wie das Lächeln meiner Schwester ein Stückchen breiter wurde.

Als der Bus hielt, stiegen wir ein und setzten uns wieder ziemlich weit nach hinten, obwohl er beinahe völlig leer war.

„Okay. Gibt es außer Rouven noch andere Typen, an denen du heimlich interessiert bist?", fragte sie dann. „Irgendwen, von dem ich unbedingt die Finger lassen soll, weil er auch auf deiner Will-haben-Liste steht? Was ist mit den Idioten Mike und Pascal? Oder ist es vielleicht Konstantin?"

„Hey", sagte ich und gab ihr mit der Schulter einen leichten Schubs, als der Busfahrer wieder anfuhr. „Ich hab keine Will-haben-Liste."

„Doch, allerdings steht darauf offenbar nur ein einziger Name", erwiderte sie.

„Und ist das okay für dich?", fragte ich zaghaft, da ich mir nicht ganz sicher war, wie sehr Alexa Rouven mochte.

Bei meinem Blick verdrehte sie die Augen. „Ja klar ist das okay für mich. Und hör bitte auf, mich so ungläubig anzugucken. Rouven ist schließlich nicht der einzige Typ hier in Kirchbruch."

In diesem Moment piepste wieder ihr Handy und ihr Blick zuckte kurz zu ihrer Tasche, bevor sie sich wieder unter Kontrolle hatte.

Ich runzelte die Stirn. „Sind die von Cora?"

„Nein", sagte Alexa nach einem Moment. „Cora hat mich nur angerufen, um mir zu sagen, dass es ihr besser geht. Sie hat irgendeinen Franzosen kennengelernt und ist jetzt über ihren Ex hinweg."

„Aha", sagte ich und setzte mich etwas aufrechter hin. „Und von wem sind die Nachrichten dann?"

Sie zögerte kurz. „Von Dennis."

Ich sah sie überrascht an. „Der Dennis, der mit uns Wahrheit oder Pflicht gespielt hat?"

Alexa begann zu lächeln und ich kannte dieses Lächeln.

„Also, was ist passiert?", fragte ich.

Sie zuckte mit den Schultern. „Ich kann mich nicht erinnern. Der Alkohol und so", versuchte sie auszuweichen, obwohl sie schon wieder ganz nüchtern klang.

„Alexa", sagte ich gespielt streng, so wie es Tante Margret manchmal gemacht hatte.

Meine Schwester seufzte. „Okay. Ich will ein gutes Vorbild sein und mich jetzt nicht in Schweigen hüllen, so wie andere hier – die ich nicht nennen möchte." Sie sah mich bezeichnend an, bevor sie weitersprach. „Nachdem Rouven aufgesprungen war, um dir nachzulaufen, wusste ich nicht so recht, was ich tun sollte. Deshalb hab ich einfach weitergespielt und musste in der nächsten Runde Dennis küssen."

„Und?", hakte ich nach, da ihre Augen bei der Erzählung einen verträumten Ausdruck angenommen hatten.

„Und natürlich fand ich es zuerst doof, gleich einen

zweiten Jungen zu küssen, aber dann wollte ich auch nicht der Partypupser sein. Was soll ich sagen? Es war … ziemlich gut“, fuhr sie fort. „Ich wünschte, du wärst da gewesen. Aber du musstest dich ja mit Rouven im Heu wälzen.“

Obwohl sie es nur im Spaß sagte, spürte ich, wie mir die Röte in die Wangen schoss, und Alexa lachte laut auf.

„Mann, Lizzy, du machst es mir aber fast schon zu leicht. Ich muss mich ja nicht mal anstrengen, damit du wie eine Ampel leuchtest.“

Kopfschüttelnd gab ich ihr einen leichten Stoß mit der Schulter. „Hör auf.“

Sie blickte mich amüsiert an und schüttelte den Kopf. „Ich denke gar nicht daran. Erst erzählst du mir, was genau da zwischen euch abgeht. Und zwar von Anfang an.“

„Okay“, stimmte ich zu und dann erzählte ich Alexa von dem Besuch im Kino, dem Kuss auf der Bank und meinen verwirrenden Gefühlen, die ständig verrücktspielten und mir ein furchtbar schlechtes Gewissen beschert hatten. Ich war gerade bei dem Streit in der Scheune angelangt, als wir bereits wieder aus dem Bus ausgestiegen waren und ich plötzlich spürte, wie mir ein kaltes Prickeln über den Nacken kroch, das dafür sorgte, dass sich mein ganzer Körper mit einer Gänsehaut überzog.

„Was ist?“, fragte Alexa, als ich mich unruhig auf dem Stadtplatz umsah.

„Ich weiß nicht“, murmelte ich und starrte hinüber zu der alten Eiche, die großräumig abgesperrt worden war, nachdem der morsche Ast auf den Boden gekracht war. „Ich hab das Gefühl, als ob uns jemand beobachten würde.“

In diesem Moment nahm ich einen Schatten zwischen den Bäumen wahr und spannte unbewusst jeden Muskel an. Alexa hatte es auch gesehen und griff automatisch in ihre Handtasche, als die Gestalt rasch in der Dunkelheit verschwand.

„Wer war das?“, fragte Alexa nervös.

„Keine Ahnung“, murmelte ich. „Komm, lass uns nach Hause gehen.“

Sie nickte und wir beeilten uns, den Platz zu überqueren, als plötzlich ein Typ zwischen den Bäumen hervorsprang und ich vor Schreck aufkeuchte, während Alexa ein leiser Schrei entfuhr.

Der junge Mann prallte genauso erschrocken zurück wie wir und ich atmete erleichtert aus, als ich ihn erkannte.

„Mike“, japste ich und schüttelte den Kopf. „Du hast uns beinahe zu Tode erschreckt.“

Mike sah mich völlig verwirrt an und fuhr sich dann mit der Hand durch die Haare. Er wirkte desorientiert, als hätte er zu viel getrunken, und ich erkannte deutliche Blutspuren auf seinen Fingerknöcheln, die über seine Handrücken nach unten liefen.

Hatte er sich etwa geprügelt?

„Ist alles okay bei dir?“, fragte nun auch Alexa und griff unauffällig in ihre Handtasche. Ich wusste, dass sie für Notfälle immer ein Pfefferspray dabeihatte, doch Mike schien uns gar nicht richtig wahrzunehmen.

„Ich muss nach Hause“, murmelte er und dann stolperte er an uns vorbei und verschwand in der nächsten Gasse.

„Mann, der hat sich auf der Party anscheinend die Kante gegeben“, sagte Alexa und griff nach meiner Hand, um mich weiterzuziehen.

Sofort musste ich an Mikes glasige Augen bei dem Wahrheit-oder-Pflicht-Spiel denken und spürte mein Herz heftig gegen meinen Brustkorb knallen. Konnte es wirklich nur am Alkohol gelegen haben, dass er sich so seltsam benommen hatte? Oder steckte vielleicht doch mehr dahinter?

„Komm schon“, sagte Alexa in diesem Moment und ich war irgendwie erleichtert, als Dieters Haus in Sicht kam, da ich noch immer das seltsame Gefühl hatte, beobachtet zu werden, auch wenn weit und breit niemand mehr zu sehen war.

Kapitel 19

„Willst du auch einen Tee?“, fragte Dieter mich am nächsten Morgen, als ich die Küche betrat.

Ich setzte mich an den kleinen Tisch. „Gern.“ Dann beobachtete ich den Patenonkel meines Vaters dabei, wie er in seinem karierten Morgenmantel zwei Tassen aus dem Schrank holte, um heißes Wasser aus der pfeifenden Silberkanne hineinzugießen. „Früchte- oder Schwarztee?“, warf er mir über die Schulter zu.

„Früchtetee“, sagte ich und rieb mir die Augen. Obwohl ich am Sonntag gern ausschlief, war ich nach gestern Abend offenbar zu aufgewühlt gewesen, um mich noch länger in mein Bett zu kuscheln. Nicht nur Tristans Party und die intensive Begegnung mit Rouven gingen mir durch den Kopf, sondern auch das seltsame Verhalten von Mike. Immer wieder sah ich seine blutigen Fingerknöchel und den desorientierten Ausdruck vor mir und fragte mich, was wohl mit ihm passiert war.

„Hier.“ Dieter hielt mir die dampfende Tasse hin und ich blinzelte kurz, weil ich so in Gedanken versunken gewesen war.

„Danke.“ Ich nahm meinen Tee vorsichtig entgegen. Seit unserem Gespräch in der Werkstatt war das Verhältnis zu Dieter etwas lockerer geworden, selbst wenn es noch immer nicht mit übertriebener Herzlichkeit glänzte.

„Ich hab das Holz für deinen Schreibtisch bekommen. Wir könnten ihn auch lackieren, wenn du eine besondere Farbe willst“, erklärte er und nippte schlürfend an seinem Tee.

„Ich fände es schön, wenn der Schreibtisch in dem gleichen

Holz gefertigt wäre wie die Kommode. Das war Ahorn-Massivholz, nicht wahr?“

Dieter nickte brummend. „Du hast Glück, dass ich das auch bestellt habe. Und was ist mit der Lackierung?“

„Keine Lackierung“, sagte ich. „Ich mag es natur.“

„Ich mag es auch natur“, stimmte Dieter mir zu und lächelte kurz. „Als ich gestern nach dem Unwetter spazieren war, hab ich unter der Eiche einen abgebrochenen Ast gefunden und mit in die Werkstatt genommen. Dein Vater hätte es geliebt, an dem Ding herumzuschnitzen.“ Er seufzte und ich spürte, wie mein Herz einen Satz machte. Kurz überlegte ich, ob ich Dieter erzählen sollte, dass ich von dem Ding fast erschlagen worden wäre, entschied mich dann aber dagegen. Ich wollte ihm die Freude an seiner Schnitzarbeit nicht verderben – und ich wollte auch nicht, dass er sich noch mehr Sorgen um mich machte als ohnehin schon.

„Was denkst du, wie lange es dauert, bis der Schreibtisch fertig ist?“, fragte ich dann.

Dieter zuckte mit den Schultern. „Ein paar Wochen. Aber solange deine Schwester da ist, bekommen wir den Tisch sowieso nicht hinein.“

Ich nahm einen vorsichtigen Schluck von meinem heißen Tee und rechnete nach, wie lange Alexa noch in Kirchbruch bleiben würde. Es war noch etwas länger als ein Monat und ich dachte bei mir, dass die Zeit rasend schnell dahinflog – vor allem wenn man wie Alexa gut schlief. Gerade beneidete ich meine Schwester dafür, dass sie so einen guten Schlaf hatte und oben seelenruhig in ihrem Bett lag. Nach gestern Abend würde sie heute wahrscheinlich bis Mittag durchdösen.

„Soll ich Frühstück machen?“, fragte ich dann, um Dieter meinen guten Willen zu zeigen. Schließlich musste ich mit ihm klarkommen, auch wenn Alexa nicht mehr da war, und es war wahrscheinlich gar nicht so schlecht, wenn wir uns ein wenig aneinander gewöhnten.

Denn dann gab es für ein Jahr nur noch uns zwei.

Der Gedanke fühlte sich bedrückend an, aber ich wollte mir nichts davon anmerken lassen.

„Ich esse nur ein Butterbrot“, erklärte Dieter.

„Gut, dann mache ich uns welche.“

Ich ging zum Kühlschrank, um die gesprungene Plastikdose mit der Butter zu holen. Danach zog ich ein Schneidebrett aus einer der Schubladen und schnitt ein paar Scheiben von dem Schwarzbrot ab, bevor ich etwas Tomaten und Paprika auf einem Teller anrichtete.

In dem Moment klingelte es an der Tür.

„Erwartest du jemanden?“, fragte Dieter und ich schüttelte den Kopf, während mein Blick zu der runden Uhr über dem Esstisch glitt. Es war kurz nach neun, also nicht furchtbar früh, aber auch nicht gerade die Zeit für Besuch.

Dieter zog sich seinen Morgenmantel enger und schlurfte in seinen Pantoffeln zur Haustür. Ich stellte die Teller auf dem Tisch ab und mein Herz setzte einen Augenblick aus, als ich neben Dieters eine tiefe Stimme wahrnahm, die ich nur zu gut kannte.

Rouven.

Sofort schoss mein Puls in die Höhe und ich strich mir die Haare glatt, während ich inständig hoffte, dass ich von gestern Abend nicht allzu mitgenommen aussah. Ich war zwar schon in Jeans und ein weißes Shirt geschlüpft, aber ich hatte mir weder die Haare gekämmt noch Make-up aufgelegt.

„Du hast Besuch“, meinte Dieter grummelnd und warf Rouven einen eigenartigen Blick zu, als dieser hinter ihm die Küche betrat. Es war beinahe, als würde er in seinem Gesicht etwas sehen, das mir verborgen blieb. Ich wandte mich Rouven ebenfalls zu und registrierte, dass er eigenartig besorgt wirkte, so als ob irgendetwas passiert wäre.

Sofort beschleunigte sich mein Atem. „Was machst du hier?“

„Ich wollte nur sehen, ob es dir gut geht.“ Seine Stimme erzeugte ein Prickeln auf meiner Haut, während ich gleichzeitig nicht verstand, was er meinte.

„Wieso sollte es ihr nicht gut gehen?“, herrschte Dieter ihn an. „Ist denn gestern was auf dieser Party passiert?“

Er schob sich etwas vor mich und ich fand es irgendwie süß, dass er meinen Beschützer mimte. Auch wenn ich noch immer keinen Schimmer hatte, weshalb Rouven hier war.

„Konstantin ist gestern Nacht überfallen worden“, erklärte Rouven ohne Umschweife und ich zog mir einen der Stühle zur Seite, um mich hinzusetzen.

„Konstantin ist überfallen worden?“, fragte ich tonlos und sah wieder Mikes blutige Hände vor meinem Gesicht.

Dieters Miene versteinerte sich. „Wann?“

Rouven blickte mich intensiv an und ich hatte das Gefühl, dass er gern näher auf mich zugekommen wäre, sich aber wegen Dieter zurückhielt. „Ich hab’s gerade erst von meinem Onkel erfahren. Offenbar ist es ungefähr zu der Zeit passiert, als Alexa und du nach Hause gegangen seid. Irgendjemand ist bei Konstantin eingebrochen. Er hat die totale Verwüstung hinterlassen und dabei Konstantins Computer ruiniert. Die Polizei untersucht gerade das Haus.“

Das Bild von Konstantins Computern auf seinem langen Arbeitstisch tauchte vor mir auf und ich erinnerte mich daran, wie ich dem Verschwörungstheoretiker das Essen gebracht hatte. Seine Computer waren enorm wichtig für ihn.

„Oh mein Gott … Wie geht es ihm jetzt?“, fragte ich und schluckte, als ich in Rouvens Augen sah. Er wirkte nicht so, als ob ich mir allzu viel Hoffnung machen sollte, und mir lief es kalt über den Rücken.

„Konstantin ist offenbar aufgetaucht, als der Einbrecher da war, und ist ziemlich schlimm von ihm verprügelt worden. Sie sind sich nicht sicher, ob er es schafft.“

Ich atmete tief ein und wollte mir nicht vorstellen, wie jemand auf den dünnen harmlosen Mann einschlug. „Ist es wirklich so schlimm?“

Rouven nickte und der ernste Ausdruck in seinem Gesicht stach mir direkt ins Herz.

„Er wird doch nicht …“ Den Rest des Satzes brachte ich nicht mehr heraus, weil meine Stimme versagte. Ich wollte erst gar nicht weiterdenken und hatte es satt, die Leute um mich herum zu verlieren. Ich hatte es satt, dass mich der Tod wie eine dunkle Duftnote begleitete.

Zuerst meine Großeltern.

Meine Eltern.

Tante Margret.

Und dann auch noch Großonkel Richard und Großtante Gerda – es war, als wollte das Leben alles um Alexa und mich herum auslöschen.

In dem Moment legte Dieter seine Hand sanft auf meine Schulter und diese ungewohnte Berührung reichte aus, dass mir Tränen in die Augen schossen.

„Er hat so schwere Kopfverletzungen davongetragen, dass er ins Koma gefallen ist“, erklärte Rouven düster.

„Im Krankenhaus in Heiligbrunn?“ Dieters Stimme klang eigenartig ruhig und er zog die Augenbrauen zusammen.

Rouven nickte. „Mein Onkel kennt den Oberarzt der Station. Er hat ihm gesagt, dass jeder, der sich von Konstantin verabschieden will, es schnell tun sollte – da sie sich nicht sicher sind, ob er es schaffen wird.“

***

Im Nachhinein rechnete ich es Dieter hoch an, dass er nicht viele Fragen gestellt, sondern mir einfach nur zugenickt und mir damit zu verstehen gegeben hatte, dass ich mit Rouven ins Krankenhaus fahren sollte. Es war für Dieter vollkommen okay gewesen, dass ich Konstantin noch einmal sehen wollte, und er hatte auch nicht gemeckert, als ich auf Rouvens Maschine gestiegen war.

Um keine Zeit zu verlieren, hatte ich Alexa nicht aufgeweckt und stattdessen Dieter gebeten, ihr alles zu erklären, sobald sie aufwachte. In Wahrheit war ich jedoch froh, dass sie noch schlief – denn ich hatte schon so ein Gefühl, was Rouven im Krankenhaus vorhatte.

„Alexa und ich haben gestern Mike gesehen“, erklärte ich, nachdem Rouven seine Maschine auf dem riesigen Parkplatz des Krankenhauses geparkt hatte. Ich setzte meinen Helm ab und fixierte ihn an dem Lenker des Motorrads. „Er hatte blutige Hände.“

Rouven befestigte seinen Helm und stieg nun ebenfalls von seiner Maschine ab. Dabei fuhr er sich durch seine schwarzen Haare und blickte mich intensiv an – auf eine Art, bei der ich das Gefühl hatte, dass er bis in meine Seele sehen konnte. „Und du glaubst, dass er etwas damit zu tun hat?“

„Ich will ihm nicht unrecht tun, aber was sollte er sonst um die Uhrzeit mit blutverschmierten Händen draußen machen? Außerdem hatte er auf der Party einen total glasigen Blick. Denkst du wirklich, das ist ein Zufall?"

„Wahrscheinlich ist es kein Zufall", meinte Rouven nachdenklich.

Wir setzten uns in Bewegung und steuerten auf den Eingang des Krankenhauses zu. Dabei blickte ich kurz hoch zum Himmel. Heute war wieder ein strahlend schöner Tag, auch wenn es sich nicht danach anfühlte.

„Irgendetwas ist hier verdammt seltsam, Lizzy", bemerkte Rouven leise. „Konstantin ist zwar ein wenig verrückt, aber er tut keiner Fliege etwas zuleide. Und Mike ist zwar dämlich, aber nicht der Typ, der von einem Tag auf den anderen beginnt, Leute zu überfallen."

Ein Krankenwagen fuhr an uns vorbei und ich sah ihm für einen Moment nach.

„Was ist, wenn Mike von jemandem gesteuert wurde?", fragte ich und sprach damit aus, was mich schon die ganze Zeit beschäftigte. „Bei der Party hatte ich den Eindruck, dass sein Blick irgendwie seltsam war, und auch als wir ihm auf dem Stadtplatz über den Weg gelaufen sind, wirkte er total desorientiert."

„Du meinst, dass dieser Gedankenleser dahintersteckt? Der, der über die dritte Fähigkeit verfügt? Dass Mike den glasigen Blick deshalb hatte, weil er von ihm gelenkt wurde?"

„Es könnte sein. Vielleicht liegt Konstantin mit seinen Verschwörungstheorien gar nicht so daneben."

Rouven sah mich von der Seite an. „Was hat er dir denn alles gesagt?"

„So einiges", murmelte ich, bevor ich ihm die Kurzfassung von dem Gespräch wiedergab, das Konstantin und ich in seinem Haus geführt hatten.

„Und er hat dich tatsächlich vor den Wellingers gewarnt?“, fragte Rouven, nachdem ich zu Ende erzählt hatte. „Etwa auch vor mir?“ Ein sexy Lächeln rutschte über Rouvens Gesicht und ich versuchte, mich nicht davon ablenken zu lassen und auch nicht an unser Aufeinandertreffen im Heu zu denken.

„Ja, auch vor dir. Könnte der Gedankenleser vielleicht ein Mitglied deiner Familie sein? Ich meine, könnte es zwei Fähigkeiten in eurer Familie geben?“ Es war ein verrückter Gedanke, aber ich vertraute Rouven und wollte meine Überlegungen mit ihm teilen.

Rouven zögerte, bevor er antwortete. „Das kann ich mir nicht vorstellen, unsere Familie ist ja nicht mehr besonders groß. Und wer sollte der Gedankenleser sein? Meine Tante? Mein Onkel? Oder gar Tristan? Ich hab dir doch schon gesagt, dass ich nicht denke, dass er eine Fähigkeit besitzt.“

Ich nickte. „Ich weiß, die Idee ist absurd – aber vielleicht ist Konstantin fern von seinen abstrusen Vermutungen auf etwas gestoßen, das der Wahrheit entspricht?“

„Und deswegen wollte ihn jemand aus dem Weg schaffen?“

„Es könnte sein“, sagte ich und fühlte, wie mir ein kalter Schauer über den Rücken rann. „Was ist, wenn es nicht das erste Mal war, dass jemand versucht hat, Konstantin zu töten?“

„Wie meinst du das?“

„Ich meine Josephs Unfall. Bevor es passiert ist, hatte ich den Eindruck, als würde uns jemand beobachten. Keine Sekunde später ist Pascals Wagen um die Ecke geschossen und hat Konstantin fast niedergemäht. Was ist, wenn *Konstantin* in Wirklichkeit das Ziel war? Als Pascal aus dem Wagen gestiegen ist, hatte er auch diesen glasigen Blick, den ich später auch bei Mike gesehen habe.“

„Und hast du damals auch jemanden gesehen, der ihn gelenkt haben könnte?“

„Es ging alles so schnell“, sagte ich und dachte an Gitti und Elli, die mir nach dem Unfall rasch zu Hilfe geeilt waren. Konnte es sein, dass eine von ihnen die Gedankenleserin war? Die meisten Kirchbrucher hatten mich sehr herzlich aufgenommen und ich wollte mir nicht vorstellen, dass unter den freundlichen Begegnungen der Gedankenleser zu finden war.

„Im Grunde gibt es nur einen Weg, herauszufinden, was mit Konstantin wirklich passiert ist.“ Rouven wich einem alten Mann aus, der gerade eine weißhaarige Frau in einem Rollstuhl in Richtung Parkplatz schob. Ich wartete, bis das ältere Pärchen außer Hörweite war.

„Indem du dir seine Vergangenheit ansiehst, nicht wahr? Das ist doch der Grund, warum wir hier sind – oder?“

Rouven schob sich die Hände in die Hosentaschen und ich betrachtete sein scharf geschnittenes Profil. „Ja. Hier ist irgendetwas im Gange, Lizzy. Ich habe das Gefühl, dass wir nur die Spitze des Eisbergs sehen. Wir müssen mehr erfahren.“

„Das will ich auch“, seufzte ich, als Rouven nach meiner Hand griff. Seine Berührung fühlte sich so angenehm und sicher an, dass ich ihn am liebsten geküsst hätte. Allerdings wusste ich, dass jetzt nicht der richtige Zeitpunkt dafür war.

Gemeinsam erreichten wir den Eingangsbereich des Krankenhauses. Die Schiebetüren glitten lautlos zur Seite und das Gebäude empfing uns mit dem typisch sterilen Geruch. Ich hörte unsere Sohlen leise auf dem Linoleumboden quietschen, als wir eintraten und uns umsahen. Seitlich befand sich ein Wartebereich mit weißen Hartplastikstühlen gleich gegenüber von einer Anmeldestelle.

„Hier lang", sagte Rouven und zog mich direkt zu den Fahrstühlen, die sich am anderen Ende der Eingangshalle befanden. „Laut meinem Onkel liegt Konstantin im dritten Stock auf der Intensivstation. Ich habe uns schon angekündigt."

Rouven betätigte den Rufknopf und kurz darauf öffneten sich die Aufzugstüren mit einem leisen ›Pling‹.

Im dritten Obergeschoss angekommen, folgten wir den Beschriftungen zur Intensivstation. Dabei spürte ich, wie mein Herz immer schneller schlug und die Gedanken durch meinen Kopf wirbelten. Was war, wenn tatsächlich dieser Gedankenleser hinter allem steckte? Wenn er Konstantin ermorden wollte und bereit war, Unschuldige zu benutzen, um diese Aufgabe zu erledigen?

„Hier ist es", sagte Rouven, nachdem er kurz mit einer Krankenschwester gesprochen hatte, die uns beiden sterile Schürzen und Überzieher für die Schuhe gegeben hatte, bevor sie uns zeigte, wo wir unsere Hände desinfizieren konnten.

„Ist es okay für dich?", fragte Rouven, als wir schließlich vor einer der weißen Türen standen.

Ich nickte, obwohl ich nicht wusste, was Konstantins Anblick bei mir auslösen würde. Danach folgte ich Rouven in das Zimmer, in dem sich sechs Betten und unzählige Apparaturen befanden. Aktuell waren nur zwei Betten belegt und die dazugehörigen Monitore blinkten stetig, um die Vitalfunktionen anzuzeigen. Abgesehen von dem Geräusch des Beatmungsgeräts war es vollkommen ruhig.

Es zog mir das Herz zusammen, als ich Konstantin sah. Sein Brustkorb hob und senkte sich leicht und sein Gesicht war von Prellungen und Blutergüssen überzogen. Ich wollte mir nicht vorstellen, mit welcher Wucht jemand auf ihn eingeschlagen haben musste, um diese Verletzungen zu erzielen.

Rouven zog mich ein Stück zu sich heran und drückte mir einen Kuss auf die Haare. „Er wird es schaffen", sagte er leise und ich wusste, dass er das nur sagte, um mich zu beruhigen. Dennoch tat es gut, es zu hören.

Ich nickte. „Willst du es jetzt gleich probieren?"

„Das ist zumindest der Plan", erwiderte Rouven mit einem tiefen Atemzug.

„Aber er liegt im Koma. Was ist, wenn du deine Fähigkeiten überhaupt nicht bei ihm einsetzen kannst?"

Rouven zögerte kurz. „Ich dachte mir, dass du vielleicht mitkommst. Vielleicht …" Er stockte. „Vielleicht sind wir zu zweit stärker, als wenn ich es allein versuche."

Die Vorstellung, mit Rouven gemeinsam durch die rote Tür in Konstantins Vergangenheitsraum zu gehen, ließ meinen Puls in die Höhe schnellen.

„Denkst du wirklich, dass das funktioniert?", flüsterte ich aufgeregt und sah mich unwillkürlich um, damit uns niemand belauschte. Doch außer Konstantin und dem bewusstlosen alten Mann auf der anderen Seite des Zimmers waren wir allein.

„Ich weiß nicht, ob es klappt, Lizzy. Aber ich bin der Meinung, dass es nur eine Art gibt, wie wir das herausfinden können."

Ich blickte ihn forschend an. „Indem wir beide in die Stille gehen und gemeinsam versuchen, durch die rote Tür zu treten?"

„Ganz genau", sagte Rouven und nickte bekräftigend.

„Willst du es versuchen?“

Mein Herz machte einen aufgeregten Satz und ich nickte rasch, bevor mich wieder der Mut verließ.

„Gut. Dann lass es uns tun.“

Rouven betrachtete mich selbstsicher und dann traten wir gemeinsam an Konstantins Bett heran und berührten gleichzeitig seinen rechten Arm. Sofort zischten jede Menge helle blaue und rote Blitze durch den Raum und ich spürte einen kräftigen Stromschlag durch meinen Körper jagen, bevor wir aus dem Hier und Jetzt gezogen wurden.

Kapitel 20

Das Geräusch des Beatmungsgeräts verstummte, sobald wir in die Stille eintraten, und ich öffnete meine Augen. Rouven löste seine rote Geistgestalt gerade aus seinem erstarrten Körper und streckte mir die Hand entgegen. Als ich sie ergriff, sprangen einige violette Funken in die Höhe und ich atmete tief ein, als ich Rouven zu der roten Vergangenheitstür folgte, die neben meiner Zukunftstür an der Wand hinter Konstantins Bett aufgetaucht war. Dabei versuchte ich, nicht zu viel darüber nachzudenken, ob ich überhaupt in der Lage wäre, eine Zukunft für Konstantin zu erkennen – oder ob seine Zeit auf dieser Welt ohnehin bald abgelaufen war.

„Alles in Ordnung?“, fragte Rouven und sah mich forschend an, während er mit mir vor der dunkelroten Tür stehen blieb.

„Ja“, murmelte ich und nickte schnell. „Ich hoffe nur, dass wir herausfinden, wer ihm das angetan hat – wenn wir es schon nicht ungeschehen machen können.“

„Das hoffe ich auch“, sagte Rouven und griff entschlossen nach dem silbernen Knauf der Vergangenheitstür. Dann öffnete er sie und trat gemeinsam mit mir über die Schwelle in die weiße runde Kammer. Ich fühlte, wie sich mein Herzschlag beschleunigte, und blickte mich neugierig um.

„Und jetzt?“, flüsterte ich, als sich die Wände der Kammer mit einem leisen Knirschen in Bewegung setzten und rings um uns im Kreis zu rotieren begannen. Dabei fiel mir auf, dass sich der Raum nun gegen den Uhrzeigersinn drehte, während es bei mir bisher immer andersherum gewesen war.

„Jetzt versuche ich die gestrige Nacht anzusteuern“, erwiderte Rouven konzentriert und schloss für einen Moment die Augen,

woraufhin die Umdrehungen wieder langsamer wurden, bis die Wände des Raumes schließlich stehen blieben und eine funkenschlagende rote Tür mit der Heftigkeit eines Blitzeinschlags aus dem Boden schoss. Sie war das perfekte Pendant zu meinen hellblauen Türen und ich atmete tief durch, während ich meinen Blick auf den silbernen Knauf richtete.

Was würden wir in Konstantins Vergangenheit zu sehen bekommen? Und war ich wirklich bereit dafür?

„Du musst nicht mitkommen, wenn du das nicht möchtest", sagte Rouven, der meine Bedenken zu spüren schien.

„Ich will es aber", hauchte ich. „Irgendwie habe ich das Gefühl, es Konstantin schuldig zu sein."

„Okay", sagte Rouven und nickte mir zu. Dann drehte er den silbernen Knauf und öffnete die Tür in Konstantins Vergangenheit.

Feiner Nebel wallte uns über die Schwelle entgegen. Irritiert starrte ich auf den wabernden Dunst zu unseren Füßen, bevor ich vorsichtig mit Rouven Konstantins Vergangenheit betrat. Sofort wurden wir von dichten grauen Nebelschwaden umhüllt. Ich spürte, wie Rouven meine Hand noch fester hielt, während ich gegen die Beklemmung anzukämpfen versuchte, die mich augenblicklich überkam. Dabei wusste ich nicht, ob sie mit der dröhnenden Stille hier zusammenhing oder dem Gefühl feuchtkalter Nebelschwaden, die mir ins Gesicht schlugen.

„Ich kann überhaupt nichts sehen", wisperte ich und hasste das Gefühl, wie der Nebel bei jedem Atemzug meine Kehle hinunterkroch.

„Ich auch nicht", erwiderte Rouven neben mir.

Ich fühlte, wie er einen vorsichtigen Schritt tiefer in den Nebel machte, und keuchte auf, als es plötzlich einen Ruck gab und Rouvens Hand aus meiner gerissen wurde.

„Rouven! Wo bist du?“, schrie ich und drehte mich hektisch im Kreis. Eine Woge der Angst brach über mir zusammen und ich streckte tastend die Arme nach Rouven aus. Doch das Einzige, was ich ertastete, war der grauenvolle Nebel. Er war einfach überall. Er war oben und unten, er war rechts und links und er verschluckte alles, was ihm begegnete. Tief in mir fühlte ich die Bedrohung, die von ihm ausging, und wollte nur noch hinaus.

„Lizzy!“, hörte ich Rouven in diesem Moment schreien. Mein Name wurde an dem unheilvollen Ort mehrfach zurückgeworfen und echote an mein Ohr. Mit klopfendem Herzen drehte ich mich im Kreis. Es war unmöglich, herauszufinden, aus welcher Richtung Rouvens Ruf gekommen war – und ich streckte erneut meine Hände nach ihm aus. Von allen Seiten hallte mein Name wider und ich spürte ein immer stärker werdendes Gefühl von Angst auf meine Brust drücken.

Orientierungslos drehte ich mich im Kreis. Abgesehen von Rouvens Stimme existierte hier kein Geräusch und instinktiv fühlte sich das alles hier falsch an, so als dürfte es nicht sein, so als ginge etwas nicht mit rechten Dingen zu. Ich machte ein paar Schritte in irgendeine Richtung und fühlte mich dabei so unendlich verloren.

In dem Moment spürte ich einen Ruck und stand einen Wimpernschlag später wieder gemeinsam mit Rouven vor Konstantins Krankenbett.

„Was war das?!“, flüsterte ich erschrocken und zog meine Hand rasch von Konstantin zurück, so als hätte ich mich verbrannt.

„Scheiße, das war nicht gut“, meinte Rouven leise und fuhr sich mit beiden Händen durch die Haare. „Ich glaube, du hast recht, Lizzy. Hier hat jemand seine Hände im Spiel. Offenbar hat dieser Gedankenleser dafür gesorgt, dass wir uns den gestrigen Abend nicht ansehen können."

„Aber wie? Und vor allem: Warum hat er das gemacht?"

„Ich habe keine Ahnung. Vielleicht hast du recht und Konstantin ist auf etwas gestoßen, das dieser Typ um jeden Preis verheimlichen möchte."

„Und deswegen hat er Konstantin attackieren lassen?" Ich stöhnte auf. „Das macht doch keinen Sinn. Warum sollte er Mike benutzen, wenn er ohnehin in Konstantins Kopf einbrechen kann?"

„Vielleicht hat ihm das nicht gereicht", murmelte Rouven. „Vielleicht ist seine Gabe irgendwie eingeschränkt oder Konstantin hat sich auf den Typen vorbereitet."

„Und womit? Mit autogenem Training?" Die Überlegung kam mir irgendwie seltsam vor – doch wenn jemand vorbereitet war, dann wahrscheinlich Konstantin.

„Keine Ahnung", sagte Rouven und zog mich an sich. Automatisch schlang ich meine Arme um seinen Körper und atmete seinen Duft tief ein. „Konstantins Computer sind zerstört worden, vielleicht ging es auch darum", mutmaßte Rouven nachdenklich.

In dem Moment schwang die Tür des Krankenzimmers auf und Gitti stand plötzlich vor uns. „Ach, ihr Lieben, was macht ihr denn schon hier?", fragte sie überrascht.

„Wir wollten nur kurz nach Konstantin sehen", erklärte ich und Rouven nickte.

„Mein Onkel ist mit dem Oberarzt befreundet", fügte er hinzu. „Er meinte, dass es ernst sei."

Gitti nickte und presste die Lippen aufeinander, als sie die Tür hinter sich schloss und ein paar Schritte ins Zimmer trat. Dabei strich sie nervös die Hygieneschürze glatt, die sie über ihrem geblümten Kleid trug. „Ich hab ihm eigentlich einen Strauß Sonnenblumen mitgebracht“, erzählte sie dann betrübt. „Aber die Krankenschwester sagte mir, dass ich sie nicht mit hineinbringen dürfte, weil darauf irgendwelche Krankheitserreger sein könnten.“ Seufzend schüttelte sie den Kopf. „Ich glaube, die Blumen hätten dem alten Kauz gut gefallen.“

„Das hätten sie sicher“, sagte ich und hoffte von Herzen, dass sich Konstantins Zustand bald besserte.

„Es ist eine Schweinerei, eine Schweinerei ist es“, murmelte Gitti und legte ihre Hand auf Konstantins. „Zuerst Joseph und jetzt Konstantin. Ich bin fast ausgeflippt, als ich es von der Elli erfahren habe. Ihr Mann ist bei der Polizei von Heiligbrunn und für den Fall zuständig. – Dass wir überhaupt die Polizei hier brauchen, ist ja schon ein Wahnsinn. Kirchbruch sollte ein Ort der Ruhe sein, kein Ort der Verbrechen.“ Sie drehte sich zu uns um und pustete sich eine dunkle Haarsträhne aus dem Gesicht. „Das ist der Grund, warum ich kandidiere, Kinder. Mir liegt die Stadt wirklich am Herzen. Nicht wie dem Neumayer, der sich im Grunde doch nur um seine bescheuerte Hotelanlage kümmert, während sein Sohn alte Leute über den Haufen fährt.“

Gitti zupfte verärgert einen Fussel von der weißen Bettdecke, bevor sie Konstantins Gesicht genau inspizierte.

„Wer macht so etwas bloß? Wer ist dazu imstande, auf jemand anderen derart einzuprügeln?“ Sie schüttelte den Kopf und ich konnte sehen, dass ihr die Sache wirklich naheging. „Schätzchen, schreib das in dein Portrait. Schreib, dass ich so eine Schweinerei nicht mehr zulassen werde“, sagte Gitti in diesem Moment und betrachtete mich auffordernd. „Wir müssen etwas verändern. Ich werde der Polizei höchstpersönlich auf die Finger schauen, damit sie diesen elendigen Einbrecher finden und ihn hinter Gitter bringen. Hoffen wir mal, dass der Konstantin bald aus dem Koma aufwacht und selbst sagen kann, was passiert ist. Und dass die Sache bald geklärt ist, bevor wir noch zittern müssen, dass so ein Einbruch noch einmal passiert."

„Sind Sie denn sicher, dass es ein Einbruch gewesen ist?", fragte ich unauffällig und hoffte, dass Gitti über Ellis Beziehung vielleicht mehr zu dem Vorfall erfahren hatte.

„Aktuell gehen sie davon aus – wobei sie natürlich nicht genau wissen, was verschwunden ist, immerhin kann Konstantin ja nichts dazu sagen."

In dem Moment erklang das Eingangssignal einer WhatsApp-Nachricht und Gitti nestelte an ihrer Tasche herum, bevor sie ihr Handy daraus hervorzog.

„Das darf nicht sein", hauchte sie und Rouven und ich warfen uns einen irritierten Blick zu. Die rundliche Dame zog sich von der Seite einen Besucherstuhl heran und ließ sich langsam darauf sinken.

„Alles okay?", fragte Rouven besorgt.

Gitti schüttelte den Kopf und strich sich fahrig über die Stirn. „Elli hat mir gerade geschrieben. Die Polizei ist jetzt mit der Durchsuchung von Konstantins Haus fertig. Und dabei haben sie ein Handy gefunden, das nicht ihm gehört."

Rouven runzelte die Stirn. „Und wem gehört es?"

Gitti schluckte. „Ich will niemanden vorschnell verurteilen, aber laut Polizei gehört das Handy dem Sohn vom alten Fischer, diesem Mike."

Rouven und ich warfen uns einen kurzen Blick zu.

„Und was macht die Polizei jetzt?", hakte er nach.

Gitti zuckte mit den Schultern. „Keine Ahnung, wahrscheinlich werden sie den Mike befragen und sehen, ob er eine vernünftige Erklärung dafür hat, warum sein Handy in Konstantins Haus gefunden wurde.“ Sie tippte etwas in ihr Telefon ein und ich war überrascht, wie flink Gitti schreiben konnte. „Offenbar wurden Blutspritzer auf dem Handy gefunden und es wird geprüft, ob es sich dabei um Konstantins Blut handelt.“ Gitti schloss kurz die Augen, bevor sie uns ansah. „Das bleibt aber unter uns, verstanden?“

„Natürlich“, sagte ich, während Rouven gleichzeitig nickte. Kurz darauf verabschiedeten wir uns von Gitti, wobei wir jedoch darauf achteten, nicht so schnell zu verschwinden, dass es verdächtig wirkte.

Eine Viertelstunde später standen wir vor dem weißen Eckhaus mit den blauen Fensterläden. Die Polizei hatte die Eingangstür mit einem Absperrband versehen und zusätzlich noch einen Aufkleber mit der Aufschrift „Amtlich versiegelt“ angebracht.

„Fantastisch“, murmelte Rouven, als wir uns auf der Straße umsahen, auf der sich auch ein paar Schaulustige eingefunden hatten. Es waren zwar nur zwei ältere Frauen, aber auch die reichten, dass wir nicht einfach durch den Vordereingang spazieren konnten.

„Lass es uns von der Rückseite versuchen“, flüsterte ich Rouven zu.

Gemeinsam schlenderten wir in Richtung des Hintereingangs und kletterten dann rasch über einen schmiedeeisernen Gartenzaun, der zu Konstantins begrünten Innenhof führte.

„Denkst du, es hat uns jemand gesehen?“, flüsterte ich aufgeregt, als wir geduckt an einem Busch Hortensien vorbei zu der Hintertür liefen. Dabei hoffte ich einfach, dass wir einmal Glück hatten.

„Keine Ahnung. Das werden wir wohl erst wissen, wenn wir die Sirenen hören“, gab Rouven trocken zurück und rüttelte an der weißen Tür. „Verschlossen.“

„Verdammt“, murmelte ich und sah mich angespannt um. „Vielleicht steht irgendwo ein Fenster offen?“

„Vielleicht kriege ich die aber auch so auf“, sagte Rouven und zog ein kleines silbernes Werkzeug aus seiner Hosentasche, das mich an einen Schraubenzieher erinnerte. Im nächsten Moment kniete er sich auf den Boden und begann, routiniert an dem Türschloss herumzuwerken.

„Das wird anscheinend zur Gewohnheit zwischen uns“, flüsterte ich, woraufhin Rouven zu mir hochblickte und mich sexy anlächelte.

„Romantisch, nicht wahr?“

Seine warme Stimme ließ einen wohligen Schauer über meinen Körper rauschen, den ich wahrscheinlich noch stärker spürte, weil er sich mit meiner Aufregung vermischte.

„Unglaublich romantisch“, meinte ich sarkastisch.

Ein kurzes Lächeln huschte über sein Gesicht, bevor er sich wieder der Tür zuwandte. Als das Schloss kurz darauf aufsprang, musste ich mir eingestehen, dass ich schon beeindruckt war.

„Voilà.“ Rouven sah sich noch einmal um und öffnete dann rasch die Tür für mich.

„Hoffentlich geht jetzt keine Alarmanlage los“, wisperte ich, als ich meinen Fuß in Konstantins Haus setzte.

Vorsichtig betrat Rouven hinter mir die Küche und sah sich aufmerksam um. Sein ganzer Körper war angespannt und ich merkte, wie ich langsam die Luft ausstieß, als es still blieb.

„Wenn Konstantin eine Alarmanlage hat –"

„Ich kann mir nicht vorstellen, dass er keine hat", warf ich ein.

„Okay, wenn er also eine hat, wurde sie offenbar von der Polizei deaktiviert. Oder von Konstantin selbst, schließlich ist er zu Hause gewesen, als der Einbrecher hier war."

Mit diesen Worten ließ Rouven seinen Blick über die Küche schweifen. Sie war im Landhausstil gehalten und wäre mit ihren hellen Fronten sehr hübsch gewesen, wenn nicht solch ein Chaos geherrscht hätte. Schranktüren standen offen, Schubladen waren herausgerissen worden und auf dem gefliesten Boden lagen zerbrochene Tassen und Teller.

„Hier hat jemand definitiv etwas gesucht", flüsterte ich und schluckte trocken. „Das sieht wirklich nicht nach einem normalen Einbruch aus. Einbrecher konzentrieren sich darauf, schnell aus dem Haus zu kommen und möglichst viele Wertgegenstände mitzunehmen. Die würden doch nicht die Küche durchwühlen, oder?"

„Ich glaube nicht, aber ich bin schließlich kein Einbrecher", beantwortete Rouven meine Frage.

Ich schnaubte leise. „Sagt der Typ, der gerade in ein Haus eingebrochen ist. Woher kannst du das eigentlich? Türen aufbrechen ist schließlich nichts, was man bei den Pfadfindern lernt."

„Übung", bemerkte Rouven. „Übung und YouTube."

Ich stieg über das Gerümpel auf dem Küchenboden, um mich weiter im Haus umzusehen. Rouven folgte mir ins Wohnzimmer, das noch schlimmer zugerichtet worden war als die Küche.

Bei dem Anblick kam mir das kalte Grauen. Konstantins Computer schienen mit einer enormen Brutalität zertrümmert worden zu sein. Ihre Einzelteile lagen überall auf dem Boden verstreut, das Bild mit dem Baum im Nebel hing nur noch schief an der Wand und die Stühle des Esstisches waren umgestoßen worden, als hätte sie jemand durch die Gegend geschmissen. Mike hatte offenbar selbst Konstantins Meditationskissen und die olivgrüne Couch aufgeschlitzt, um zu finden, wonach er suchte. Aber wer hatte ihn dazu veranlasst? Und was war es, das Mike suchen sollte?

Mein Blick schweifte über die Verwüstung und ich machte ein paar Schritte in den Wohnbereich, um eine demolierte Festplatte aufzuheben. „Schau, wie zerstört die ist. Es wirkt, als hätte Mike mehrfach mit einem Hammer draufgeschlagen, um zu verhindern, dass noch irgendwelche Daten abgelesen werden können."

Rouven ging zu dem umgefallenen silbernen Arbeitstisch und hob eine weitere Festplatte auf. „Stimmt. Diese hier ist auch so ramponiert, dass die Daten garantiert nicht mehr wiederhergestellt werden können." Sein Blick schweifte durch das Wohnzimmer. „Egal, was Mike finden wollte, die Zerstörung der Festplatten hat ihm offenbar nicht gereicht – sonst hätte er sich doch den Rest der Verwüstung sparen können."

„Vielleicht wollte der Gedankenleser bewusst seine Absicht verdecken? Ich meine, wenn ein ganzes Haus verwüstet ist, übersieht man doch leicht das genaue Ziel. Oder …" Ich stockte kurz. „Oder er hat schlichtweg nicht gefunden, wonach er gesucht hat. Konstantin ist doch der Typ, der auf Nummer sicher gehen würde. Vielleicht hat er seine ganzen Theorien und Geheimnisse nicht auf seinen Computern festgehalten, sondern irgendwo anders."

In dem Moment fuhr auf der Straße ein Auto vorbei und

ich duckte mich unwillkürlich, während Rouven zeitgleich an die Wand zurückwich.

„Wir sollten uns beeilen", meinte er, nachdem der Wagen weitergefahren war. „Denkst du, Konstantin hat vielleicht noch eine Art geheimes Notizbuch?"

„Keine Ahnung. Zumindest könnte ich mir das vorstellen. Es muss auch kein Notizbuch sein, vielleicht hat er irgendwo noch einen Laptop oder einen USB-Stick versteckt?"

Rouven machte eine paar Schritte durch den Raum. „Ein USB-Stick könnte wahrscheinlich überall sein. Aber du hast recht, Konstantin ist definitiv nicht der Typ, der sein Wissen auf dem Präsentierteller serviert. Und seine drei Computer standen genau hier? Direkt im Wohnzimmer?"

Ich nickte und verstand, worauf Rouven hinauswollte, auch wenn ich es bislang übersehen hatte. Tatsächlich war es eigenartig, dass Konstantin seine Computer so offensichtlich im Wohnzimmer präsentierte, gleich neben dem Eingang – wo er doch sonst bemüht war, besonders vorsichtig zu sein.

„Denkst du, die Polizei kommt noch mal wieder, um den Tatort weiter zu untersuchen?", fragte ich Rouven und sah mich in dem Chaos um.

„Keine Ahnung", erwiderte er. „Aber selbst wenn nicht, sollten wir bei der Suche besser Gas geben."

Eine halbe Stunde später ließ ich mich resigniert auf einen Schaukelstuhl in Konstantins Schlafzimmer sinken und betrachtete erschöpft das Aquarium, das neben dem einfachen Doppelbett stand. Die kleinen bunten Fische, die darin herumschwammen, strahlten eine Ruhe aus, die ich nicht mit ihnen teilen konnte. Denn es war verdammt frustrierend, nichts zu finden – obwohl wir unter Zeitdruck so schnell und leise wie möglich vorgegangen waren. Müde fächelte ich mir etwas Luft zu, da es hier oben wärmer war als in den unteren Räumen.

Ich hatte sämtliche Schränke und Schubladen in den oberen Zimmern schon durchwühlt gehabt, als ich in der zweiten Etage ein weiteres Arbeitszimmer entdeckte und bereits Hoffnung schöpfte, darin nun endlich etwas zu finden. Allerdings war es vollkommen uninteressant gewesen. Selbst in den Aktenschränken hatte ich nur irgendwelche alten Zeitungen und Prospekte von Kirchbruch gefunden, die mich nicht weiterbrachten. Ich hatte auch den Tisch und die anderen Möbelstücke nach einem Geheimversteck abgeklopft, aber nichts gefunden.

Gar nichts.

„Und?“, fragte Rouven, der mit schnellen Schritten die Treppe heraufgekommen war. „Hast du irgendetwas entdeckt?“

Ich schüttelte den Kopf. „Nein, und du?“

„Auch nicht“, seufzte er.

Ich beugte mich nach vorn und fuhr mir mit beiden Händen über das Gesicht. „Das war ja auch irgendwie klar, oder? Ich meine, Konstantin ist nicht blöd – wenn er ein Geheimversteck hat, wird es schon ziemlich gut verborgen sein.“

„Vielleicht hat er auch keines.“ Rouvens Blick schweifte zu dem beleuchteten Aquarium und ich fragte mich, ob die Fische uns vielleicht die Antwort geben könnten, wenn sie sprechen könnten, als mir wieder etwas einfiel.

„Das Aquarium!“, rief ich und sprang aus dem Schaukelstuhl in die Höhe. Mein Puls schoss nach oben und mir fiel ein, was Konstantin bei unserem Gespräch im Bistro gesagt hatte. „Konstantin mag doch keine Fische, weder auf dem Teller noch im Aquarium.“ Ich stolperte zu dem meterlangen Glasgefäß, das auf einer Kommode an der Wand stand, und betrachtete es von allen Seiten. Neben den kleinen bunten Fischen befanden sich noch einige Wasserpflanzen in dem Aquarium, das mit Sand und Kies aufgeschüttet worden war.

Rouven trat an mich heran. „Du denkst, dass er etwas im Aquarium aufbewahrt hat?“

„Ich denke es nicht nur, ich sehe es“, sagte ich und deutete auf eine Fläche im Sand, unter der es silbern hervorblitzte.

Kapitel 21

Rouven zog die silberne Box hervor, die unter dem Sand des Aquariums versteckt war. Dabei ging er sehr behutsam vor und versuchte, die kleinen bunten Fische nicht allzu sehr zu verschrecken. Ich spürte, wie mein Herz gegen meine Brust klopfte und ein kurzes Hochgefühl in mir aufkam, als mir Rouven schließlich die flache Box entgegenhielt.

„Es ist dein Fund", erklärte er. „Dann darfst du die Büchse auch öffnen."

„Hoffentlich ist es nicht die Büchse der Pandora", sagte ich und holte noch schnell ein Handtuch aus dem Badezimmer. Rouven wischte sich damit seine Arme ab und wir setzten uns gemeinsam aufs Bett.

Ich legte die kleine Box auf meinen Schoß und öffnete vorsichtig den glänzenden Deckel. Dabei spürte ich, wie mein Herz einen Satz machte, als ich den schwarzen USB-Stick darin entdeckte.

Konstantins USB-Stick. Wir hatten ihn wirklich gefunden.

„Das ist er", flüsterte ich und legte das Speichermedium wie einen Schatz in meine Hand.

„Dann müssen wir nur noch sehen, was drauf ist", sagte Rouven und zog mich in die Höhe. „Dein Laptop ist noch immer hin, oder?"

„Ja", murmelte ich und biss mir auf die Lippen. „Aber ich habe eine andere Idee." Dabei sah ich Rouven direkt in die Augen. „Was hältst du davon, mit mir gemeinsam ins Büro der Stadtzeitung einzubrechen?" Ich grinste. „Es wäre ja nicht das erste Mal."

Mit Rouvens Motorrad dauerte es nur ein paar Minuten bis zum Büro der Stadtzeitung und ich war froh, dass ich den Büroschlüssel eingesteckt hatte, sodass wir nicht mehr zurück zu Dieter fahren mussten.

Da heute Sonntag war, war es auch ziemlich unwahrscheinlich, von einem meiner Kollegen überrascht zu werden, doch ich war trotzdem nervös, als ich den Schlüssel ins Schloss steckte und die Tür zum Büro aufschwang. Es lag völlig ausgestorben vor uns und ich lief rasch zu meinem Computer und schaltete ihn ein. Das typische Startsignal erklang, bevor der Computer langsam hochfuhr und dafür eine gefühlte Ewigkeit brauchte.

Rouven lehnte in der Zwischenzeit mit verschränkten Armen an der Kante von Bettys Schreibtisch. Seine Unterarme spannten sich dabei so sexy an, dass automatisch die Bilder aus der Scheune wieder hochkamen. Erneut fühlte ich Rouvens Lippen auf meinen, fühlte seine Hände, die meinen Körper erkundeten, und sehnte mich unendlich nach ihm. Für einen Moment wurde mir bewusst, dass wir zusammen in einem leeren Büro waren – ganz allein.

„Alles okay?“, fragte er. Offenbar hatte er meinen sehnsüchtigen Blick bemerkt.

„Ja, alles okay. Ich dachte nur an …“

„Woran?“

„An gestern Abend“, gab ich ehrlich zu. Es war weder der richtige Ort noch die richtige Zeit, aber es platzte einfach aus mir heraus.

Rouven lächelte. „Daran muss ich auch ständig denken.“

Die Art, wie er es sagte, ließ einen wohligen Schauer über meinen Körper rieseln. Ich atmete tief ein. „Aber jetzt ist nicht der richtige Zeitpunkt dafür“, sagte ich, auch wenn ich wünschte, dass es anders gewesen wäre.

Rouven nickte. „Leider."

In diesem Moment war der Computer fertig hochgefahren und ich steckte mit zitternden Fingern den USB-Stick in den entsprechenden Schlitz. Dann klickte ich auf das neue Icon und spürte, wie sich mein Herzschlag beschleunigte, als ich den Ordner mit dem Namen „Infos" entdeckte.

Rouven stieß sich von der Tischkante ab und stellte sich so nah neben mich, dass mir sein Duft in die Nase drang. Rasch klickte ich den Ordner an, um mir seinen Inhalt anzusehen. Dabei war ich froh, Rouven so nah bei mir zu haben, denn ich fühlte mich durch ihn automatisch sicherer.

Was würden wir bloß finden?

Neugierig linste ich auf den Monitor, auf dem sich unzählige Dateien befanden. Viele davon trugen kryptische Namen, die nur aus verschiedenen Zahlenkombinationen zu bestehen schienen, und ich öffnete aufgeregt die erste.

Bei ihr handelte es sich um ein Rezept für Schnitzel.

Auch die nächste Datei war nicht viel aussagekräftiger, denn es war eine Anleitung, wie man ein Gartenhaus baute.

„Was soll das?", fragte ich stirnrunzelnd und scrollte mich durch die ganzen Dokumente, in denen sich auf den ersten Blick keine wichtigen Informationen befanden.

„Lass mich mal", sagte Rouven entschlossen und ich rutschte zur Seite, um ihm Platz zu machen. „Ich hatte einen Freund in der Schule, der hatte eine ziemlich neugierige Schwester, die immer wieder seine Sachen durchstöberte, um ihn bei den Eltern zu verpetzten. Besonderes Objekt der Begierde war sein Laptop und leider war die Schwester ziemlich gut darin, die ganzen Passwörter zu knacken." Rouven führte konzentriert ein paar Tastenkombinationen aus und ich hatte keine Ahnung, was er da machte. „Jedenfalls hat mein Freund begonnen, seine Dateien zu verstecken. Dafür hat er sie hinter anderen Dateien verborgen, und wer weiß – vielleicht ist Konstantin hier ähnlich vorgegangen."

„Jetzt bin ich aber echt beeindruckt." Lächelnd betrachtete ich Rouven, der noch so viele Geheimnisse und Begabungen in sich trug, von denen ich nichts wusste.

Er hob die Augenbrauen. „Noch kannst du nicht beeindruckt sein. Erst wenn ich wirklich etwas finde."

Nach etwa fünf Minuten, in denen er still am Computer herumgewerkt hatte, nickte er.

„Einige Dateien sind tatsächlich sinnlos, andere haben versteckte Anhänge. So wie diese hier."

Ich rückte ein Stück näher an Rouven heran und ließ meinen Blick über den Bildschirm wandern. Bei dem Dokument schien es sich um eine Art Gesprächsprotokoll zu handeln.

K.: Ich bin noch dran. Ich weiß nicht, wer von ihnen der Gedankenleser ist.

M.: Haben Sie einen Verdacht?

K.: Es gibt leider zu viele Leute, die infrage kommen könnten, und er versteht es gut, seine Spuren zu verwischen.

M.: Seien Sie vorsichtig, er ist gefährlich.

K.: Davon gehe ich aus. Aber er sollte mich auch nicht unterschätzen.

M.: Wie geht es Lizzy?

K.: Sie macht einen guten Eindruck. Sie war heute bei mir und hat mir Essen gebracht. Ich denke, dass sie mir schon bald vertrauen wird.

M.: Gut. Aber passen Sie auf sie auf.

Ich schluckte, als ich die Zeilen las.

„Also geht es offenbar wirklich um diesen Gedankenleser, wir hatten recht“, sagte Rouven langsam, bevor er mir sein Gesicht zuwandte, um mich anzusehen. „Aber hast du eine Ahnung, warum Konstantin auf dich aufpassen soll?“

Ich schüttelte den Kopf und spürte, wie sich mein Magen zusammenzog. „Ich weiß es nicht. Er hat schon einmal so etwas erwähnt.“ Die Gedanken ratterten durch meinen Kopf und ich versuchte zu verstehen, worum es hier ging, während mir eine hässliche Idee in den Sinn kam. „Glaubst du, dass dieser Gedankenleser vielleicht etwas mit dem Tod meiner Eltern zu tun haben könnte?“

Rouven betrachtete mich intensiv. „Wir sollten es zumindest in Erwägung ziehen.“

„Auch mit dem Tod deines Vaters?“

„Auch mit dem Tod meines Vaters“, bestätigte er und ein kalter Schauer rann mir über den Rücken. Augenblicklich schien das kleine Zeitungsbüro, in dem wir uns befanden, auf diese hässliche Wahrheit zusammenzuschrumpfen und ich musste nach Luft schnappen, um nicht zu ersticken. Dabei wollte ich mir nicht vorstellen, dass jemand meine Mutter dazu gebracht hatte, den Wagen absichtlich gegen den Baum zu steuern.

„Aber wer ist zu so etwas nur fähig?“, fragte ich nach einem Moment leise. Meine Hände begannen zu schwitzen. Bei der Vorstellung, dass jemand Mama und Papa absichtlich getötet hatte, dass jemand in ihrem Kopf herumgespukt war, wurde mir ganz schlecht. „Wer tut denn so etwas? Und warum? Warum unsere Eltern?“

„Ich habe keine Ahnung, aber wahrscheinlich hat es mit unseren Fähigkeiten zu tun. Vielleicht können wir diesem

Gedankenleser irgendwie gefährlich werden." Rouven nahm meine Hand. „Ich weiß, es ist viel Lizzy, aber wir müssen jetzt einen kühlen Kopf bewahren und versuchen, herauszufinden, wer hinter allem steckt und warum."

Ich nickte und las das Gesprächsprotokoll auf dem Computer noch einmal. „Konstantin meinte vor ein paar Tagen, dass wir einen gemeinsamen Freund hätten. Bei diesem M. könnte es sich um den besten Freund meines Vaters handeln. Er hieß Martin und ist nach dem Tod meiner Eltern spurlos verschwunden." Dann erzählte ich Rouven von Alexas Besuch bei dem Ex-Polizisten und was sie dort herausgefunden hatte. Im Anschluss durchsuchte Rouven den USB-Stick nach weiteren versteckten Dateien, bis er endlich auf etwas stieß.

„Hier ist ein kurzes Video", erklärte er und startete die Aufnahme.

Auf dem Bildschirm erschien eine hübsche Frau über zwanzig. Sie trug ihre dunklen Haare zu einem losen Zopf gebunden und ließ sich gerade auf einer dunkelbraunen Ledercouch nieder. Dabei erkannte ich sofort das Wohnzimmer, in dem sie sich befand. Auch wenn es heute anders eingerichtet war, war das breite Erkerfenster doch unverkennbar. Das Video war im Haus meiner Großeltern aufgenommen worden.

Ich merkte, wie sich Rouven neben mir anspannte. „Das ist meine Mutter", flüsterte er und im selben Augenblick erhob sie die Stimme.

„Komm, Christoph – mach endlich mit. Es tut auch nicht weh. Versprochen", sagte sie mit einem Lachen und ich fühlte, wie mein Herz einen Satz machte.

Die Kamera schwenkte von einer Seite zur anderen, als würde sie Nein sagen. „Ich bleibe lieber im Hintergrund", sagte mein

Vater und es war so schön und schmerzhaft zugleich, seine Stimme zu hören. Sie klang etwas jünger, als ich sie im Gedächtnis hatte, aber es war eindeutig er. „Muss das hier wirklich sein, Gloria?“

„Es ist ein Versuch“, erklärte Rouvens Mutter gut gelaunt. „Vergiss nicht, wir sind eine moderne Generation. Wir haben Kameras und können für unsere Nachfahren Videos aufnehmen. Das ist viel besser, als kompliziertes Zeug in irgendwelche alten Bücher zu schreiben, das keiner versteht.“ Sie atmete tief ein und strich sich über ihren weißen Pulli. „Wie lange haben wir Zeit?“

Mein Vater warf mit der Kamera einen Blick auf eine große Uhr, die über der Couch hing. „Meine Eltern müssten in einer Stunde oder so wieder da sein.“

„Gut, denn ich wollte mich nachher noch mit Andreas treffen.“

„Das mit ihm scheint ja ernst zu sein. So oft, wie du auf einmal in Kirchbruch aufkreuzt … Ich kann mich noch gut daran erinnern, dass du es ein fürchterliches kleines Kaff genannt hast, als wir uns zum ersten Mal hier getroffen haben.“

Rouvens Mutter schmunzelte. „Es ist ja auch ein kleines Kaff, aber ich finde es inzwischen tatsächlich nicht mehr fürchterlich. Schließlich ist Andreas hier aufgewachsen und ich wäre ihm nie über den Weg gelaufen, wenn ich nicht hergekommen wäre, um dich hier zu treffen. Aber darum geht es jetzt nicht, wir sollten uns auf die wichtigen Inhalte konzentrieren. Immerhin nimmst du schon auf.“

„Ich kann das Video auch jederzeit wieder löschen, schließlich ist das hier nur ein Versuch, oder?“, fragte mein Vater und Gloria nickte.

„Natürlich, wenn es dich beruhigt. Wo sollen wir anfangen? Wollen wir gleich mit dem Gedankenleser starten?“

Ich hörte meinen Vater belustigt schnauben und wünschte, er würde hinter der Kamera hervortreten, damit ich ihn sehen könnte. „Prima – du verlierst keine Zeit und gehst gleich in die Vollen. Wie wäre es mit: Liebe Kinder, nehmt euch vor dem bösen Gedankenleser in Acht und geht auf keinen Fall durch eine Todestür?“

Gloria lachte herzhaft. „Okay, vielleicht sollten wir doch etwas sanfter einsteigen.“

In dem Moment waren Geräusche zu hören und die Kamera schwenkte kurz in Richtung Eingangstür. „Oh, meine Eltern sind anscheinend schon früher zurück, wir müssen das verschieben“, murmelte mein Vater und dann endete die Aufnahme.

Einen Moment lang sagten Rouven und ich kein Wort und ich ließ die Eindrücke auf mich wirken.

Mein Vater. Rouvens Mutter.

Sie wussten von dem Gedankenleser.

„Unsere Eltern kannten sich anscheinend besser, als ich dachte“, murmelte ich schließlich und sah Rouven an.

Er nickte. „Wie geht es dir jetzt?“, fragte er nach einem Augenblick der Stille, in dem wir uns beide etwas gefasst hatten.

„Ganz okay“, sagte ich. Es war schön gewesen, meinen Vater zu hören, aber es machte mir auch gleichzeitig bewusst, wie schmerzhaft ich ihn vermisste. „Ich meine, wir sind davon ausgegangen, dass wir Nachfahren von diesen drei Männern sind, insofern ist es gar nicht so überraschend, dass unsere Eltern auch darüber Bescheid wussten.“

„Ich hätte nur nicht gedacht, dass ich meine Fähigkeit von meiner Mutter geerbt habe. Ich bin immer von meinem Vater ausgegangen.“

Ich strich ihm sanft über die Schulter. „Die Nachfahren der drei Männer können sich überall auf der Welt verstreut haben, immerhin ist es schon so lange her.“

Rouven nickte und blickte mich an. „Und wie war es für dich, deinen Vater zu hören?“

„Ich vermisse ihn.“

Rouven zog mich an sich heran und seine Nähe tat mir unglaublich gut.

„Du vermisst sie auch, oder?“, fragte ich. Ich legte meinen Kopf auf seine Brust und lauschte seinem Herzschlag.

„Ja, das tue ich“, meinte er und atmete tief ein. „In dem Video war sie noch so lebenslustig und fröhlich. Es war schön, sie so zu sehen.“

„Sie war eine sehr hübsche Frau“, sagte ich und blickte Rouven an. „Glaubst du, dass unsere Eltern Angst vor dem Gedankenleser hatten?“

„Ich hatte schon den Eindruck, dass sie ihn nicht auf die leichte Schulter genommen haben“, meinte Rouven. „Auch diese Todestür klang bedrohlich.“

Ich nickte. Plötzlich fiel mir wieder der Liebesbrief aus der Bibliothek ein und ich erzählte Rouven davon. „Keine Ahnung, ob der Brief darauf anspielt“, sagte ich schließlich.

„Es könnte gut sein“, meinte Rouven. „Aber egal wie – wir müssen mehr Infos zusammenbekommen, wir müssen die Hintergründe verstehen. Und das so schnell wie möglich.“

Mit diesen Worten wandte sich Rouven wieder dem Computer zu und verbrachte die nächsten zwei Stunden damit, die anderen Inhalte zu prüfen, was sich als durchaus schwierig herausstellte. Konstantin hatte Zigtausende Dateien auf seinem USB-Stick abgespeichert und die meisten von ihnen waren schlichtweg nutzlos.

Ein paar Anhänge hatte Rouven jedoch noch aus den Dokumenten lösen können. Unter anderem ein weiteres Gesprächsprotokoll zwischen M. und K., in dem M. erklärte, dass er seine Identität geheim halten müsse, und K. zugab, dass ihm das Verschwinden von Jürgen und Gabi seltsam vorkam. Des Weiteren fanden wir Kopien von Polizeiberichten, unter denen sich auch die Akte von Andreas Wellinger befand. Damit glaubten wir, die Bestätigung gefunden zu haben, dass auch Konstantin von einer Manipulation seines Todes ausging.

„Lass uns eine Pause machen", schlug Rouven irgendwann vor und rieb sich über die Augen, als gerade eine WhatsApp-Nachricht bei mir einging. Erschöpft zog ich das Handy aus meiner Hosentasche und sah mir die Textnachricht an, die von Alexa stammte.

Oh mein Gott, Lizzy, Dieter hat es mir gerade erzählt. Wo bist du jetzt? Noch im Krankenhaus? Wie geht es Konstantin?! Hat Mike etwas damit zu tun?

„Eine Pause klingt gut", sagte ich und stellte mir Alexa vor, wie sie gerade aufgeregt durch unser kleines Zimmer tigerte. „Ich sollte nach Hause gehen. Alexa hat gerade geschrieben, sie muss soeben aufgewacht sein. Und Dieter macht sich bestimmt auch schon Sorgen. Wenn ich noch länger wegbleibe, müsste ich zumindest erklären können, wo ich war – und das würde ich gern vermeiden."

Rouven zog nickend den USB-Stick ab und fuhr dann den Computer runter. „Mach das. Ich werde mir die restlichen Dateien in Ruhe zu Hause auf meinem Laptop ansehen. Hoffentlich kann ich noch etwas finden."

„Gern", sagte ich und war froh, dass Bruno mir das Wochenende freigegeben hatte.

„Was wirst du Alexa erzählen?", fragte Rouven, als wir eine Minute später bereit zum Aufbruch waren.

Ich seufzte. „Das ist eine gute Frage. Ehrlich gesagt weiß ich es noch nicht. Immerhin habe ich schon mehrmals versucht, ihr von meiner Gabe zu erzählen, und das ist jedes Mal nach hinten losgegangen. Vielleicht warte ich einfach ab, bis wir mehr wissen." Dabei musste ich wieder an das Video auf dem USB-Stick denken und spürte eine enorme Sehnsucht nach meinem Vater aufkommen.

„Alles okay, Lizzy?", fragte Rouven sanft und kam auf mich zu. Ein liebevoller Ausdruck lag in seinen Augen, der von einer gewissen Traurigkeit begleitet wurde.

Wir haben beide viel verloren, dachte ich und genoss es, als Rouven zärtlich über meine Wange strich. Seine Augen bohrten sich in meine und mein Herz begann schneller zu schlagen.

„Keine Ahnung, was wir noch alles herausfinden werden, Lizzy. Aber wir werden es zusammen tun."

Der raue Unterton in seiner Stimme brachte meine Nervenenden zum Vibrieren und automatisch tauchten die Bilder von gestern Abend wieder in meinem Kopf auf. Dabei wünschte ich, wir hätten einfach einmal Zeit für uns gehabt.

Zeit, um uns nah zu sein.

Zeit ohne irgendwelche USB-Sticks mit geheimen Informationen und einem gefährlichen Gedankenleser in unserer unmittelbaren Umgebung, der sich in unsere Köpfe schleichen konnte.

Rouven schien das Gleiche zu denken und das Funkeln in seinen Augen brachte mich beinahe um den Verstand.

„Ich muss jetzt los", hauchte ich.

„Gleich", flüsterte er und legte seine Hand in meinen Nacken. Schon allein diese Berührung reichte, um ein heftiges Prickeln durch meinen Körper zu senden und die violetten Lichtblitze heraufzubeschwören, die in alle Richtungen zischten.

„Ich muss wirklich los“, flüsterte ich, konnte mich aber dem Bann seiner Augen nicht entziehen. Ich spürte die Wärme seines Körpers und atmete seinen unwiderstehlichen Duft ein, während mein Herz schrie, dass ich einfach dableiben sollte. Dass ich für einen Moment einfach alles andere vergessen sollte.

„Gleich“, wiederholte er und seine Stimme klang dabei so sexy, dass ich mir unwillkürlich auf die Lippen biss. Sein Blick glitt zu meinem Mund und dann zog er mich an sich, um mich zu küssen. Seine sanften Lippen trafen auf meine und ich schloss seufzend die Augen, als er seine muskulösen Arme um mich schloss. Es war einfach überwältigend, seinen Körper so nah an meinem zu spüren. Sein Herz schlug schnell und kräftig in seiner Brust und ich spürte, wie seine Hände langsam über meinen Rücken nach unten wanderten, während ich mich auf die Zehenspitzen stellte, um ihm noch näher zu kommen. Rouven keuchte leise, als ich mich an ihn presste, und ich spürte die violetten Funken über meine Haut springen. Es war absolut überwältigend, welchen Lichtblitzregen nur ein einziger Kuss erzeugte, und ich wusste nicht, was noch passiert wäre, wenn in dem Moment nicht das Eingangssignal einer WhatsApp-Nachricht ertönt wäre.

„Ich muss jetzt – wirklich“, sagte ich und löste mich widerwillig von Rouven, auch wenn ich es am liebsten nicht getan hätte.

Kapitel 22

„Lizzy, da bist du ja endlich“, empfing Alexa mich erleichtert und sprang in ihrem grünen Jumpsuit vom Stuhl auf, als ich die Küche betrat. Sie kam auf mich zugeeilt und ihr Kokos-Orangen-Parfüm umfing mich. „Alles okay bei dir?“

„Es geht so“, sagte ich und war froh, dass ich mich auf dem Weg nach Hause nicht nur etwas abgekühlt, sondern mir auch selbst bestätigt hatte, dass es besser war, Alexa nichts von unserer Entdeckung zu erzählen. Schließlich hatte ich keine Ahnung, wie ich alles erklären sollte – zumindest nicht, ohne meine Gabe wieder ins Spiel zu bringen. Auch wenn Alexa wusste, dass etwas an dem Autounfall meiner Eltern seltsam war, zweifelte ich daran, dass sie mit der Existenz meiner Fähigkeit umgehen konnte. Und solange ich ihr meine Gabe nicht beweisen konnte, würde es schwer sein, sie zu überzeugen.

„Setz dich mal“, meinte Dieter, der in der Küche stand und in irgendwelchen Kochtöpfen herumrührte. Dabei fiel mir auf, dass ich ihn noch nie kochen gesehen hatte. Dieter schmierte sich oft Brote, aber dass er am Herd stand, war neu.

„Gute Idee“, sagte Alexa. „Du siehst aus, als würdest du sonst jeden Moment umkippen.“ Sie griff nach meiner Hand, zog mich auf einen der Stühle, die um den runden Esstisch standen, und setzte sich neben mich. „Also, erzähl. Wie geht es Konstantin?“

„Rouven und ich waren bei ihm im Krankenhaus“, sagte ich und schluckte, als die Bilder von der Intensivstation wieder hochkamen. „Sie wissen nicht, ob er es schaffen wird. Er ist wirklich übel zugerichtet worden. Überall Blutergüsse und offene Wunden. Jemand hat ihn richtig brutal zusammengeschlagen."

Alexa schüttelte ungläubig den Kopf. „Aber wer? Ich meine, der verrückte Typ tut doch keiner Menschenseele was zuleide."

„Gitti war im Krankenhaus und hat erzählt, dass sie Mikes Handy in Konstantins Haus gefunden haben." Dabei erwähnte ich nicht, dass ich vor ein paar Stunden selbst noch in diesem Haus gewesen war.

„Der Fischer-Junge?", mischte sich Dieter ein und zog die Augenbrauen zusammen. „Der soll's gewesen sein?"

„Offenbar", sagte ich und sah, wie etwas in Alexas Augen aufblitzte.

„Aber wir haben ihn doch gestern mit blutüberströmten Händen gesehen, Lizzy. Oh mein Gott." Sie schlug sich die Hand auf den Mund. „Er war es."

„Ich weiß nicht", sagte ich und überlegte, wie ich Mike aus der Schusslinie ziehen konnte, ohne gleichzeitig zu verraten, dass ich vermutete, er könnte von einem Gedankenleser gelenkt worden sein. „Vielleicht hat er sich auch nur mit irgendwem geprügelt?"

Alexa legte den Kopf leicht schief. „Das glaubst du doch selbst nicht, oder? Ich meine, das Handy, dann die blutigen Fingerknöchel – das sind doch schon zwei Indizien."

Dieter kratzte sich an seinem Bart. „Der Fischer-Junge ist kein besonders kluger Kerl, aber selbst er würde doch nicht bei Konstantin einbrechen. Was gibt es denn da schon zu holen?", brummte er. „Und dass er ihn einfach so zurichtet, glaube ich auch nicht. Der Fischer-Junge hat zwar immer eine große Klappe, aber da steckt nicht viel dahinter. Wann habt ihr ihn denn gesehen?“ Seine Stirn legte sich in Falten und er holte eine Kelle und ein Sieb aus einer Schublade.

„Auf dem Nachhauseweg“, sagte Alexa schnell. „Also kurz vor Mitternacht.“

„Das müsst ihr der Polizei erzählen“, brummte Dieter und schöpfte die Nudeln aus dem Wasser. „Immerhin seid ihr so etwas wie Zeugen. Aber zuvor esst ihr noch etwas, die ganze Sache kann einem ja ziemlich auf den Magen schlagen. Ich bin zwar nicht sehr versiert in der Küche, aber giftig wird es schon nicht sein.“

Alexa und ich lächelten uns kurz an, bevor wir aufstanden und den Tisch deckten. Dieter hatte Spaghetti mit Tomatensoße gekocht und ich musste zugeben, dass es echt lecker schmeckte. Alexa hatte dazu einen Salat gemacht und als wir gemeinsam um den Esstisch saßen, war es irgendwie schön.

Es war schön, dass sich das Verhältnis mit Dieter gebessert hatte, und ich genoss es, für einen Augenblick einfach nur zusammen zu sein und den ganzen Rest zu vergessen.

„Die Soße ist echt lecker“, sagte ich und rollte mir ein paar Nudeln auf.

„Und erst die Spaghetti“, lobte Alexa. „Ein Gedicht.“

Dieter entfuhr ein knurrender Laut. „Verarschen kann ich mich selber.“

„Nein, ehrlich, es ist sehr gut“, meinte ich beschwichtigend. „Sie können wirklich gut kochen. Also soweit ich das beurteilen kann.“

Dieter ließ seine Gabel sinken. „Wenn ich schon so toll für euch koche, können wir auch alle per Du sein.“

Alexa und ich lächelten gleichzeitig und auch wenn es nur

darum ging, dass wir nicht mehr *Sie* sagen mussten, kam dies bei Dieter fast einem Liebesgeständnis gleich. Irgendwie begann ich, den alten, grummelnden Kerl zu mögen.

„Sehr gern. Und was kochst du morgen?“ Alexa grinste und erntete dafür einen strafenden Blick von ihm.

„Treib es nur nicht zu weit, Fräulein.“ Dieter hob murrend seinen Zeigefinger, doch seine Augen funkelten amüsiert. In dem Moment klingelte das Telefon und Dieter ließ missmutig seine Serviette fallen, bevor er in die Diele schlurfte. „Um die Uhrzeit. Am Sonntag“, hörte ich ihn noch murmeln und musste schmunzeln.

Auch Alexa lächelte. „Der alte Kerl taut langsam auf. So übel ist er wirklich nicht.“

Ich nickte und spießte gähnend ein Salatblatt mit der Gabel auf. „Müssen wir nachher wirklich zur Polizei?“, fragte ich dann müde. Langsam rächte es sich, dass ich so früh aufgestanden war.

„Aber nein. Das kann ich doch auch allein machen“, meinte meine Schwester, woraufhin ich sie dankbar ansah. „Und vielleicht treffe ich mich unterwegs ja auch mit Dennis“, fuhr sie vielsagend fort und hob beide Augenbrauen. „Es wäre doch ziemlich cool, wenn er mich von der Polizei abholt. Vielleicht schaffe ich es ja, Handschellen mitzunehmen.“

Ich schüttelte den Kopf und schlug ihr mit meiner Serviette auf die Schulter. „Du bist unmöglich. Und außerdem reden wir hier von der Polizei in Heiligbrunn. Das Revier ist sicher nicht besonders groß, immerhin wird es hier in der Umgebung nicht viel zu tun geben.“

Ich sagte es leichthin und mir fiel auf, dass es eine glatte Lüge war. Gerade in Kirchbruch schien es verdammt viel für die Polizei zu tun zu geben. *Zumindest wenn sie von den*

Vorfällen wissen würden, wisperte eine Stimme in meinem Kopf und ich dachte wieder an den Tod meiner Eltern, den ich schnell zur Seite schob.

„Egal, ich werde schon einen Grund finden, Dennis heute noch zu sehen. Ich bin echt froh, dass Tristan diese Party geschmissen hat."

Bei der Erwähnung von Tristans Namen stockte ich.

„Was ist?", fragte Alexa und nahm einen Schluck von ihrem Wasserglas.

„Tristan. Er hat mir vorhin über WhatsApp geschrieben", sagte ich und strich mir eine Haarsträhne hinters Ohr. Dabei fühlte ich, wie das schlechte Gewissen an mir nagte, weil ich, als die Nachricht eingegangen war, gerade Rouven geküsst hatte.

Alexa sah mich abwartend an. „Und?"

„Er meinte, dass er seine Party ziemlich cool gefunden hat, bis zu dem Zeitpunkt, an dem ich einfach aufgesprungen und rausgerannt bin. Und dass er lieber glauben möchte, mir wäre plötzlich vom Sekt schlecht geworden, als von dem Kuss zwischen Rouven und dir."

Alexa seufzte. „Du musst mit ihm reden, Lizzy."

„Ich weiß", murmelte ich und schaufelte mir noch etwas Salat auf den Teller, während ich gleichzeitig überlegte, was ich Tristan sagen sollte.

„Er wird es überleben", sagte Alexa in dem Moment. „Obwohl Tristan wahrscheinlich nicht oft abgewiesen wird. Wenn du ihm also doch das Herz brichst, überlege ich mir einen schönen Grabsteinspruch für ihn."

„Sehr nobel."

Sie lächelte schief. „Finde ich auch."

Ich seufzte tief. „Es würde mir nicht so schwerfallen, wenn

ich ihn nicht so nett finden würde."

Alexa schüttelte sich. „Sag ihm das bloß nicht. Sag bloß nicht so etwas wie: *Du bist total nett und es liegt nicht an dir, es liegt nur an mir, ehrlich. Aber wir können Freunde sein, denn ich mag dich.*" Sie schüttelte nachdrücklich den Kopf. „Das können Jungs überhaupt nicht ab. Er will nicht irgendein Freund sein, er will *dein* Freund sein."

Ich schüttelte den Kopf. „Aber ich empfinde nun mal nicht so für ihn."

„Okay, dann sag, dass du eine ansteckende Krankheit hast."

Die Ernsthaftigkeit, mit der Alexa das vorschlug, brachte mich zum Lachen. „Das werde ich nicht sagen."

„Sag, dass du nicht nur auf Grabsteinsprüche stehst, sondern es auch gut findest, Friedhöfe zu besuchen und dort schwarze Messen zu feiern. Und dass du nicht nur am Freitag, dem 13., geboren wurdest, sondern auch die Vampirbraut von Graf Victorius Draculus bist, der sich gerade darauf vorbereitet, wiedergeboren zu werden."

Ich runzelte die Stirn. „Und wer genau ist Victorius Draculus?"

„Keine Ahnung, aber der Name ist cool", behauptete sie und tupfte sich mit der Serviette ihren Mund ab.

„Bis auf Freitag, den 13., stimmt gar nichts", meinte ich. „Ich werde Tristan nicht belügen."

„Großartig. Dann wird auf deinem Grabstein stehen: *Sie fand Ehrlichkeit besser, er dankte es ihr mit dem Messer*. Oder: *Sie fand Ehrlichkeit gut, er versenkte sie dafür in der Flut.*"

Das war so absurd, dass ich schon wieder grinsen musste. „Tristan würde mir nichts antun."

Sie zuckte mit den Schultern. „Sicher? Jeder Mensch ist zu

Schrecklichem fähig, es hängt nur von den Umständen ab."

Das Eingangssignal einer WhatsApp-Nachricht ertönte und ich hoffte, dass sie nicht schon wieder von Tristan war.

„Dein oder mein Handy?", fragte Alexa und zog ihr Telefon aus ihrem grünen Jumpsuit, der ihr wirklich gut stand und perfekt zu ihren roten Haaren passte.

„Meines", sagte ich und überflog die Nachricht. „Harri hat mir geschrieben. Anscheinend findet heute eine Versammlung statt. Es geht um die Sicherheit in Kirchbruch, initiiert wurde das Ganze von Gitti und der Bürgermeister wird auch anwesend sein. Ich soll hingehen und sehen, ob ich etwas davon für meine Portraits verwenden kann."

„Ah, ihr wisst also auch schon davon." Dieter kam gerade wieder zu uns in die Küche geschlurft. Dabei wirkte er noch missmutiger als sonst. „Gitti war gerade am Telefon und hat mir ein Ohr abgekaut. Von wegen Bürgerpflicht und Bürgerrechte und der ganze Mist. Die Alte wird mich für immer verfolgen, wenn ich da heute nicht hingehe." Er verzog das Gesicht. „Und sie besteht darauf, dass ich wenigstens eine von euch mitnehme."

Kapitel 23

„Diese außerordentliche Sitzung wurde auf ausdrücklichen Wunsch einiger besorgter Bürger einberufen“, erklärte der Bürgermeister und ließ seinen Blick über die gut gefüllten Sitzreihen des Gemeindesaals schweifen. An die hundert Leute waren gekommen und ich fragte mich unweigerlich, ob der Gedankenleser unter ihnen war.

In der ersten Reihe saß Gitti mit ihren Mädels. Dieter und ich hatten etwas weiter hinten Platz genommen, konnten von hier aus aber dennoch gut auf die kleine Bühne sehen, die sich an der Stirnseite des großen, holzvertäfelten Saals befand.

Es war das erste Mal, dass ich den Gemeindesaal betreten hatte. Bislang hatte ich nicht einmal gewusst, dass Kirchbruch über so einen stattlichen Raum verfügte, der laut Dieter schon über hundert Jahre existierte.

Ich legte mir Handy, Block und einen Stift für meine Notizen auf den Schoß und drehte mich kurz nach rechts, wo in der Kürze der Zeit ein beachtliches Buffet organisiert worden war. Unweigerlich hatte ich in mich hineinlächeln müssen, als ich dort nicht nur Muffins mit Gittis Konterfei und dem Spruch „Für Kirchbruch – gegen Einbruch“ entdeckt hatte, sondern auch mehrere kleine Miniatur-Gittis in Form von Franzis Butterskulpturen. Die Figuren lächelten, hoben aber gleichzeitig drohend den Finger und ich musste feststellen, dass Franzi ihr Handwerk tatsächlich fantastisch beherrschte, denn Gitti war ihr wirklich gut gelungen.

Bürgermeister Neumayer räusperte sich hinter seinem Pult und seine Glatze glänzte etwas im Licht der

Bühnenbeleuchtung. Er trug ein grünes Hemd zu einer dunklen Jeans und das Gesicht des groß gewachsenen Mannes erinnerte mich stark an Pascal. Ihre Verwandtschaft war nicht von der Hand zu weisen – auch wenn Pascal noch im Besitz seiner Haare und einen Tick muskulöser gebaut war, hatte er doch die gerade Nase seines Vaters und die hohe Stirn geerbt.

„Wie ihr alle bereits erfahren habt, ist ein Mitglied unserer Gemeinde gestern Abend überfallen und brutal zusammengeschlagen worden. Ich habe Konstantin heute bereits im Krankenhaus besucht und mich nach seinem Gesundheitszustand erkundigt. Leider muss ich euch mitteilen, dass es nicht gut aussieht."

Ein kurzes Raunen ging durch die Halle und der Neumayer presste die Lippen aufeinander.

„Dennoch sollten wir die Hoffnung bewahren und jetzt nicht überstürzt handeln. Seit ich Bürgermeister von Kirchbruch bin, hat es kaum Überfälle gegeben und ich bin mir sicher, dass es sich bei dem schrecklichen Vorfall um eine Ausnahme handelt."

„Und was ist mit dem Ladendiebstahl vor einem Jahr? Immerhin haben mir die Rotzbengel beinahe zwei Pullover geklaut", rief Elli dazwischen, die heute einen grellblauen Overall trug.

„Das waren Teenager, Elli", erklärte der Bürgermeister ruhig. „Und wir haben die Sache schnell und gut geregelt."

Elli verschränkte die Arme vor der Brust. „Aber es hätte auch anders ausgehen können, wenn ich sie nicht in flagranti erwischt hätte."

In dem Moment trudelte eine WhatsApp-Nachricht von Alexa ein.

Bin nicht im Gefängnis gelandet, die Aussage war schnell

gemacht. Dafür bin ich jetzt mit Dennis Pizza essen. Ich versuche, um zehn zu Hause zu sein. Falls ich es nicht schaffe, kannst du bitte Dieter besänftigen? Bitte. Bitte. Bitte.

Obwohl ich keine Ahnung hatte, wie ich das anstellen sollte, schrieb ich zurück, dass ich es versuchen wollte.

„Meiner Meinung nach kann man diese Fälle nicht vergleichen“, hörte ich den Bürgermeister gleichzeitig sagen. „Bei dem Vorfall in deinem Laden handelte es sich um einen jugendlichen Ausrutscher, bei dem Überfall von Konstantin ist jedoch ein Mensch schwer verletzt worden.“

„Nicht nur bei diesem Überfall“, murrte eine ältere Dame in der dritten Reihe. „Was ist mit dem Autounfall von Joseph? Da ist auch ein Mensch verletzt worden und man kann von Glück reden, dass er es überlebt hat.“

Selbst aus der fünften Reihe konnte ich sehen, dass dem Bürgermeister dieses Thema unangenehm war. Gespannt wartete ich auf seine Antwort, während ich mir eifrig Notizen machte.

„Das war, wie du sagst, ein Unfall“, erklärte er und stützte seine Hände auf den Seiten des braunen Pults ab. „Und wie ihr alle wisst, war es Pascal, der zu schnell gefahren ist. Die Polizei hat den Fall aufgenommen und Pascal wird sich dem Ermittlungsverfahren wegen des Verdachts der fahrlässigen Körperverletzung stellen müssen. Damit liegt die Sache nicht mehr in unserer Hand.“

„Natürlich liegt sie in unserer Hand“, mischte sich nun Gitti ein. Die ganze Zeit hatte ich schon darauf gewartet, dass sie sich zu Wort meldete. „Es ist unsere Verantwortung, dafür zu sorgen, dass so etwas nicht noch einmal vorkommt. *Ich* war heute ebenfalls im Krankenhaus bei Konstantin und der arme Kerl sieht furchtbar aus.“ Sie machte eine kurze

Pause und straffte den Rücken. „Die Leute in Kirchbruch sollen sich auf den Straßen bewegen können, ohne dass sie überfahren oder überfallen werden.“ Sie stand auf und drehte sich zu den anwesenden Stadtbewohnern um. „Deswegen schlage ich vor, dass wir Tempozonen einrichten und darüber nachdenken, eine Bürgerwehr zu formieren.“

„Eine Bürgerwehr? Sag mal, drehst du jetzt vollkommen durch, Gitti?“, murrte Dieter neben mir und schüttelte vehement den Kopf. „Kirchbruch ist doch ein sicherer Ort. Natürlich ist es schrecklich, was dem Konstantin passiert ist, aber deswegen müssen jetzt doch nicht abwechselnd Leute in der Gegend rumrennen, um den Garten ihres Nachbarn zu kontrollieren.“

„Das sehe ich genauso“, schaltete sich jemand mit einer tiefen Stimme ein, die mir sehr bekannt war. Ich drehte mich um und sah Bruno, der mit Eva in der hintersten Reihe Platz genommen hatte. Mein schlechtes Gewissen übermannte mich, als ich neben ihnen auch noch Tristan entdeckte. Anscheinend waren sie nach mir gekommen.

Tristan sah mich intensiv an und ich musste wieder an seine mögliche Zukunft in der Polizeistation denken, während mir gleichzeitig bewusst wurde, dass ich ihm noch immer nicht geantwortet hatte – weil ich schlichtweg nicht wusste, was ich sagen sollte.

„Wir sind jetzt erst seit einigen Monaten hier“, meinte Bruno. „Aber wir sind nach Kirchbruch gezogen, weil es ein sicherer und schöner Ort ist, an dem wir uns wohlfühlen. Wenn jetzt hier dauernd irgendwelche Einwohner patrouillieren, würde sich dieses Bild komplett zerstören.“

Eva nickte. „Das würde es“, pflichtete sie ihrem Mann bei. „So ein Überfall ist selbstverständlich furchtbar, aber es handelt sich dabei doch – wie der Bürgermeister schon sagte – um einen Einzelfall. Weiß man denn schon, wer dahintersteckt?"

Auf Evas Frage hin drehten sich alle Köpfe wieder zum Bürgermeister um, der tief einatmete. „Die Polizei hat einen Verdacht, aber wie ihr sicher verstehen werdet, kann ich nichts Näheres dazu sagen. Schließlich läuft die Ermittlung noch – aber ich kann euch sagen, dass es sich höchstwahrscheinlich um einen Einzeltäter handelt und um keine Bande."

„Ist der Täter denn von außerhalb oder aus Kirchbruch?"

Ein kollektives Einatmen ging durch die Runde. Offenbar war schon allein die Vorstellung, dass der Täter aus den eigenen Reihen kommen könnte, so verstörend, dass es keiner glauben wollte. Ich mochte nicht daran denken, wie die Einwohner erst reagieren würden, sobald sie erfuhren, dass Mike höchstwahrscheinlich der Schläger war.

Automatisch wanderte mein Blick zu Gitti, die sich bei dem Thema offenbar bewusst zurückhielt, um ihrer Freundin Elli keinen Ärger zu machen, die es wiederum von ihrem Mann, dem Polizisten, hatte.

„Dazu kann ich nichts sagen", bemerkte der Bürgermeister.

„Also ist er von innerhalb!", schloss ein Mann mit kurz geschorenen grauen Haaren weiter vorn und die Leute begannen, unruhig auf ihren Klappstühlen herumzurutschen.

Der Bürgermeister fuhr sich über die Augen. „Das habe ich nicht gesagt. Leute, beruhigt euch und überlasst die Sache der Polizei."

Gitti schüttelte den Kopf und ihre braunen Locken wirbelten herum. „Die Sache der Polizei überlassen? Die kümmert sich ja doch nur um Heiligbrunn!"

„Gitti hat recht", bemerkte der Typ mit den kurz

geschorenen Haaren. „Wir können nicht darauf warten, dass so etwas wieder passiert. Was ist, wenn es das nächste Mal ein Kind trifft? Wenn ein Kind niedergeschlagen wird? Ich bin dafür, dass wir Gittis Vorschlag aufnehmen und eine Bürgerwehr bilden!"

Gemurmel ging durch die Reihen und ich fragte mich, wie der Bürgermeister das nun auffangen würde.

„Bevor wir an so etwas wie eine Bürgerwehr nur denken, müssen wir sie zuerst beschließen", erklärte der Neumayer geduldig. „Und für diesen Beschluss braucht es eine Mehrheit, die bei einer ordentlichen Wahl getroffen werden muss."

Daraufhin wurde wild diskutiert, wann diese Wahl stattfinden sollte und ob es Sinn machte, sie zusammen mit der Bürgermeisterwahl stattfinden zu lassen.

Weil man zu keiner Einigung kam, beschloss der Bürgermeister, eine kurze Pause zu machen und die erhitzten Gemüter mit dem Buffet zu besänftigen.

Ich selbst war auch froh über die Pause. Mittlerweile hatte ich schon fünf Seiten meines Blocks vollgeschrieben und hoffte, dass ich einiges meiner Mitschrift auch für mein Portrait verwenden könnte. Mir kam auch die Überlegung, ob es sinnvoll wäre, in den *Kirchbrucher Nachrichten* eine Pro-und-Kontra-Liste zur Bürgerwehr abzudrucken, die den Einwohnern als Hilfestellung dienen könnte, und ich beschloss, Harri einfach darauf anzusprechen.

„Willst du was vom Buffet?", fragte Dieter, der aufgestanden war.

Ich schüttelte den Kopf. „Nein danke."

„Gut, dann werde ich mir mal die Beine vertreten und hoffen, dass die Leute nach der Pause wieder vernünftiger werden und über diesen Schwachsinn nicht abstimmen wollen", brummte er, bevor er in der Menschenmenge verschwand, die sich um das Buffet formiert hatte.

Ich warf einen Blick auf mein Handy. Rouven hatte sich bislang nicht gemeldet und war offenbar mit dem USB-Stick beschäftigt. Da ich noch nichts von ihm gehört hatte, ging ich davon aus, dass er auch noch nichts gefunden hatte. Innerlich betete ich, dass sich auf dem Stick noch ein paar nützliche Informationen versteckten, die uns halfen, herauszufinden, was mit unseren Eltern passiert war – und wer der Gedankenleser war.

„Und der letzte, um die Gedanken zu verstehen und sie mit dem Nebel zu drehen", hallte die Gedichtzeile durch meinen Kopf, während mein Blick über die Gesichter der Anwesenden glitt. Die Leute standen um das Buffet verteilt oder unterhielten sich auf ihren Plätzen. Der Bürgermeister sprach mit Bruno und Eva, gleich neben Gitti, die ein Gespräch mit einigen älteren Herrschaften führte.

Dabei beschlich mich ein ungutes Gefühl und ich wollte mir nicht vorstellen, dass irgendjemand von ihnen *er* war.

Er, der meine Eltern auf dem Gewissen hatte.

Er, der Gedanken lesen und manipulieren konnte.

Unruhig fuhr ich mir durch die Haare und hoffte, dass er jetzt gerade nicht in meinen Gedanken war, als ich den Blick von Frau Wellinger wahrnahm. Es war nur ein kurzer Moment, aber sie betrachtete mich derart eindringlich, dass mir ein kalter Schauer über den Rücken rann.

Frau Wellinger stand etwas abseits des Buffets neben Elli, die auf sie einredete und ihr offenbar Komplimente zu ihrem Outfit machte. Wie immer war Tristans Mutter sehr elegant gekleidet – sie trug eine dunkle Hose und ein glänzendes cognacfarbenes Oberteil. Ihre langen schwarzen Haare fielen ihr weich über die Schultern und ich war irgendwie froh, als sie ihren Blick wieder abwandte und etwas zu Elli sagte.

Hoffentlich drehte ich hier nicht vollkommen durch und vermutete bald schon hinter jedem Mann und jeder Frau den Täter. Gleichzeitig begann ich, Konstantin und seine paranoide Verhaltensweise etwas besser zu verstehen. Wenn man wusste, dass sich ein Mörder in Kirchbruch herumtrieb, dass er sich vielleicht sogar hier in dem Saal befand und in der Lage war, in den eigenen Kopf vorzudringen und die Gedanken zu lesen, konnte einem ja nur anders zumute werden.

„Hey, du lebst ja noch", sagte Tristan, der plötzlich neben mir auftauchte und sich auf den Stuhl zu meiner Linken fallen ließ. „Ich dachte schon, du wärst tot, nachdem du auf keine meiner Nachrichten reagiert hast."

„Tut mir leid", murmelte ich und fühlte mich mies, weil ich nicht zurückgeschrieben hatte. „Nach Konstantins Überfall war ich total neben der Spur."

„Ja, die Sache ist echt übel. Keine Ahnung, wer zu so etwas fähig ist."

„Ich weiß."

Tristan atmete tief ein. „Ich hab's heute nicht geschafft, aber ich werde morgen zu ihm ins Krankenhaus fahren. Nur zur Sicherheit."

„Das ist lieb von dir."

Er zuckte mit den Schultern. „Das ist doch keine große Sache. Konstantin ist zwar schräg drauf, aber ich mag ihn irgendwie. Hoffentlich geht es ihm bald besser."

„Das hoffe ich auch."

Tristan lächelte mich sanft an und mir wurde wieder einmal bewusst, dass sich unter seiner Sonnyboy-Oberfläche ein wirklich liebenswürdiger Kerl befand.

„Was war gestern eigentlich mit dir los?“, fragte Tristan dann. „Du hast ja ziemlich schnell einen Abflug gemacht.“

„Mir wurde irgendwie alles ein wenig zu viel“, erwiderte ich und hörte, wie ein paar Leute am Buffet plötzlich heftig zu diskutieren anfingen, ob eine Bürgerwehr denn tatsächlich notwendig sei.

„Diese Treffen werden immer eigenartiger“, meinte Tristan.

„Bist du denn öfter hier?“

Tristan richtete seine blauen Augen auf mich. „Natürlich. Schließlich interessiere ich mich für die Belange Kirchbruchs.“

Irgendwie kaufte ich ihm das nicht ab.

Ich räusperte mich. „Du hast Sonntagabend nichts Besseres zu tun, als dir im Gemeindesaal Diskussionen und Vorschläge zur Verbesserung der Sicherheit zu geben?“

„Wieso nicht? Immerhin war ich gestern schon auf einer echt geilen Party, jetzt ist etwas Abwechslung angesagt. Auf der Party gab es übrigens eine eigene Live-Band, ein mega Buffet, lustige Spiele, coole Leute und selbst das Wetter hat mitgespielt, obwohl es vorher ganz und gar nicht danach ausgesehen hat“, schwärmte er. „Mann, Lizzy, du hättest echt dort sein sollen.“

Er grinste mich an und ich zog tief die Luft ein. „Dieter hat uns nur bis Mitternacht Ausgang gegeben“, sagte ich. Es war keine komplette Lüge, aber ich hatte gerade irgendwie keine Kraft, den gestrigen Abend mit Tristan zu besprechen, geschweige denn über meine Gefühle zu reden.

Tristan strich sich über sein weißes Shirt, das er zu einer hellblauen Hose trug. „Dachte mir schon, dass Cinderella nur bis zwölf Uhr Ausgang hat.“

„Ich bin nicht Cinderella.“

„Stimmt, die hätte wenigstens einen Schuh dagelassen, bevor sie verschwindet“, feixte er.

Ich schob mir eine Haarsträhne hinters Ohr. „Warum bist du eigentlich so fit?“, versuchte ich dann, das Thema zu wechseln. „Ist das so etwas wie eine besondere Wellinger-Veranlagung?“

Tristan fuhr sich durch seine dunkelblonden Haare. „Mein Geheimnis heißt Sport. Ich bin in der Früh aufgestanden, war laufen und habe mir dann so einen widerlichen Eier-Essig-Drink reingezogen, auf den mein Vater schwört. Wenn du das Zeug trinkst, glaubst du, du musst dich gleich übergeben – aber es wirkt.“

Eine Frau mit Pagenschnitt, die sich vorhin für die Anschaffung von Elektrozäunen starkgemacht hatte, drängte sich an uns vorbei und entlockte Tristan ein kurzes Lächeln.

„Wir könnten Kirchbruch auch zur Festung umbauen“, meinte er in ihre Richtung und lehnte sich zu mir. „Was hältst du von Stadtmauern, Lizzy?“

Ich grinste, da einige der bisherigen Ideen echt über das Ziel hinausgeschossen waren. „Klar. Kombiniert mit den Kameras, die ja auch schon vorgeschlagen wurden. Implantierte Mikrochips sind vielleicht auch nicht schlecht.“

„Super Idee, stell es doch mal zur Diskussion“, meinte Tristan trocken. „Ich wette, dass es heute auch wieder um den Datenschutz gehen wird. Es gibt hier ein paar Kandidaten, die freuen sich auf jede Gemeindesitzung, um das Thema anzuschneiden.“

„Wirklich?“

„Wirklich. Manche Sitzungen mussten schon abgebrochen werden, weil es zu hitzig wurde.“

„Und ich dachte, ich hätte heute eine besondere

Versammlung erwischt."

Tristan schüttelte den Kopf. „Hast du im Grunde nicht. Die Einwohner von Kirchbruch sind sehr … emotional, wenn es um ihre Rechte geht."

„Also hast du wirklich Erfahrung mit diesen Versammlungen?"

„Natürlich. Mein Vater schleift mich hierher, seit ich klein war. Er besteht darauf, dass ich mich für meine Heimat und die Leute um mich herum interessiere. Außerdem ist es wichtig, das allgemeine Stimmungsbild zu kennen."

Ich sah mich um und hielt Ausschau nach Tristans Vater. „Und wenn das so wichtig ist, wo ist er dann jetzt?"

Tristan tippte mir auf die Schulter. „Gute Frage. Er hat heute einen wichtigen Abendtermin. Irgendein Essen, es geht um das Hotel."

Ich erinnerte mich daran, dass Gitti etwas über ein Hotel erzählt und auch die alte Frau Siebenthal davon gesprochen hatte. Es sollte dort gebaut werden, wo sich die Siedlung befand, in der auch der Ex-Polizist wohnte.

„Worum geht es bei dem Hotel eigentlich?", hakte ich nach.

„Es ist eine Anlage, die auf der anderen Seite des Sees erbaut werden soll, mit allem, was dazugehört. Wellnessbereich, Golfanlage und so weiter", erklärte Tristan. „Mein Vater beschäftigt sich schon seit ein paar Jahren mit dem Projekt. Es soll zur Aufwertung des Ortes und der Umgebung beitragen und neue Arbeitsplätze schaffen."

„Und das war sicher auch schon mal hier Thema, oder?"

Tristan stöhnte. „Und wie. Es gibt einige störrische Esel in Kirchbruch, die allem Neuen gegenüber nicht besonders aufgeschlossen sind. Was sage ich. Sie wollen nichts, was anders ist. Und sie haben Angst vor den ganzen Touristen." Er lehnte sich ein Stück zu mir. „Aber ich bin nicht so. Ich bin Neuem gegenüber sehr aufgeschlossen."

Der raue Unterton in seiner Stimme machte mich etwas nervös, sodass ich mir ein Herz fasste. „Tristan, ich glaube, wir sollten …", setzte ich an, als der Bürgermeister in die Hände klatschte und um Aufmerksamkeit bat.

„Jetzt, wo wir alle gestärkt sind, können wir weitermachen und konstruktiv miteinander diskutieren."

Tristan nickte mir kurz zu, bevor er wieder auf seinen Platz verschwand. Die Reihen begannen sich wieder zu füllen und der Geräuschpegel senkte sich.

Die nächsten eineinhalb Stunden verbrachte ich damit, zuzuhören, wie wild weiterdiskutiert wurde.

Irgendwann reichte es Dieter. Er verließ murrend die Versammlung, um nach Hause zu gehen. Vorher schärfte er mir aber noch ein, nicht zu lange zu bleiben. Und auch Tristan stahl sich eine halbe Stunde später aus dem Gemeindesaal. Ich drehte mich zufällig um, als er gerade verschwand und durch die schwere Tür nach draußen schlüpfte. Dabei hatte ich den Eindruck, dass sein Blick etwas getrübt war, und spürte, wie mein Puls nach oben schoss. Konnte es sein, dass Tristan gerade gelenkt wurde? Es war nur ein kurzer Moment gewesen, den ich mir wahrscheinlich eingebildet hatte. Immerhin war heute so viel passiert, dass ich schon überall den Gedankenleser vermutete.

Deshalb widerstand ich dem Impuls, Tristan zu folgen, und hörte stattdessen den Leuten zu, die von Minute zu Minute anstrengender wurden. Als man sich eine halbe Stunde später endlich darauf geeinigt hatte, gleichzeitig zur Bürgermeisterwahl eine einfache Abstimmung durchzuführen, atmete ich erleichtert aus. Jeder Bewohner konnte *für* oder *gegen* verschärfte Sicherheitsmaßnahmen stimmen und erst dann würde man sich genauer mit den einzelnen Aktionen beschäftigen.

Als ich endlich den Gemeindesaal verließ, war es schon dunkel geworden. Trotzdem war es noch angenehm warm und ich setzte mich schnell in Bewegung. Die Versammlung hatte insgesamt länger als drei Stunden gedauert und ich hoffte, dass so bald keine weitere Gemeindesitzung stattfinden würde, an der ich teilnehmen musste.

Gähnend lief ich die Straße entlang und spürte die Müdigkeit bei jedem Schritt. Nach dem anstrengenden Tag würde ich heute Nacht garantiert gleich einschlafen. Hoffentlich kam Alexa auch rechtzeitig nach Hause und verstieß nicht gegen Dieters Ausgehzeiten.

Auf der einen Seite war es natürlich schön, Alexa derart verliebt zu erleben, auf der anderen Seite wollte ich den zerbrechlichen Frieden, der zwischen Dieter und uns aktuell herrschte, nicht gefährden.

Der kühle Nachtwind strich mir durch die Haare und ich bemerkte, dass ich auf der Straße ganz allein war. Eine graue Wolke hatte sich vor den Mond geschoben und nur das Licht der Straßenlaterne fiel auf den Bürgersteig.

Plötzlich hatte ich wieder das Gefühl, nicht mehr allein zu sein. Mein Herz setzte einen Moment aus und ich glaubte, hinter mir eine Bewegung wahrzunehmen. Schnell drehte ich mich um, konnte aber weit und breit niemanden entdecken. Die Straße war wie leer gefegt, vielleicht hatte ich mir die Bewegung auch nur eingebildet.

Vielleicht aber auch nicht, wisperte eine Stimme in meinem Kopf. *Vielleicht versteckt sich jemand in einem Hauseingang oder hinter einem der Bäume. Vielleicht ist der Gedankenleser schon ganz nah.*

Automatisch beschleunigte ich meine Schritte und hörte mein eigenes Herz in meinen Ohren dröhnen, als sich mir auf einmal eine dunkle Gestalt in den Weg stellte. Mein Puls schoss nach oben, während eine Ladung Adrenalin durch meinen Körper jagte und ich fieberhaft überlegte, was ich noch von meinem Selbstverteidigungskurs wusste – und was ich in meiner Tasche hatte, das ich benutzen konnte, um mich zu verteidigen.

„Lizzy", sagte der Mann vor mir leise.

Beim Klang seiner Stimme gefror mir das Blut in den Adern und ich hatte das Gefühl, als ob mir jemand den Boden unter den Füßen wegziehen würde. Das hier konnte nicht der Wirklichkeit entsprechen, es war ganz und gar unmöglich. Kurz überlegte ich sogar, ob ich vielleicht in einem Paralleluniversum gelandet war, in dem alles anders war als bei uns.

Es konnte nicht sein.

Ich erstarrte mitten in der Bewegung und spürte, wie seine Stimme durch mich hindurchhallte. Sie drang in jede Zelle meines Körpers ein und beschwor Erinnerungen herauf, in denen er meinen Namen ausgesprochen hatte. In denen er meinen Namen gerufen oder gelacht hatte. In denen er mich flüsternd beim Versteckspielen gesucht hatte.

Es war dieselbe Stimme, die ich erst Stunden zuvor auf einer alten Videoaufzeichnung gehört hatte, und ich begann am ganzen Körper zu zittern, als ich langsam meinen Kopf hob, um in das Gesicht des dunkel gekleideten Mannes zu sehen, der vor mir stand.

Das Licht der Straßenlaterne warf tiefe Schatten auf seine

Züge, doch auch nach all den Jahren hätte ich weder seine braunen Augen noch seine gerade Nase oder seinen Mund sehen müssen, um ihn zu erkennen.

Seine Stimme reichte.

Es war mein Vater.

Und er war alles andere als tot.

Liebe Leserin und lieber Leser!

Wir hoffen, Dir hat auch der zweite Teil unserer Trilogie gefallen und Du bist schon eifrig am Mitraten, wer der Gedankenleser bzw. die Gedankenleserin sein könnte. Wie es mit Lizzy und ihrem totgeglaubten Vater weitergeht, erfährst Du schon ganz bald im dritten und letzten Teil unserer neuen Reihe!

Wenn du informiert werden möchtest, sobald das dritte Buch der Zeit das Licht der Welt erblickt, trage dich gerne in unseren Newsletter ein:
www.rosesnow.de/newsletter

Außerdem würden wir uns total freuen, wenn Du Lust hast, uns auf Instagram zu besuchen! Wir sind dort unter dem Namen RoseSnow_AnnaPfeffer zu finden und posten regelmäßig neue Fotos und verrückte Snapchat-Videos aus unserem Leben. Zusätzlich haben wir die Facebook-Gruppe „Eine magische Welt der Gefühle“ gegründet, in der sich eine entzückende buchbegeisterte Community zusammengefunden hat. Vielleicht möchtest Du da ja auch mal vorbeischauen!

Wenn wir uns nicht gerade auf Instagram oder Facebook herumtreiben, schreiben wir natürlich ganz fleißig an neuen Herzensprojekten. Auf den nächsten Seiten findest Du einen kleinen Ausblick auf den Buch-Herbst sowie einen Rückblick auf bereits abgeschlossene Romantasy-Reihen von uns. Da

viele unserer Bü
Du beim Lesen i
anderen Geschicl
jede Reihe kann
den anderen gele:

Alles Liebe,
Deine *Rose Snow*

rheit

nzigen Augenblick,
Herzen gefunden –
en und die Grünen
in ewigem Fluche gebunden

June glaubt nicht an die alten Legenden des sagenumwobenen Cornwall, als sie beschließt, ihr Abschlussjahr bei ihrem Onkel in England zu verbringen. Allerdings stößt sie vor Ort nicht nur auf ein prächtiges Herrenhaus voller Geheimnisse, sondern auch auf die ungleichen Brüder Blake und Preston, die eine magische Anziehung auf sie ausüben. Doch die beiden scheinen ihr etwas zu verschweigen – und während Junes verbotene Gefühle für die Zwillinge immer stärker werden, ziehen rätselhafte Ereignisse sie unaufhaltsam in ihren Bann. Bis ein einziger Augenblick alles verändert und June merkt, dass eine uralte Gabe in ihr erwacht …

„Ein Augenblick für immer – Das erste Buch der Lügenwahrheit“ erscheint Anfang September 2018 bei Ravensburger!

Was würdest du tun, wenn du plötzlich in fremde Erinnerungen sehen könntest?

Seit Jo denken kann, zieht sie mit ihrem Vater von Ort zu Ort, fast, als wären sie auf der Flucht. Als er ihr eröffnet, dass sie nun ausgerechnet im nasskalten Hamburg sesshaft werden sollen, hält sich ihre Begeisterung in Grenzen. Bis sie in ihrer neuen Schule zwei gutaussehenden Jungs begegnet, die unterschiedlicher nicht sein könnten: Adrian, der Jo bewusst auf Distanz hält, und Louis, der sich offensichtlich für sie interessiert. Die zwei Jungs verbindet eine geheimnisvolle Rivalität, die Jo nicht zu deuten weiß – aber noch weniger versteht sie, was gerade mit ihr selbst los ist. Was für Bilder tauchen plötzlich in ihrem Kopf auf? Hat sie Halluzinationen? Oder sind das tatsächlich fremde Erinnerungen, in die sie kurz vor ihrem 17. Geburtstag auf einmal blicken kann?

Die Taschenbücher von 17 haben bei Ravensburger ein Verlagszuhause gefunden und sind ab Herbst 2018 ebenfalls im Buchhandel zu finden!

„3 Lilien – Die Bücher des Blutadels“

Seit Monaten wartet die 17-jährige Lorelai darauf, dass die alte Gabe des Blutadels bei ihr erwacht – wobei sie nicht mal ihrer besten Freundin von ihrer magischen Abstammung erzählen darf. Denn die Gesetze des Blutadels sehen vor, das geheime Wissen unter keinen Umständen mit Außenstehenden zu teilen. Doch das erweist sich als äußerst schwierig, als Lorelai den verwegenen Vitus kennenlernt. Zwischen ihnen knistert es gewaltig - und während Lorelai noch mit ihren Gefühlen kämpft, haben die Probleme gerade erst angefangen ...

„Die 11 Gezeichneten - Die Bücher der Sterne“

Seit jeher lieb Stella die Sterne – ohne zu ahnen, wie tief ihre Verbindung zu ihnen tatsächlich ist. Das erkennt sie erst, als sie mit ihrem Zwillingsbruder Cas an eine geheimnisvolle Universität gelangt, auf die schon ihre Eltern gegangen sind. Kurz nach der Ankunft begegnet Stella dort dem selbstbewussten Cedric, der nicht nur der heißeste Typ der Uni ist, sondern Stella auch viel zu schnell viel zu nahe kommt ...

Über die Autorinnen

Hinter dem Pseudonym Rose Snow stecken wir, Carmen und Ulli. Zusammen sind wir 74 Jahre alt, haben 2 Männer, 6 Kinder und einen Hund. Wir können ewig reden, lieben Pizza und Schokolade und lachen unheimlich gerne, vor allem über uns selbst.

Seit dem Sommer 2014 schreiben wir als Rose Snow Romantasy, darunter die vierteilige Bestsellerreihe „17 – Die Bücher der Erinnerung". Im Herbst 2016 ist mit „Für dich soll's tausend Tode regnen" unter Anna Pfeffer unser erster Jugendroman bei cbj erschienen. Seitdem veröffentlichen wir regelmäßig neue Jugendbücher und Romantasy-Reihen.

Kühn nachgerechnet sind wir schon seit unfassbaren 22 Jahren befreundet. Wir kennen uns aus unserer Schulzeit und schreiben trotz der Distanz Wien – Hamburg miteinander. Bedeutet: Unzählige Stunden via Skype, schallendes Gelächter und das Teilen tiefster Geheimnisse, auch wenn sie noch so peinlich sind.

Wenn ihr informiert werden möchtet, sobald ein neues Buch von uns erscheint, dann meldet euch gerne bei unserem Newsletter an:

www.rosesnow.de/newsletter

Und wenn ihr einfach mal quatschen oder Hallo sagen wollt, besucht uns doch auf unserer Autorenseite, auf Instagram oder auf Facebook. Wir freuen uns immer sehr über das Feedback und den direkten Austausch mit unseren Lesern.

www.rosesnow.de
www.instagram.com/rosesnow_annapfeffer
www.facebook.com/rose.snow.was.sich.liebt
www.facebook.com/groups/RoseSnow

Übrigens: Eine extra Portion Romantik gibt es auch jeden Dienstag und Freitag bei unserem kostenlosen Blogroman von Eric & Esther, den menschlichen Ichs von Ben & Lee:
www.rosesnow.de/blogroman

Weitere Romantasy-Reihen von uns:

17 – Die Bücher der Erinnerung
Was würdest du tun, wenn du plötzlich in fremde Erinnerungen sehen könntest?
17 - Das erste Buch der Erinnerung
17 - Das zweite Buch der Erinnerung
17 - Das dritte Buch der Erinnerung
17 - Das vierte Buch der Erinnerung

Die 11 Gezeichneten – Die Bücher der Sterne
Ohne Dunkelheit könntest du keine Sterne sehen ...
Die 11 Gezeichneten - Das erste Buch der Sterne
Die 11 Gezeichneten - Das zweite Buch der Sterne
Die 11 Gezeichneten - Das dritte Buch der Sterne

3 Lilien – Die Bücher des Blutadels

Ihn zu küssen hatte sich so richtig angefühlt, obwohl es so falsch gewesen war ...

3 Lilien - Das erste Buch des Blutadels

3 Lilien - Das zweite Buch des Blutadels

3 Lilien - Das dritte Buch des Blutadels

PS: Wir werden immer wieder darauf angesprochen, dass wir in unseren Büchern Anspielungen auf andere Reihen machen und die Welten auf diese Weise miteinander vernetzen. In „17" finden sich beispielsweise Verbindungen zu unserer Acht Sinne-Saga und den „11 Gezeichneten", die auch mit den „3 Lilien" und unserem Blogroman „Groupie wider Willen" verknüpft sind. Dennoch kann jede Reihe unabhängig voneinander gelesen werden! Viel Spaß beim Knobeln!

Printed in Germany
by Amazon Distribution
GmbH, Leipzig

15879711R00164